Milliardenschwer und ungestüm

EIN MILLIARDÄR VOLLER LEIDENSCHAFT
Carter

J. S. SCOTT

Ebenfalls von J. A. Scott

Der Milliardär mit dem gewissen Etwas ~ Evan (Buch 3)

Die Stimme des Milliardärs ~ Micah (Buch 4)

Der Milliardär geht aufs Ganze ~ Julian (Buch 5)

Die Geheimnisse des Milliardärs ~ Xander (Buch 6)

Nichts weiter als ein Millionär ~ Liam (Buch 7)

Unerwartet Milliardär – Die Serie:

Erfolgreich umworben (Buch 1) **(ab Ende Januar 2019 erhältlich)**

Die Walker-Brüder – Die Serie:

Lass los! (Buch 1)

Vertrau mir! (Buch 2)

Rette mich! (Buch 3)

Von J.S. Scott & Ruth Cardello:

Prinz Bryan ~ Der Billionär und seine Braut
(demnächst erhältlich)

Eine Jungfrau für den Prinzen
(ab Mitte Dezember 2018 erhältlich)

Von J.S. Scott & Ruth Cardello:

Gut Gespielt – Liebeszauber auf dem Footballfeld

Inhalt

Kapitel 1

Brynn

Es kommt mir so vor, als wären mir während der ganzen neunundzwanzig Jahre, die ich nun auf dieser Erde weile, Süßigkeiten vorenthalten worden!

Als mir der in einen Smoking gekleidete Kellner Gebäck anbot, bei dessen Anblick mir das Wasser im Munde zusammenlief, schüttelte ich den Kopf und sah bedauernd zu, wie er sich mit seinem Tablett entfernte. Die für den heutigen Tag erlaubten Kalorien hatte ich bereits an Alkohol verschwendet, daher durfte ich der Versuchung nicht nachgeben, auch die kohlenhydratreichen Süßspeisen zu probieren.

»Gut gemacht, Brynn«, lobte mich meine Freundin Laura, die mit mir an einem kleinen Tisch saß. »Ich weiß nicht, ob ich noch so viel Beherrschung aufbringen kann wie du, aber andererseits muss ich meinen kurvigen Körper auch nicht mehr zwingen, in Kleidergröße vierunddreißig zu passen.«

Ich lächelte Laura an. »Ich auch nicht«, erinnerte ich sie. »Mir ist jedoch aufgefallen, dass du dir auch nichts von dem Gebäck genommen hast.«

Mit neunundzwanzig Jahren arbeitete ich immer noch aktiv als Model, doch Laura und ich hatten uns bereits vor Jahren geschworen, gesund zu bleiben und uns gegenseitig davor zu bewahren, gefährlich mager zu werden. Wir wollten lediglich gerade dünn genug bleiben, um weiter unserem Beruf nachgehen zu können. Das Versprechen hatte uns zusammengeschweißt und uns in der Welt der Modeindustrie, die wie besessen auf Gewicht und Größe achtete, unsere geistige und körperliche Gesundheit erhalten.

»Nächsten Monat habe ich einen Fototermin«, bemerkte sie wehmütig. »Und obwohl ich ein Model für Übergrößen bin, muss ich trotzdem in eine Jeans der Größe vierzig passen.«

»Du siehst hinreißend aus«, beruhigte ich sie. Meine Freundin besaß wunderschöne Rundungen und war umwerfend hübsch.

Schon seit Jahren kämpften Laura und ich für die Anerkennung der individuellen Verschiedenartigkeit von Körpern in diesem Geschäft und wir hatten einen langen, schwierigen Weg hinter uns. Und sicher, die Industrie hatte begonnen, mit ein paar Models zu arbeiten, die einen gesunden, realistischen Lebensstil repräsentierten, aber das war noch lange nicht genug.

Bis die Modewelt sich an die Realität angepasst haben und aufhören würde, Größe zweiundvierzig als Übergröße zu betrachten, war der Weg noch *viel* zu lang.

Ich selbst war ein normalgewichtiges Model mit Standardgröße, aber nur so gerade eben. Immerhin füllte ich Größe sechsunddreißig gut aus und war gesund. Vor Jahren hatte ich solange gehungert, bis ich in Größe zweiunddreißig und vierunddreißig passte, weil die Modedesigner das von mir verlangt hatten. Doch sobald Laura und ich uns angefreundet und entschlossen hatten, lieber unseren Beruf aufzugeben, als unsere Körper auf Lebenszeit zu zerstören, hatte sich meine Mentalität geändert. Wir waren uns beide bewusst gewesen, uns auf einer gefährlichen Abwärtsrutsche zu befinden, sowohl geistig als auch körperlich. So beschlossen wir, uns für die Verschiedenartigkeit des Körpers einzusetzen, was wir uns leisten konnten, weil wir uns in unserem Beruf bereits einen Namen gemacht hatten.

Um ehrlich zu sein, wir kämpften immer noch.

Doch hatten wir beide den Höhepunkt unseres Kampfes mit Kleidergrößen erreicht, die gesund für uns waren, was ich als einen kleinen Sieg betrachtete.

Leider bedeutete das jedoch nicht, dass ich essen konnte, was ich wollte.

Ich liebte Süßigkeiten, mein Hintern war da jedoch anderer Meinung.

Und obwohl Laura und ich uns vor Jahren versprochen hatten, mit dem Hungern aufzuhören, waren wir doch immer noch Supermodels, was bedeutete, wir mussten gut essen, trainieren, ausreichend schlafen und gesund bleiben.

»Aber ich bin dreiunddreißig Jahre alt«, sagte Laura schließlich wehmütig. »Außer ein paar lukrativen Gigs geht meine Karriere eigentlich dem Ende zu.«

Ich schnaufte. »Nur weil du es so willst.«

Es gab wirklich keinen Grund, warum sie nicht weiter als Model arbeiten sollte. Sie hatte selbst *entschieden*, langsamer zu machen und sich die Jobs, die sie annahm, sorgfältig auszusuchen, so wie ich auch.

Sie zuckte mit den Schultern. »Ich bin es leid herumzureisen. Und ich fühle mich viel glücklicher, seitdem wir die Perfect Harmony Kollektion ins Leben gerufen haben.«

Wirklich, ich selbst war auch viel zufriedener, seitdem ich vor einem Jahr Laura gefolgt und wieder nach Seattle gezogen war, sodass wir unsere eigene Modefirma gründen konnten. Wir vertraten eine äußerst persönliche Kollektion, denn wir wollten Frauen jeglicher Gestalt und Kleidergröße und jeder Hautfarbe bedienen.

Wir hatten in der Fourth Avenue im Stadtzentrum eine kleine Boutique eröffnet und den größten Teil meiner Zeit verbrachte ich nun damit, mit Laura die Modekollektion zu entwerfen, der unsere Liebe galt.

Ich fühlte mich in Seattle viel wohler als jemals in New York City. Hier verlief das Leben zwar auch nicht langsamer, aber die Atmosphäre war … anders. Und unsere Perfect Harmony Kollektionen passten so wunderbar in diese Stadt.

Unsere Marke betonte eher persönlichen Stil als gegenwärtige Mode und ich liebte jede einzelne Kreation. Laura und ich wollten bequeme, aber schicke Mode schaffen. Praktisch und leicht zu reinigen. Eigenschaften, die in der Haute Couture niemals berücksichtigt wurden.

»Glaubst du, wir waren jetzt lange genug hier?«, fragte Laura hoffnungsvoll.

Ich musste lachen. Laura und ich waren nur zu der Wohltätigkeitsveranstaltung, einer Cocktailparty, erschienen, weil wir an die Sache glaubten – häuslicher Missbrauch. Aber ich musste zugeben, es war recht langweilig.

Als ich mich im Saal umschaute, konnte ich unzählige ältere Männer im Smoking ausmachen, die in Geschäftsgespräche vertieft zu sein schienen. Die jeweiligen Ehefrauen standen pflichtschuldigst an ihrer Seite.

»Ich habe bereits einen Scheck ausgestellt. Ich denke, wir können ziemlich bald von hier verschwinden. Mein Hauptanliegen bestand in der Spende. Es ist mir nicht wichtig, länger hierzubleiben.«

Gegen eine gute Party hatte ich nichts einzuwenden, doch jetzt nippte ich vorsichtig an meinem zweiten Getränk, da ich mir kein weiteres mehr erlauben durfte.

»Ich habe meinen Scheck auch schon unterschrieben«, bestätigte Laura zufrieden.

Wieder musterte ich die Menge. Mir fiel auf, dass die Leute sich während der letzten Stunden nicht viel bewegt hatten. Sie unterhielten sich immer noch in kleinen Gruppen oder saßen an Tischen zusammen, wie Laura und ich.

Ich wäre so viel lieber zu Hause, um an dem neuesten Entwurf für die Handtasche zu arbeiten, als auf dieser Party herumzuhängen.

Merke dir: *Spar dir die Wohltätigkeitsveranstaltungen und schicke stattdessen einfach einen Scheck per Post.*

Gerade wollte ich Laura vorschlagen zu gehen, als ich ein bekanntes Gesicht erspähte.

Der Mann, den ich nun intensiv anstarrte, war mir zwar noch nicht vorgestellt worden, doch ich wusste genau, um wen es sich handelte. »Das ist Carter Lawson«, erklärte ich meiner Freundin. »Und ich bin mir ziemlich sicher, dass der große Kerl neben ihm sein ältester Bruder Mason ist.«

Ich hatte bereits viele Fotos von Carter Lawson gesehen. Die Boulevard-Zeitschriften liebten ihn. Seine Brüder Mason und Jett jedoch? Weniger. Der jüngste und der älteste der Lawson-Brüder schienen sich so gut wie möglich aus dem Scheinwerferlicht herauszuhalten. Carter war das Vertriebsgenie hinter dem äußerst erfolgreichen Technologiekonzern, während seine Brüder eher an der praktischen Entwicklung der innovativen Produkte teilhatten, die Lawson mit beinahe beängstigender Geschwindigkeit auf den Markt spuckte.

»Er ist heiß«, bemerkte Laura ehrfürchtig.

Es ließ sich in der Tat nicht leugnen, Carter Lawson war attraktiv. Also gut, vielleicht *mehr* als ein bisschen attraktiv. Er war ausgesprochen hinreißend. Und wenn ich bedachte, dass ich selbst fast einen Meter achtzig maß, war er zugegebenermaßen groß. Wirklich groß. Der einzige Mann in seiner Umgebung, der ihn noch überragte, war der wie ein Bulldozer gebaute Mann neben ihm. Sein Bruder Mason. »Da stimme ich dir zu«, antwortete ich schließlich. »Carter ist echt heiß.«

»Ich habe doch nicht über Carter gesprochen«, wandte Laura ein. »Ich meinte seinen Bruder.«

Ich musterte den Mann, der neben dem perfektesten Exemplar der Menschheit auf diesem Planeten stand. Mason war auf eine schroffe Art gutaussehend und noch gut fünf Zentimeter größer als Carter. Er war kräftig gebaut und besaß breite Schultern, hatte aber kein Gramm Fett zu viel am Körper. Er war lediglich … muskulös.

»Er ist attraktiv«, räumte ich ein.

»Er ist viel mehr als nur attraktiv«, widersprach sie, ohne den Blick von Mason abzuwenden.

»Ich glaube, wir starren sie an«, warnte ich sie.

»Ich bezweifle, dass sie das bemerken. Sie scheinen in ein ernsthaftes Gespräch vertieft zu sein.«

Laura hatte recht. Carter und sein älterer Bruder waren nicht zum Spaß auf dieser Veranstaltung. Mit ungerührten Mienen redeten sie mit zwei älteren Herren. Ich hatte das Gefühl, dass es bei ihnen an diesem Abend nur ums Geschäft ging.

Ich fühlte ein Kribbeln auf meiner Wirbelsäule und dann ein unangenehmes Zucken zwischen meinen Beinen. An solche Empfindungen war ich nicht gewöhnt, daher überraschten sie mich.

Ich habe ihn noch nicht einmal kennengelernt, fühle mich aber zu ihm hingezogen. Wie seltsam!

Aber andererseits, welche Frau würde Carter Lawson nicht ins nächste Bett zerren wollen?

Er schob die Hände in die Taschen und wirkte so entspannt, als befände er sich zu Hause und würde sich ein Ballspiel ansehen. Die formelle Kleidung stand ihm offensichtlich gut zu Gesicht. Aber es lag nicht nur an seiner äußeren Erscheinung, dass ich ihn nicht aus den Augen lassen konnte. Da war noch etwas anderes.

Carter Lawson wirkte magnetisch, kultiviert und schien seine Welt zu beherrschen. Ich fragte mich, ob irgendjemand bemerkte, dass sein Auftreten zum größten Teil Fassade war. Ich war fasziniert, denn ich war aus irgendeinem Grund überzeugt, dass er schauspielerte. Vielleicht konnte ich einen Schwindler deshalb erkennen, weil auch mein Bild in der Öffentlichkeit zum größten Teil auf Lügen beruhte.

Obwohl ich nach außen so selbstbewusst auftrete, bin ich verletzlich. Und ihm wird es genauso ergehen.

Niemand sah meine Schwächen. Und ich war mir ziemlich sicher, dass auch niemand die von Carter Lawson erkannte.

Ich erschrak, als er plötzlich seinen Blick in meine Richtung wandte, mir in die Augen schaute und mich in meinen Stuhl bannte, als wäre ich ein Käfer in einem Experiment.

Ich fühlte mich unbehaglich.

In der Tat war es entschieden entnervend, Ziel seines intensiven Blickes zu sein.

Aber trotzdem konnte ich mich nicht von seinen Augen losreißen.

Er sah mich an, als könnte er mir bis in die Seele schauen. Ich hätte nicht sagen können, ob es mich ärgerte oder faszinierte, dass er als Einziger mein wahres Selbst sehen konnte.

Er erkennt jemanden in mir, der ihm gleicht.

Innerhalb von Sekundenbruchteilen spürte ich, welche Kraft von ihm ausging, war mir jedoch bewusst, dass er gleichzeitig nach außen hin etwas vortäuschte.

Auf seinen sinnlichen Lippen formte sich langsam ein Lächeln, kein breites Grinsen, sondern dieser sexy Ausdruck, den ein Mann zeigt, kurz bevor er eine Frau in sein Bett holt und ihre Welt vollkommen durcheinanderbringt.

»Brynn Davis und Laura Hastings? Oh mein Gott! Ich freue mich sehr, Sie hier anzutreffen!« Ich hörte den Aufschrei einer schrillen Stimme, konnte jedoch meinen Blick nicht von Carter lösen.

Ich ignorierte den Schrei einfach, denn ich schien meine Aufmerksamkeit nicht von dem Mann abwenden zu können, der mich mit seinen Blicken nackt auszog.

Mein Herz galoppierte und jeder Nerv in meinem Körper erwachte zum Leben.

Ich war verzaubert.

Ich war gefangen.

Und ich wollte den Blickkontakt auf keinen Fall abreißen lassen, obwohl er mich verstörte.

»Ja, das sind wir«, antwortete Laura warm, bevor sie mich mit dem Ellbogen anstieß, um meine Aufmerksamkeit zu erlangen.

Es tat beinahe weh, meinen Blick von Carter zu lösen. Sein Blick war eine Herausforderung und ich wollte herausfinden, was er von mir wollte. Doch schließlich schaffte ich es, mich aus seinem Bann zu befreien, und begrüßte den Neuankömmling an unserem Tisch, wie es die Höflichkeit verlangte.

Immerhin war ich eine öffentliche Person und gewohnt, meiner Umgebung Aufmerksamkeit zu schenken, wann immer ich nicht allein war, ob mich die Leute nun erkannten oder nicht.

Die junge Frau setzte sich auf den Stuhl neben mir. »Ich bin Stephanie. Ich bin so aufgeregt. Ich möchte Sie nicht stören, aber ich muss Ihnen sagen, wie sehr mir Ihr Blog über das Körperimage gefällt. Er scheint so eine positive Wirkung zu haben.«

Die junge Frau war hübsch und mindestens zehn Jahre jünger als ich. »Danke für Ihr Interesse«, erwiderte ich mit echter Dankbarkeit.

Für ein Model war es unerlässlich, sich in den sozialen Medien und im Internet zu repräsentieren. Millionen Frauen verfolgten Lauras und meinen Blog und unsere Beiträge in den sozialen Medien, und ich war jeder einzelnen dankbar dafür.

Hatten mir doch diese Frauen geholfen, dorthin zu gelangen, wo ich jetzt war.

»Ihr Blog macht meine schlechten Tage erträglicher«, erklärte sie ernst. »Ich denke, Sie erinnern mich daran, dass es in Ordnung ist, anders zu sein.«

Und genau *deshalb* waren Laura und ich jeden Tag dort draußen. Wir waren von einer Welt vereinnahmt worden, in der Perfektion von einem Designer definiert wurde, der nicht einmal in die von ihm entworfenen Kleider gepasst hätte.

Laura und ich wollten, dass die Frauen erkannten, dass sie das Recht besaßen, sich selbst zu lieben, auch wenn sie nicht in eine Form passten, die andere Menschen ihnen aufdrängten.

Stephanie war eigentlich nicht wirklich übergewichtig. Ich hatte die Erfahrung gemacht, dass die meisten Frauen, die dazu neigten, sich über ihre Körperfülle zu beschweren, oftmals eine durchschnittliche Kleidergröße trugen. In einer Welt, die Perfektion verlangte, war es so verdammt leicht, einen Fehler an sich zu finden, obwohl es eigentlich keinen gab.

Ich nickte. »Gut. Genau deshalb führen Laura und ich den Blog.«

Wir schrieben beide Texte für den Perfect Harmony Blog und versuchten, Frauen dazu zu bringen, sich so zu akzeptieren, wie sie waren, anstatt sich mit anderen zu vergleichen.

»Sie sind fantastisch«, begeisterte sich Stephanie.

Ich lächelte sie an. Meine Unfähigkeit, mit Komplimenten umzugehen, hatte ich bereits vor Jahren abgelegt, jedenfalls gab ich mich so nach außen.

Nun, da Stephanie an unseren Tisch gekommen war, gesellten sich noch mehr Frauen zu uns, um sich mit uns zu unterhalten.

Gewiss hatte ihr schriller Schrei die Aufmerksamkeit der anderen Frauen im Raum erregt.

Nicht dass ich es bedauerte, besonders nicht anlässlich einer öffentlichen Veranstaltung. Laura und ich hätten keine Millionen von Dollar verdienen können ohne die Menschen, denen unsere Arbeit gefiel. Und dieses Geld schenkte mir eine Freiheit, für die ich verdammt dankbar war.

Wir unterhielten uns größtenteils über unseren Blog, dem Lauras und meine Leidenschaft galt, und über einige der in den nächsten Monaten stattfindenden Veranstaltungen.

Laura holte ihr Handy hervor und ich tat es ihr gleich, um den Frauen, die sich um uns versammelt hatten, einige der Kleidungsstücke aus unserem Laden zu zeigen.

»Oh mein Gott, das gefällt mir!« Ein Chor von begeisterten Stimmen umgab uns, während wir Fotos von einigen Stücken aus unserer Kollektion aufriefen. Viele Frauen gaben bekannt, am nächsten Tag im Laden vorbeischauen zu wollen.

Mission erfüllt.

Laura und ich waren beide gut darin, für uns zu werben. Das hatten wir von Anfang an können müssen.

Als sich eine Stunde später die Menge um uns herum aufgelöst hatte, stieß ich einen erleichterten Seufzer aus. Meine Freundin und ich konnten uns jetzt getrost verdrücken.

Ich wagte noch einen letzten Blick auf den hinreißenden Carter Lawson.

Auch wenn ich von ihm fasziniert bin, er ist gefährlich.

Mit diesen warnenden Worten im Kopf beeilte ich mich, mit Laura die Veranstaltung zu verlassen. Hatte ich doch gelernt, meinen Instinkten zu vertrauen, und jetzt würde ich bestimmt nicht damit beginnen, sie zu verleugnen.

Kapitel 2

Carter

»Das ist gut gelaufen«, sagte ich zu meinem Bruder Mason, als die beiden Männer, mit denen wir uns während der ganzen Zeit hier auf der Wohltätigkeitsveranstaltung unterhalten hatten, in ihren Wagen stiegen und davonfuhren.

Ich musste mich beherrschen, nicht am Kragen meines Hemdes zu zerren, denn die Luftfeuchtigkeit in Seattle war unerträglich.

Ich war es gewohnt, mich zu zwingen, *niemals* so zu wirken, als fühlte ich mich unbehaglich.

Aber verdammt, es war nun einmal Sommer und obwohl ich die milden Winter genoss, waren die furchtbar feuchten und warmen Monate eine Qual, wenn man sich in einen Smoking zwängen musste. Am besten blieb ich dann in Räumen mit Klimaanlage.

Aber wenn ich dachte, ich selbst fühlte mich unbehaglich, so war Mason viel schlimmer dran. Er fuhr sich mit einer Hand durch sein leicht feuchtes Haar und lockerte dann seinen Kragen.

»Ich hätte es begrüßt, wenn sie eine Stunde früher gegangen wären«, brummte mein Bruder. »Oder zumindest hätten wir im

Gebäude bleiben sollen. Hier draußen ist es viel heißer.« Er zögerte, bevor er mich fragte: »Glaubst du, dass sie verkaufen?«

Ich zuckte mit den Schultern. »Ich habe keine Ahnung. Aber zu versuchen, ihr Vertrauen zu gewinnen, war es wert, uns zu Tode zu schwitzen.«

Mason warf mir einen gereizten Blick zu. »Das bezweifle ich. Es ist doch nicht so, als *müssten* wir ihre Firma unbedingt übernehmen.«

Vielleicht nicht. Aber Lawson Technologies beherrschte den Weltmarkt und ein Unternehmen aufzukaufen, das normalerweise mit uns konkurrierte, aber im Moment eine Krise erlitt, war ein Prinzip, dem wir folgen mussten. »Vielleicht ist es nicht unbedingt notwendig«, stimmte ich zu. »Aber du kannst doch nicht leugnen, dass es dir gefallen würde, sie zu übernehmen.«

»Weil sie mich seit Jahren ärgern«, erwiderte Mason. »Alles, was wir entwickeln, kopieren sie.«

»Nicht mehr lange«, stellte ich fest. »Ihre finanzielle Situation ist äußerst schlecht. Es bleibt ihnen keine andere Wahl als zu verkaufen.«

»Wir werden sehen«, schnappte Mason gereizt, während er nach drinnen eilte.

Ich folgte ihm und musste grinsen, weil seine Stirn in Schweiß gebadet war.

Mason war es nicht gewohnt, oft aus seinem Büro herauszukommen. Ja, er reiste viel, aber es ging stets ums Geschäft und meist bewegte er sich nur zwischen unseren international verteilten Büros hin und her. Und zudem reiste er immer in seinem privaten Luxusflugzeug, das natürlich über eine Klimaanlage verfügte.

Er war jedoch keineswegs untrainiert. Er hatte sich überall private Fitnessräume eingerichtet und mein ältester Bruder war alles andere als undiszipliniert.

Alles, was er tat, drehte sich um unseren gigantischen Technologiekonzern. Ich war mir ziemlich sicher, dass er Lawson Technologies aß, atmete und schlief.

Um ehrlich zu sein, langsam gewann ich sogar die Überzeugung, dass er niemals mit einer Frau schlief. Ich hätte nicht gewusst, wann er Zeit dazu gehabt hätte.

F. A. Scott

Als wir zu den Leuten im Saal zurückkehrten, wurde mein Blick automatisch von dem Tisch angezogen, an dem ich eine Frau bemerkt hatte, die ich unbedingt in meinem Bett haben wollte. Seltsam, aber ich atmete erleichtert auf, als ich sah, dass sie und ihre Freundin immer noch da waren. Und langsam verstreute sich auch die Menge, die mir den Blick auf die atemberaubende Frau verstellt hatte.

Mason blieb an der Bar stehen, um sich einen Drink zu bestellen, und ich folgte seinem Beispiel.

Es überraschte mich, dass mein älterer Bruder in die gleiche Richtung wie ich starrte. Abwesend nahm ich mein Getränk vom Barkeeper entgegen.

»Bist du interessiert?«, fragte ich ihn und meine Stimme klang barscher als beabsichtigt.

Was, wenn er ebenfalls interessiert ist? Eigentlich erhebe ich keine Besitzansprüche auf eine Frau. Mason braucht die Zerstreuung vielleicht nötiger als ich.

Aus irgendeinem Grund schrie mein Geist protestierend auf, als ich daran dachte, Mason könnte die verführerische Dunkelhaarige in sein Bett holen.

»Sie ist entzückend«, gab Mason zu, der offensichtlich nur ungern gestand, wenn er eine Frau attraktiv fand. »Sie sieht aus wie ein Engel.«

»Die Brünette?«, fragte ich ihn verblüfft. Die Frau sah eigentlich mehr aus wie ein Geschöpf des Teufels, das einen Mann so lange in Versuchung führen konnte, bis er wahnsinnig wurde.

Ganz gewiss würde ich sie nicht als Engel bezeichnen.

Sie war sinnlich.

Sie war verführerisch.

Und sie sah mich an, als könnte sie geradewegs in mich hineinblicken – was definitiv nicht der Fall war, denn sonst wäre sie geflüchtet.

Ihr dunkles Haar schimmerte ein wenig wie Zimt und ich hätte am liebsten meine Hände in die Lockenmähne getaucht, um herauszufinden, ob sich ihre Haare tatsächlich so seidig anfühlten wie sie aussahen.

Ich hatte mich auf den ersten Blick zu ihr hingezogen gefühlt und diese Anziehungskraft war nicht nur rein körperlich. Da war etwas an ihr, das … anders war.

»Nicht die Brünette«, erwiderte Mason in einem merkwürdigen Bariton, den ich noch nie zuvor von ihm gehört hatte. »Die Blonde.«

Verdammt, ich seufzte erleichtert auf. Meinem Bruder gefiel die hübsche Blonde, die neben meiner dunkelhaarigen Versuchung saß. »Sollen wir uns vorstellen?«, schlug ich vor.

Mein Bruder löste seinen Blick von der Frau, die ihn offensichtlich magisch anzog, und wandte sich mir zu. »Ich mag es nicht, Frauen zu belästigen, Carter.«

»Das ist doch keine Belästigung«, widersprach ich. »Das nennt man sozialen Kontakt aufnehmen.«

»Nun, ich nehme an, dann bin ich wenig *sozial*«, polterte er und leerte sein Glas zur Hälfte. »Ich werde mich auf den Weg ins Büro machen.«

Ich warf einen Blick auf meine teure Uhr. »Jetzt? Es ist nach zehn.«

»Ich habe Kleider zum Wechseln dort und ich habe noch zu arbeiten«, antwortete Mason.

»Nein, du musst jetzt wirklich nicht mehr arbeiten«, widersprach ich. »Mason, wir haben einen Manager eingestellt, damit wir es alle etwas langsamer angehen lassen können.«

Nachdem sich unser jüngerer Bruder Jett verlobt hatte, waren wir übereingekommen, nicht mehr rund um die Uhr zu arbeiten. Wir wollten mehr Zeit haben, um unsere beiden Schwestern in Colorado zu besuchen, und endlich wirklich leben.

Lawson hatte mich und meine zwei Brüder zu mehrfachen Milliardären gemacht, wofür wir allerdings alles andere in unserem Leben geopfert hatten, einschließlich des Familienlebens. Meine Schwestern waren beide verheiratet und hatten sich niedergelassen. Jett wollte heiraten und außerdem mehr Zeit für seine Verlobte Ruby haben. Und außerdem hätte auch er gern wieder unser Familienleben aktiviert. Obwohl Mason, Jett und ich Lawson gemeinsam führten, verbrachten wir kaum Freizeit als Familie miteinander. Immer ging es nur ums Geschäft. Und da jeder von uns sein eigenes Gebiet innerhalb des Unternehmens leitete, sahen wir uns kaum, obwohl wir im selben Gebäude arbeiteten.

Jett war der Visionär und der Cyber Security Experte.

Ich selbst war für den Vertrieb verantwortlich.

Und Mason übernahm so ziemlich alles andere, was mit dem Wachstum unseres Technologie-Giganten zu tun hatte. Ihm hatten wir unseren globalen Markt zu verdanken und er war es, der auch im Moment noch daran arbeitete, die Länder zu erobern, in denen Lawson noch kein gebräuchlicher Begriff war.

»Ich werde Jetts und Rubys Verlobungsparty besuchen«, stellte Mason fest, als vollbrächte er damit eine Meisterleistung. »Obwohl ich immer noch nicht verstehe, warum sie jetzt erst feiern. Sie sind doch schon seit Monaten verlobt.«

»Ruby ist noch ziemlich jung«, erklärte ich. »Und Jett möchte ihre Verlobung endlich feiern, sie aber aus Rücksicht auf ihre Vergangenheit nicht zu schnell heiraten. Er will ihr Zeit geben, sich selbst zu finden.«

Meiner Meinung nach bedeutete es für meinen jüngeren Bruder die Hölle, so lange auf die offizielle Verbindung zu warten. Aber ich respektierte die Tatsache, dass er seine dreiundzwanzigjährige Verlobte nicht drängen wollte, denn sie hatte ein Leben der Misshandlung und Obdachlosigkeit hinter sich.

Nicht dass Ruby nicht gewusst hätte, was sie wollte. *Das* hatte ich erfahren müssen, als ich versucht hatte, die beiden auseinanderzubringen. Ich hatte ihr nämlich unterstellt, meinen wohlhabenden, aber verängstigten Bruder auszunutzen.

Doch zum ersten Mal in meinem Leben hatte ich unrecht.

Ruby hatte mich wachgerüttelt und mich eines Besseren belehrt, was ich nicht vergessen hatte und wahrscheinlich auch in Zukunft nicht vergessen würde. Ungeachtet der Tatsache, dass Jett hinkte, wenn er sich überanstrengte, und mit den Narben eines beinahe tödlichen Hubschrauberabsturzes vor ein paar Jahren leben musste, liebte Ruby ihn von ganzem Herzen.

Und daran zweifelte auch ich mittlerweile nicht mehr im Geringsten.

Was mir unlogisch und unwahrscheinlich erschienen war, machte jetzt einen Sinn.

Mein jüngerer Bruder und seine noch jüngere Verlobte gehörten zusammen.

»Sie liebt ihn«, knurrte Mason. Er klang zufrieden. »Ruby ist gut für Jett.«

»Das finde ich auch.«

»Aber ich verstehe trotzdem nicht, warum sie eine Party veranstalten müssen«, bemerkte er und kippte den Rest seines Getränkes hinunter. »Das ist doch Zeitverschwendung. Die Verlobung hat doch bereits stattgefunden.«

Ich grinste. Natürlich sah Mason *niemals* einen Grund zum Feiern. »Du musst es auch nicht verstehen«, erwiderte ich. »Aber du musst dort erscheinen. Danica und Harper kommen mit ihren Männern speziell für die Party in die Stadt. Und wir werden es dir nicht verzeihen, wenn du dich drückst.«

»Ich komme«, bestätigte er und verzog schmerzlich das Gesicht. »Ich werde doch die Gelegenheit nicht verpassen, die ganze Familie zusammen zu sehen.«

Ich glaubte ihm. Sobald Mason sein Wort gegeben hatte, hielt er es auch. »Fahr nach Hause«, riet ich ihm, denn ich fand, dass er müde aussah. »Überlass einen Teil der Arbeit unserem Manager und den Angestellten. Wir müssen nicht mehr rund um die Uhr arbeiten und auf unseren Schlaf verzichten.«

Mason zuckte mit seinen breiten Schultern. »Was könnte man denn ansonsten tun?«

Ich leerte mein Glas und stellte es auf den Tresen. Dann verschränkte ich die Arme.

Mein älterer Bruder war zwar immer schon der ernste von uns Brüdern gewesen, aber so weltfremd wie jetzt hatte er sich nicht immer gegeben. Zweifelsohne war er so geworden, weil er jede wache Minute in der Firma verbracht hatte. Es war längst an der Zeit, dass er es etwas langsamer angehen ließ.

Er sah vollkommen erledigt aus. Er musste unbedingt seinem Leben etwas Vergnügen abgewinnen, anstatt sich für ein Unternehmen aufzureiben, das ganz gut ohne uns alle zurechtkommen konnte, wenn es nötig war.

Verdammt, ich verlangte ja nicht von ihm, seine Teilhaberschaft an Lawson aufzugeben. Wir alle drei hatten unsere Firma zu einem weltweit anerkannten Konzern aufgepäppelt.

Damals war unser bedingungsloser Einsatz notwendig gewesen. Heute war das nicht mehr nötig.

Ehrlich, wie mein Bruder Jett begann auch ich langsam, die Notwendigkeit zu spüren, unsere Familie wieder zusammenzubringen. Zwar hätte ich das ihm gegenüber niemals zugegeben, doch ich merkte, wie weit wir uns alle voneinander entfernten.

Wir alle waren in Rocky Springs, Colorado aufgewachsen. Doch als unsere Eltern bei einem Autounfall ums Leben kamen, gingen wir mit deren Tod unterschiedlich um.

Jeder trauerte auf seine Weise.

Aber jetzt war es höchste Zeit, wieder eine Familie zu sein.

Ich wusste verdammt gut, dass wir einander vermissten, obwohl wir niemals den Wunsch verspürt hatten, den tragischen Tod unserer Eltern gemeinsam zu verarbeiten. Vielleicht hatten wir Raum gebraucht, unsere Wunden getrennt voneinander zu lecken. Aber verdammt, wir waren eine Familie und es war an der Zeit, uns auch wie eine zu benehmen.

Ja, wir waren füreinander da, wenn es nötig war. Aber was in aller Welt war geschehen, dass wir nicht auch Schönes miteinander teilten?

»Es gibt genügend anderes in der Welt als immer nur Arbeit«, erklärte ich ihm. Allerdings kannte ich selbst nicht viele dieser vergnüglicheren Aktivitäten. Doch ich wollte unbedingt wieder ein Leben außerhalb des Büros beginnen.

»Was genau?«, wollte Mason wissen und hob fragend eine Braue.

»Liebe?«, schlug ich vor. »Vielleicht das, was unsere Schwestern und Jett jetzt haben? Vielleicht, sich um einen Menschen zu kümmern, anstatt immer nur um unsere verdammte Firma.«

Vielleicht sollte ich lieber den Mund halten, war ich doch ein ebensolcher Workaholic wie meine beiden Brüder. Vor ein paar

Jahren war etwas mit mir geschehen, und zwar nichts Gutes. Als wir nach Jetts Unfall abwarten mussten, ob er leben oder sterben würde, hatte ich erkannt, wie wenig Aufmerksamkeit ich der Welt um mich herum schenkte.

Leider hatte ich mich in ein unglückliches Arschloch verwandelt und suchte mein Vergnügen im Alkohol, bei Frauen und mit Dingen, die mich in Schwierigkeiten brachten.

Ich hatte mich selbst dafür gehasst, meinen Bruder nicht besser beschützt zu haben, was dazu führte, dass ich mich übertrieben um ihn sorgte, sobald wir wussten, dass er zwar überleben, aber für den Rest seines Lebens Narben und andere Schäden zurückbehalten würde. Ich hatte versucht, zwischen ihn und Ruby einen Keil zu treiben, denn ich wollte verhindern, dass Jett von einer Frau ausgenutzt und am Ende noch gebrochener zurückblieb, nachdem sie ihn ausgelutscht und dann fallen gelassen hätte.

Aber im Gegenteil, Ruby hatte Jetts Leben zu seinem großen Vorteil verändert. Ich war einfach zu dumm gewesen zu sehen, dass die Frau ihn bedingungslos liebte.

Und jetzt tat ich alles, um diesen Fehler wiedergutzumachen.

Vielleicht hatte ich mich am Ende selbst ein bisschen in Ruby verliebt. Nicht auf romantische Weise, sondern eher so, wie ich meine beiden Schwestern liebte und verehrte.

»Die Liebe ist für Männer wie Jett«, stellte Mason unglücklich fest. »Und er hat sie, verdammt noch mal, verdient.«

»Soll das heißen, wir beide sind zu abgestumpft dazu?«, hakte ich nach.

Ich war tatsächlich ein hoffnungsloser Fall. Ich war zu weltfremd und zu zynisch, um eine Beziehung haben zu können, wie sie Jett mit Ruby führte. Aber vielleicht konnte ich lernen, mich etwas weniger wie ein Arschloch zu verhalten als gewöhnlich.

»Ich bin auf jeden Fall zu abgestumpft«, erwiderte Mason barsch. »Aber was ist mir dir?«

Ich zuckte mit den Schultern. »Ich bin nicht der Typ, der sich verliebt. Das wird niemals geschehen. Aber ich hätte gern, dass wir wieder eine glückliche Familie werden.«

»Das wünsche ich mir auch«, stimmte Mason mit einem Hauch von Bedauern zu.

»Mit der Zeit werden wir es schaffen«, erklärte ich. »Wir werden einfach alle zu sehr von unserem eigenen Leben in Anspruch genommen und haben vergessen, dass wir Teil einer Familie sind.«

Mason verschränkte seine massigen Arme vor der Brust. »Können wir das reparieren? Verdammt, ich bin vierunddreißig Jahre alt und du bist nur zwei Jahre jünger. Wir haben eine Menge verpasst.«

Ich grinste ihn an. »Wir können uns nicht gerade als alt bezeichnen. Und ja, ich denke, wenn wir unsere Familie wirklich wieder zusammenbringen wollen, wird es uns gelingen.«

Gab es überhaupt ein Alter, in dem es zu spät war, wieder als Familie zusammenzufinden? Ich glaubte nicht. Noch vor einem Jahr hätte ich vielleicht so viele Zweifel gehabt wie Mason. Doch nach einigen erleuchteten Momenten mit Jett während der letzten Monate und direkt nach seinem Unfall war ich mir ziemlich sicher, dass wir tatsächlich wieder eine Familie werden konnten.

Wir mussten lediglich herausfinden, wie das ohne unsere Eltern zu bewerkstelligen war.

Aber ich denke, wir hatten inzwischen alle genügend Zeit, um zu realisieren, dass unsere Eltern niemals zurückkommen würden und wir nur noch uns hatten.

Als Kinder hatten wir uns nahegestanden.

Aber wir hatten uns ... verloren.

Mason gab mir einen Klaps auf die Schulter. »Ich gehe jetzt.«

»Fahr nach Hause!«, ermahnte ich ihn.

»Mal sehen«, erwiderte er unbestimmt.

Gewiss bedeutete das, er würde ins Büro gehen.

»Ich denke, ich bleibe noch ein bisschen«, erwiderte ich und lenkte meinen Blick wieder auf die temperamentvolle Brünette.

Heute Abend hatte es keinen einzigen Moment gegeben, an dem ich mir ihrer Anwesenheit nicht bewusst gewesen wäre. Seit der ersten Sekunde, in der ich sie gesehen hatte.

»Du wirst also weiter die Frauen belästigen?«, fragte er.

»Beobachten«, verbesserte ich ihn.

»Und lass die sexy Blonde in Ruhe«, warnte er mich. »Sie ist viel zu süß für dich.«

»Sie gehört dir«, beruhigte ich ihn.

»Das wäre schön. Aber so ein Engel ist leider nichts für mich«, knurrte er. Dann drehte er sich um und ging.

Ich musste grinsen, während ich beobachtete, wie er auf den Ausgang zuging und dann verschwand, denn ich war mir ziemlich sicher, dass sein Interesse an der blonden Frau schwinden würde, sobald er in seinem Büro war und zu arbeiten begann.

Ich musste mich erneut fragen, ob mein Bruder jemals irgendwelchen Sex hatte. Denn falls nicht, brauchte ich mich nicht mehr zu wundern, dass er so gereizt war.

Ich wandte mich von der schwindenden Gestalt meines Bruders ab und konzentrierte mich wieder auf meine Mission, was in diesem Fall bedeutete, mich mit der einzigen Frau bekannt zu machen, die in letzter Zeit meine Aufmerksamkeit erregt hatte.

Ich wollte sie in meinem Bett haben.

Und ich war es gewohnt, genau das zu bekommen, was ich mir wünschte.

»Verdammt!«, fluchte ich, als ich merkte, dass die Frau, die ich bereits während des ganzen Abends hatte kennenlernen wollen, gegangen war, während ich mich von meinem Bruder hatte ablenken lassen.

Kapitel 3

Brynn

Später am Abend blickte ich seufzend durch das riesige Panoramafenster meiner neuen Eigentumswohnung.

Ich war gerade erst eingezogen und vollkommen zufrieden mit meiner Entscheidung. Die Wohnung lag nur ein paar Häuserblocks von der Boutique entfernt und wenn ich aus dem großen Fenster meines Wohnzimmers auf die tief unter mir liegende Stadt blickte, empfand ich unglaublichen Frieden.

Stilles Chaos.

Die Geräusche des regen Treibens unter mir drangen nicht in die obere Etage des aus Eigentumswohnungen bestehenden Wolkenkratzers hinauf. Es hatte etwas Magisches, all die Lichter und die Unruhe der Stadt zu sehen, aber nicht zu hören.

Die Wohnung bot einen wunderbaren Ausblick von Westen auf den Puget Sound, die große Bucht von Seattle, und unter mir breitete sich die Stadt kilometerweit aus.

Hier in meinem Zuhause fühlte ich mich sicher. So hoch über dem Wahnsinn der Stadt war ich lediglich eine Beobachterin.

Lauras Eigentumswohnung war nicht weit entfernt. Ich hatte bei ihr gewohnt und es genossen, doch letztendlich war ich froh, meine eigene Wohnung gefunden und gekauft zu haben, die ich als mein Zuhause betrachten konnte.

Die Wände hingen mittlerweile voller Bilder und spiegelten Jahre der Erfahrungen wider, die ich in den verschiedensten Ländern der Welt gesammelt hatte.

Ich lächelte, als ich die Fotos betrachtete, die meine Mutter und mich in den Anfängen meiner Modelkarriere zeigten. Einer der Vorteile, den meine lange, erfolgreiche Laufbahn als Model mit sich gebracht hatte, bestand darin zu wissen, dass der einzige mir nahestehende Mensch meiner Familie sicher in einem wunderschönen Haus in meinem Heimatstaat Michigan lebte.

Ein wenig tat mir das Herz weh, denn ich hatte meine Mutter seit über einem Jahr nicht mehr gesehen, doch schon bald würde ich sie in Michigan besuchen.

Ich hatte versucht, sie davon zu überzeugen, mit mir nach Seattle zu ziehen, aber meine Mutter hatte ihr ganzes Leben in Michigan verbracht und wollte nicht von dort weg.

Ich verstand zwar, warum sie nicht hatte umziehen wollen, aber ich hatte einen so großen Teil meines Erwachsenenlebens von ihr getrennt verbracht, dass ich eigentlich gehofft hatte, endlich mit ihr in derselben Stadt wohnen zu können.

Aber Michigan war ihr vertraut und sie fühlte sich dort wohl. Wenn ich ehrlich war, musste ich zugeben, dass sie es wahrscheinlich gehasst hätte, in einer großen Stadt zu leben, nachdem sie ein Leben lang in einer eher ländlichen Gegend gewohnt hatte.

Obwohl ich wusste, dass sie zufrieden war, vermisste ich sie manchmal schmerzlich. Aber zumindest blieben mir die Erinnerungen an unsere gemeinsamen Reisen zu Beginn meiner Karriere.

Ich war bereits mit sechzehn Jahren für die Modelkarriere entdeckt worden und meine Mutter hatte sich für mich aufgeopfert, um mich als Minderjährige überall dorthin zu begleiten, wo immer ich aus beruflichen Gründen sein musste.

Diese späten Teenagerjahre waren wahrscheinlich die glücklichsten meines Lebens.

Wir waren für die Shootings von Ort zu Ort gereist und hatten Dinge gesehen, die wir uns nicht hätten träumen lassen.

Leider wurde bei ihr Brustkrebs diagnostiziert, als ich gerade achtzehn geworden war, und so musste ich auf ihre Begleitung verzichten.

Mom hatte die beste Pflege bekommen und meine Tante, ihre Schwester, hatte ihr helfend zur Seite gestanden. Aber trotzdem wäre ich als ihre Tochter auch gern bei ihr gewesen. Doch meine Mutter hatte mich stets ermutigt weiterzumachen, als es mit meiner Karriere bergauf ging. Ja, sie hatte mir erlaubt, finanziell für sie zu sorgen, denn sie hatte keine Wahl. Wie auch immer, sie hatte dafür gesorgt, dass mein Leben nicht endete, weil sie an Krebs erkrankt war. Und das Leben als Model hatte es mir nicht gestattet, besonders viel Zeit in der kleinen Stadt in Michigan zu verbringen.

Nach einem langen sechsjährigen Kampf hatte meine Mutter den Krebs schließlich besiegt und war gegenwärtig immer noch frei von dieser seelentötenden Krankheit, die ihr Leben zerstört hatte.

Als ich mich dann schließlich entschlossen hatte, es langsamer angehen zu lassen und Wurzeln zu schlagen, hatte ich mir nichts sehnlichster gewünscht, als dass sie sich mir hier in Seattle angeschlossen hätte, denn ich selbst musste immer noch an meiner Karriere arbeiten. Es musste immer noch Geld hereinkommen, damit ich für meine Mutter sorgen konnte. Aber so stur wie meine Mutter nun einmal war, bestand sie darauf, dort zu bleiben, wo sie war, während ich unbedingt nach Seattle ziehen sollte, um beruflich noch etwas mehr zu erreichen. Sie war froh, ihre Schwester bei sich zu haben. Meine Tante Marlene hatte meinen Onkel vor fünf Jahren durch einen Herzanfall verloren. Und nun lebten die beiden Schwestern nicht nur zusammen, sondern waren ein Herz und eine Seele.

Ich griff nach meinem Telefon und ließ mich aufs Sofa fallen. Dann tippte ich die Nummer meiner Mutter ein. In Michigan war es drei Stunden später als in Seattle, aber meine Mutter war eine ziemliche Nachteule.

»Hallo meine Süße«, meldete sich meine Mutter direkt nach dem ersten Klingelton. »Ist alles in Ordnung?«

»Es geht mir gut«, informierte ich sie. »Du hast mir lediglich gefehlt.«

»Du fehlst mir auch, Brynn«, sagte sie sanft. »Aber ich bin so stolz auf dich.«

Ich lächelte. Meine Mutter war stets mein größter Fan gewesen. »Du klingst hellwach«, stellte ich fest.

»Ich bin gerade erst nach Hause gekommen. Ich habe mich mit Mick auf Kaffee und Kuchen getroffen.«

»Du triffst dich immer noch mit ihm?«, fragte ich besorgt.

Mick gab es nun bereits seit mehr als einem Jahr im Leben meiner Mutter. Sie behauptete, sie seien lediglich Freunde, aber ich fragte mich, ob nicht doch mehr dahintersteckte.

Obwohl ich wollte, dass sie glücklich war, betrachtete ich jeden Mann äußerst skeptisch, der sich mit meiner Mutter traf. Sie war noch immer wunderschön und eine strahlende Persönlichkeit, die die Aufmerksamkeit jedes Mannes erregte.

Aber wegen ihrer Vergangenheit erschienen mir alle Männer suspekt.

»Mom, bist du sicher, dass da nicht mehr ist als reine Freundschaft?« Ich wollte nicht, dass irgendjemand ihr wehtat.

Ich selbst hatte gelernt, meine Unsicherheiten tief in mir zu verbergen, aber meine Mutter hatte sich nie geändert. Sie war wie ein offenes Buch und trug ihre Gefühle wie eine Fahne vor sich her.

»Und wenn es so wäre?«, fragte sie vorsichtig.

Ich seufzte. »Dann würde ich mir Sorgen machen.«

»Brynn, Mick verfügt über eigenes Geld. Darum geht es ihm nicht.«

»Das ist es auch nicht«, gab ich zu. »Ich möchte nur nicht erleben, dass du enttäuscht wirst.«

»Oh Liebes«, säuselte sie. »Bitte, lass nicht zu, dass das, was damals geschehen ist —«

»Nein, das tue ich nicht«, unterbrach ich sie hastig, wohl wissend, dass ich log.

»Und du, triffts du dich mit jemandem?«, erkundigte sie sich skeptisch.

»Nein, Mom. Ich bin zu beschäftigt mit meiner Karriere. Ich reise. Ich habe viel zu tun.«

»So viel reist du doch gar nicht mehr und immerhin hast du dich niedergelassen«, erinnerte sie mich. »Ich würde wirklich noch gern ein Enkelkind haben, bevor ich zu alt bin, um mit ihr oder ihm spielen zu können.«

»Darauf solltest du nicht warten«, erwiderte ich leichthin. »Es gibt niemanden.«

Wirklich, es hatte auch nie jemanden gegeben. Ich traf mich zwar mit Männern, doch wenn es zu ernst wurde, lief ich vor einer Beziehung davon.

Mir gefiel Sex so gut wie jeder anderen Frau, aber die Verstrickungen einer Beziehung erschienen mir viel zu erstickend.

»Nicht alle Männer sind mies, Brynn«, erinnerte sie mich.

Meiner Erfahrung nach waren sie das doch. Aber ich antwortete: »Ich weiß, Mom.«

Seit über zehn Jahren hatte ich keinen Mann mehr näher an mich herangelassen und ich konnte mir auch nicht vorstellen, dass sich das in naher Zukunft ändern würde. Wahrscheinlich würde sich das *niemals* ändern.

Gelegentlich traf ich mich mit jemandem.

Ich hatte auch Sex, wenn ich wollte.

Und dann ging ich meiner Wege.

Auf diese Art fühlte ich mich sicherer.

Meine Mutter und ich unterhielten uns eine Weile über Freunde und Familie in Michigan, das Wetter, die Boutique und Tausende anderer Dinge, bevor wir bereit waren, unser Gespräch zu beenden.

»Lass deine Zukunft nicht von deiner Vergangenheit beeinflussen«, warnte mich meine Mutter unheilvoll.

»Nein, sicher nicht«, stimmte ich ihr entgegenkommend zu, obwohl mir bewusst war, dass ich immer noch gegen meine Dämonen kämpfte.

Meine Mutter hingegen war bereit, nach vorn zu blicken.

Ich jedoch wusste nicht, ob ich jemals soweit sein würde.

»Ich liebe dich«, versicherte ich ihr.

»Ich liebe dich auch, mein Schatz. Versuche, an meinen Enkelkindern zu arbeiten. Du bist mein einziges Kind.«

Oh Gott, die ewigen Schuldgefühle. »Sicher, Mom.«

Wir beendeten das Gespräch und ich warf mein Handy auf den Tisch, der vor der Couch stand.

Dann nahm ich ein großes Kissen, umarmte es und drückte es an mich.

Meine Mutter war der einzige Mensch, auf den ich immer zählen konnte, von Laura einmal abgesehen.

Ich brauchte keinen Mann, um mein Leben zu vervollständigen.

Eigentlich kam ich gut mit mir selbst zurecht, doch seit Kurzem fühlte ich mich viel einsamer als jemals zuvor. Vielleicht lag es am Ortswechsel. Hier in Seattle verfügte ich noch nicht über viele Freunde und Bekannte. Ich hatte sie alle zurückgelassen, als ich aus New York City weggezogen war.

Ich vermisste die Partys.

Ich vermisste es, ständig so beschäftigt zu sein, dass ich nicht nachdenken musste.

New York war voller Menschen, die ich kannte und die mit mir eine Ausstellung oder eine Show besuchen, mit mir etwas trinken gehen oder mich zu jeder anderen beliebigen Aktivität begleiten würden, die meine Gedanken für eine gewisse Zeit in Anspruch nahmen.

In Seattle fühlte ich mich mehr wie zu Hause und ich entdeckte gerade, dass es für mich tatsächlich in gewisser Weise gefährlich war, mich niedergelassen zu haben und zur Ruhe zu kommen.

Ich dachte jetzt zu viel über mein Leben nach.

Ich dachte zu viel über meine Zukunft nach.

Mein Umzug hierher war die erste wirkliche Gelegenheit gewesen, mich mit der Tatsache auseinanderzusetzen, dass meine Karriere als Model eines Tages enden würde. Und ich musste wirklich über meine Zukunft nachdenken.

Sicher, ich war immer noch das bekannte Gesicht für »Easily Beautiful«, einen der weltweit größten Hersteller von Luxuskosmetik. Und ich war im Besitz eines einträglichen Vertrages, der nicht vor Ablauf eines weiteren Jahres enden würde.

Nicht dass ich mir um Geld wirklich hätte Sorgen machen müssen. Meine extrem lange und erfolgreiche Laufbahn als Model hatte mich wohlhabend gemacht. Und besser noch, sie hatte mich so mit Reisen und der Aufrechterhaltung meines äußeren Erscheinungsbildes auf Trab gehalten, dass mir keine Zeit zum Nachdenken geblieben war.

Jetzt hatte ich genügend Zeit.

Und das zehrte ziemlich an mir.

Ich schloss meine Augen und atmete einige Male tief ein und aus.

Achtsam in der Gegenwart zu leben hatte mir geholfen, all die Jahre der Verrücktheiten zu überstehen, die mein Beruf mit sich brachte.

Gräme dich nicht über die Vergangenheit.

Mach dir keine Sorgen um die Zukunft.

Alles, was ich wirklich habe, liegt im Jetzt.

Ich versuchte, *präsent* zu sein, im gegenwärtigen Moment zu leben, achtsam wahrzunehmen, wie ich mich im Raum bewegte und mit der Welt um mich herum kommunizierte.

Ich atmete weiter und versuchte, Geist und Körper zu einer Einheit werden zu lassen.

Das hatte mir bis jetzt immer geholfen.

Unglücklicherweise fand ich aber den Frieden nicht, nach dem ich mich sehnte. Mein Verstand war zu entschlossen nachzudenken, und ich schien die negativen Gedanken nicht vertreiben zu können.

Kapitel 4

Brynn

Am nächsten Morgen wachte ich früh auf und bereitete mich sofort darauf vor, das hochmoderne Fitnessstudio aufzusuchen, das zu meinem Wohnkomplex gehörte.

Ich war niemals der Typ Frau gewesen, der in einem Zustand der Melancholie verharrte, und jetzt würde ich nicht damit beginnen.

Das Training würde mir helfen, wieder zu einer normalen Gemütsverfassung zurückzufinden.

Ich packte auch mein Schwimmzeug in meine Sporttasche. Ich zahlte doch nicht umsonst ein enorm hohes Hausgeld. An meine Eigentumswohnung waren alle erdenklichen Annehmlichkeiten geknüpft und ich plante, jede einzelne zu nutzen.

Ich blieb noch für eine kurze Meditation und ein paar entspannende Yogaübungen in meiner Wohnung, um meinen Geist auf die Gegenwart zu konzentrieren. Dann schnappte ich mir meine Tasche und verließ das Apartment.

Nachdem ich die Tür hinter mir verschlossen hatte, begab ich mich zum Aufzug – auf keinen Fall würde ich jeden Tag dreiundzwanzig

Stockwerke zu Fuß hinauf- und hinuntergehen. Ich wollte zwar fit sein, aber ich war keine Masochistin.

Doch im selben Moment, in dem sich die Aufzugtüren mit einem Rauschen öffneten und ich bemerkte, was – oder sollte ich sagen wer? – sich im Fahrstuhl befand, bereute ich meine Entscheidung.

Jedes einzelne weibliche Hormon in meinem Körper erwachte in Sekundenbruchteilen zu voller Alarmbereitschaft, denn im Aufzug stand Carter Lawson und grinste mir entgegen.

Meine hautenge, elastische Gymnastikhose und das entsprechende Trägerhemd gaben mir plötzlich das Gefühl, nackt zu sein. Ich korrigiere – die Art, wie er mich mit seinen Blicken auszog, erweckte in mir das Gefühl, nackt zu sein.

Genauso hatte es sich auch auf der Cocktailparty angefühlt.

Ich hasste die Tatsache, dass Carter so unglaublich gut aussah und dabei doch so maßlos gefährlich für mich werden konnte.

Ich stand dort wie festgewachsen und er musste mir einen Wink geben, in den Aufzug zu treten.

Schließlich trat ich hinein, verärgert über mich selbst. Ich *kannte* den Mann doch noch nicht einmal. Er mochte noch so umwerfend sein, es gab keinen Grund, mich von ihm derart irritieren zu lassen. *Nicht den geringsten Grund.*

Als ob ich nicht genügend hübsche Männer in meinem Beruf treffen würde.

Ich sah ständig die heißesten der männlichen Models und führte sogar gemeinsame Shootings und Drehs für Werbesendungen mit ihnen durch.

Aber keiner von diesen Männern hatte jemals mit einem einfachen Blick meine Brustwarzen so schmerzhaft hart werden lassen. Und ganz gewiss verspürte ich niemals das Bedürfnis, an einem von ihnen wie an einem Baum hochzuklettern und ihn anzubetteln, den scharfen Schmerz des Begehrens zu lindern, den ein einziger Blick Carters in mir hervorrief.

Seine Augen sind so herrlich blau.

Der Mann hatte doch bereits die genetische Lotterie gewonnen. Warum musste er auch noch diese umwerfenden Augen haben?

Ich riss mich von seinem Blick los, lehnte mich an die gegenüberliegende Wand und ignorierte ihn.

Doch sobald sich die Türen geschlossen hatten, tauchten neue Schwierigkeiten auf, denn ich konnte ihn *riechen*. Ich konnte ihn *spüren*. Und ganz gewiss konnte ich nicht vergessen, wie er in seinem maßgeschneiderten, dunkelblauen Anzug aussah, dessen Farbe zu seinen Augen passte.

»Gehen Sie ins Fitnessstudio?«, erkundigte er sich in einem lässigen Bariton, der durch meinen ganzen Körper zu vibrieren schien.

Seine Stimme war wie der feinste Whisky und die schlimmste Sünde und so viel heißer, als ich es mir jemals hätte vorstellen können.

»Ja«, erwiderte ich. Meine Stimme klang bedeutend ängstlicher, als mir lieb war. »Und ins Schwimmbad.«

»Nette Ausstattung«, bemerkte er. »Leben Sie schon länger hier? Ich habe Sie noch nie hier gesehen.«

Warum nur hörte sich sein Kommentar bezüglich der Ausstattung der Sportanlagen nur so an, als wollte er etwas ganz anderes sagen? *Ich beginne, mir etwas einzubilden.*

Ich blickte ihn immer noch nicht an, denn er gab mir ein Gefühl der Unsicherheit, doch ich konnte seinen Blick auf mir spüren.

Ich zuckte mit den Schultern. »Ich habe hier eine Wohnung gekauft. Ich bin erst letzte Woche eingezogen.«

Ich wollte, dass er aufhörte zu reden. Seine Stimme wirkte auf mich wie ein Paarungsruf und ich war definitiv läufig.

»Ich wohne im Penthouse«, dröhnte seine Stimme.

Ja. Natürlich. Wahrscheinlich konnte sich nur ein Milliardär die luxuriöse Wohnung leisten, die das gesamte obere Stockwerk in Anspruch nahm.

Endlich sah ich ihn doch an, bereute es jedoch sofort. Ein unangenehmes Gefühl raste an meiner Wirbelsäule hinunter und drang bis in jeden Wirbel, bis all die Energie sich schließlich zwischen meinen Beinen sammelte. »Haben Sie keinen eigenen Aufzug?«, fragte ich schnippisch und ärgerte mich, dass ich so gereizt klang.

Sein Lächeln wurde breiter, als wüsste er, wie seine Anwesenheit in dieser engen Kabine auf mich wirkte. Dann zuckte er mit den Schultern. »Er wird gerade gewartet.«

Und natürlich war es auch für *ihn* keine Alternative, die Treppe zu benutzen. Nicht dass ich ihm das vorgeworfen hätte. Er sah aus, als wäre er für einen Arbeitstag gekleidet, es gab kein einziges Haar an ihm, das nicht an seinem Platz gelegen hätte.

Ich suchte nach einem Schwachpunkt, der ihn menschlicher hätte erscheinen lassen, doch ich konnte keinen einzigen finden. Irgendwie hatte ich das Gefühl, alles, was Carter Lawson tat, war betont lässig und kalkuliert.

»Wie traurig für Sie«, gab ich in einem leicht sarkastischen Tonfall zurück.

Mein Gott! Ich musste aus diesem Aufzug heraus. Die kurze Fahrt hatte mich bereits in eine tollwütige Zicke verwandelt.

Offensichtlich nützte mir all mein Training, mich in der Öffentlichkeit stets freundlich zu geben, nichts mehr.

Die Art meiner Gefühle, wenn ich mich in Carters Nähe befand, machte mich so kribbelig, dass ich jede Millisekunde zählte, bis ich endlich flüchten konnte.

Ich bereitete mich gerade darauf vor, erleichtert aufzuseufzen, denn der Aufzug hatte beinahe die Höhe der Eingangshalle erreicht, als der Fahrstuhl plötzlich anhielt.

Ich brauchte einen Augenblick, um zu realisieren, dass Carter mit der Hand auf den Nothaltknopf geschlagen hatte.

Sein Gesichtsausdruck war jetzt weniger liebenswürdig und viel wilder als zuvor, als er mich in den Aufzug gewunken hatte.

Mein Magen hob sich gleichzeitig mit der Bewegung des taumelnd zum Halt kommenden Aufzugs. Ich starrte ihn an. »Was haben Sie vor?«

»Ich will mit Ihnen zu Abend essen«, stellte er fest, als wäre es ein Befehl. »Wir haben uns doch gestern auf der Wohltätigkeitsveranstaltung gesehen. Es gab da eine Verbindung zwischen uns. Ich weiß, Sie wissen, wovon ich rede. Das Schicksal muss uns in diesem Aufzug zusammengeführt haben. Ich hätte ohnehin versucht, Sie zu finden, aber jetzt sind Sie hier und wir leben sogar in demselben Gebäude.«

»Warum müssen wir dem nachgeben?«, wandte ich atemlos ein, während er sich mir näherte. »Und an Schicksal glaube ich nicht. Wir gestalten unser Los selbst.«

»Normalerweise glaube ich auch nicht an Vorherbestimmung«, knurrte er. »Ich bin der Letzte, der etwas dem Schicksal überlassen würde.«

»Ich habe zu tun«, erklärte ich hastig.

»Heute Abend?«, erkundigte er sich stirnrunzelnd.

»Jeden Abend«, erwiderte ich, während er mich an die Wand drängte.

Er hielt mich zwischen seinen Armen gefangen, die er rechts und links von mir gegen die Wand gestützt hatte. Sein Körper war mir so nahe, dass ich beinahe gestöhnt hätte.

»Schwachsinn«, polterte er. »Sie sind ebenso fasziniert wie ich. Uns verbindet dieselbe Chemie. Ich verstehe es zwar verdammt noch mal nicht, aber ich würde es gern kapieren. Und Sie sicher auch, denke ich.«

»Vielleicht mag ich Sie ganz einfach nicht. Ich mag keine Männer, die mich bedrängen«, sagte ich böse. »Bitte setzen Sie den Aufzug wieder in Bewegung. Ich bin mir sicher, die Fehlfunktion ist bereits am Empfangstresen gemeldet worden. Dort werden sie die Feuerwehr benachrichtigen.«

»Das ist mir scheißegal«, antwortete er. »Sagen Sie, dass Sie mit mir zu Abend essen werden, und ich werde umgehend den richtigen Knopf drücken.«

Ich musste meinen Kopf leicht in den Nacken legen, um ihn anzusehen, was bei einem Model, das die meisten Männer überragte, etwas heißen wollte. »Kein Interesse«, sagte ich bestimmt, aber doch mit einer gewissen Sehnsucht, die ich nicht ganz aus meiner Stimme hatte heraushalten können.

Er roch nach Sandelholz und Alpha-Mann, ein Duft, der mich vollkommen berauschte, und ich hasste mich dafür, dass in mir der

Wunsch erwachte, mich in dem Vergnügen zu verlieren, das meine Sinne erfuhren.

Aber was mich wirklich berührte waren seine Augen. Sie hatten sich in ein schmelzendes Blau verwandelt und ich konnte in ihnen einen kaum wahrnehmbaren Funken des Verlangens sehen, ein Gefühl, das sich auch in meinem Inneren entzündet hatte.

»Abendessen«, beharrte er.

»Nein«, schoss ich zurück.

»Dann brauche ich definitiv dies hier«, sagte er, während sein warmer Atem über meine Lippen strich. Dann stieß er auf mich hinab, um mir meinen Mund zu rauben.

So natürlich, wie ich atmete, öffnete ich meine Lippen und gestattete ihm, mich in Besitz zu nehmen. Ich fühlte mich wie in einer Welt eingesponnen, in der es nur Carter gab, und ich fühlte mich so verdammt lebendig, als er mich eroberte und über jedes meiner Gefühle die Kontrolle erlangte.

Ich war oft geküsst worden. Viele Male. Aber niemals auf diese quälende Art, auf die Carter mich verschlang.

Er erregte mich.

Als er schließlich abschließend an meinen Lippen knabberte, war es wie ein Versprechen auf eine Welt der Lust, die ich noch nie zuvor betreten hatte.

Lediglich unsere Lippen berührten sich, doch es war auch nicht nötig, zusätzlich an irgendeiner anderen Stelle verbunden zu sein. Sein warmer, köstlicher Mund hatte mich vollständig zu seiner Gefangenen gemacht.

»Stopp!«, schrie ich schließlich mit schriller Stimme, nachdem ich meinen Kopf in Panik zur Seite gedreht hatte und verzweifelt seinen massigen Körper von mir wegdrückte.

Sofort schob er mich mit seinen Handflächen von mir weg, um Abstand zwischen uns zu schaffen. Und obwohl er mich freigab, fühlte ich mich noch in seiner köstlichen Aura gefangen.

Ich streckte meinen Arm aus, um den Knopf zu drücken, der uns wieder in Bewegung setzen würde.

Ich muss hier raus. Ich muss flüchten.

Sobald die Türen sich öffneten, hastete ich aus dem Aufzug, ohne die Handwerker zu beachten, die sich verwirrt zu fragen schienen, warum der Aufzug angehalten hatte.

»Warten Sie!«, hörte ich Carters Stimme hinter mir rufen. »Es tut mir leid«, sagte er, als er mich plötzlich am Oberarm packte und mich davon abhielt, weiter den Flur entlang zum Fitnessraum zu laufen.

Ich wirbelte herum, um ihm ins Gesicht zu sehen, zornig jetzt, da ich nicht mehr mit ihm auf engem Raum in der Falle saß. »Wenn Sie mich noch einmal anrühren, werde ich Sie mit meinem Pfefferspray zu Fall bringen«, warnte ich ihn.

Er wirkte überrascht. »Sie haben solch eine chemische Keule dabei?«

Gewiss hatte ich das. Schließlich hatte ich in New York City gelebt. Ich besaß sogar ein Betäubungsgewehr, obwohl das dort illegal gewesen war. »Ja«, erwiderte ich langsam, ohne ihn aus den Augen zu lassen.

»Habe ich Ihnen Angst eingejagt?«

»Nein«, leugnete ich. Was ich doch für eine Lügnerin war.

Bei Carter fürchtete ich zwar nicht um meine körperliche Sicherheit, aber ich hatte auf eine ganz andere Art Angst vor ihm. Instinktiv wusste ich ziemlich sicher, dass er mir körperlich nichts antun würde, doch ich war auch bezüglich meiner emotionalen Gesundheit zu keinem Risiko bereit. Er hatte etwas mit mir gemacht, das mich zu Tode ängstigte.

Ich verlor normalerweise nicht die Kontrolle über mich.

Ich gab einem Mann nicht so einfach nach. *Niemals.*

Und ganz sicher küsste ich keinen Fremden in einem Aufzug.

Ich hielt ihn auf Distanz und wand meinen Arm aus seinem Griff, weigerte mich aber, klein beizugeben. Gott sei Dank war der Flur, der zum Fitnessraum führte, beinahe menschenleer. Die meisten Leute befanden sich inzwischen auf dem Weg zur Arbeit.

Carter runzelte die Stirn. »Sehen Sie, ich weiß nicht, was gerade in mich gefahren ist. Ich wollte Sie wirklich nur zum Essen einladen, aber ich fühle mich auf eine eigenartige Weise, die ich nicht einmal verstehen kann, zu Ihnen hingezogen. Mein Name ist Carter –«

»Lawson«, vervollständigte ich. »Mitbesitzer von Lawson Technologies, das Ihnen zusammen mit Ihren beiden Brüdern Jett und Mason gehört. Ich weiß, wer Sie sind, und bin trotzdem nicht interessiert.«

»Wie kommt es dann, dass Sie mich kennen, obwohl Sie niemals *Interesse* an mir hatten?«

»Oh, es ist nicht so, als ob ich Ihnen niemals meine Aufmerksamkeit geschenkt hätte«, informierte ich ihn. »Zufälligerweise war ich eine der sehr frühen Investorinnen in Lawson Technologies. Ich habe eine Menge Geld in Ihr Unternehmen gesteckt, sobald es an die Börse ging. Und natürlich erledige ich stets meine Hausaufgaben und habe Nachforschungen angestellt.«

Seine Lippen wölbten sich leicht nach oben. »Dann sind Sie mir gegenüber im Vorteil.«

»Ich wette, das geschieht nicht sehr häufig«, murmelte ich.

»Kaum einmal«, gestand er.

Ich musste erst einen Fitnessstudiobesucher bemerken, der uns einen neugierigen Blick zuwarf, um mir bewusst zu werden, dass wir uns in der Öffentlichkeit befanden und uns ein Wortgefecht lieferten.

Ich muss zugeben, er hätte mich zwar nicht küssen dürfen, doch ich hätte mich jederzeit leicht befreien können. Und sobald er bemerkt hatte, dass meine Bereitwilligkeit schwand, hatte er sich zurückgezogen.

Ich war nicht der Typ Frau, der vor lauter Angst davonlief. Carter Lawson hatte mich lediglich überrascht. »Brynn Davis«, stellte ich mich vor und streckte widerstrebend die Hand aus.

Er ergriff sie sofort. »Waffenstillstand?«, fragte er.

Ich zog eine Braue in die Höhe. »Vorerst. Wenn Sie mich nicht mehr küssen.«

»Das kann ich Ihnen nicht versprechen«, sagte er, während er nur langsam meine Hand losließ. »Aber beim nächsten Mal werden Sie eine vollkommen bereitwillige Partnerin sein. Das garantiere ich Ihnen. Ich werde Sie sogar zuerst um Erlaubnis bitten.«

Mein Gott, konnte der Mann charmant sein. Ich war mir ziemlich sicher, dass er einen Bewohner von Seattle davon hätte überzeugen können, die Stadt bräuchte mehr Regen und weniger Sonnenschein, falls er es wirklich gewollt hätte. »Sehr unwahrscheinlich, dass ich Ihnen jemals eine derartige Erlaubnis geben werde«, erwiderte ich scharf.

Er starrte mich einen Moment an, bevor er fragte: »Brynn Davis? Das Supermodel?«

Ich nickte.

»Haben Sie nicht einige Werbespots für Lawson gedreht? Vielleicht kommen Sie mir deshalb so bekannt vor.«

Das hatte ich in der Tat. Es beeindruckte mich, dass er sich an meinen Namen erinnerte, wenn nicht sogar an mein Gesicht. »Ja, das stimmt. Aber das ist Jahre her.«

Es hatte mich damals begeistert, an einem Werbespot für Lawson teilzunehmen, da ich schwer in das Unternehmen investiert hatte. Trotzdem war ich froh gewesen, als sie einen anderen Kurs eingeschlagen und sich mehr auf die Technologie konzentriert hatten, anstatt zu versuchen, die Firma sexy erscheinen zu lassen.

»So viele Jahre nun auch wieder nicht«, wandte er ein. »Und ein weiterer Grund, warum Sie mit mir zu Abend essen sollten. Wir hatten also eine Beziehung in der Vergangenheit.«

Da war wieder dieses geheimnisvolle Lächeln, das mich dazu brachte, mich hin und her zu winden.

Ich erwiderte: »Als Investorin und früheres Model für Ihre Marke würde ich mich nicht gerade als eine *vergangene Beziehung* betrachten.«

»Man könnte es aber so sehen«, sagte er hoffnungsvoll.

Ja. Vollkommen charmant.

»Immer noch nicht interessiert. Ich habe keine Zeit für eine Verabredung. Ich bin sehr beschäftigt. Zusammen mit einer Freundin entwickle ich gerade eine eigene Modekollektion und habe außerdem auch noch Verpflichtungen als Model.«

»Wer hat von einer Verabredung gesprochen?«, fragte er mit einer Stimme, die beinahe unschuldig klang. »Es geht doch nur um ein Abendessen.«

Aus irgendeinem Grund trat ich auf ihn zu und richtete seine Krawatte gerade. Sie hatte sich wahrscheinlich verschoben, als er mich im Aufzug geküsst hatte, und irgendwie schien das nicht ins Bild zu passen, da der Mann stets peinlich genau gekleidet war. Ich tätschelte sein Revers, als er wieder perfekt aussah. »Ich wünsche Ihnen einen guten Arbeitstag, Mr. Lawson. Machen Sie weiterhin Geld für Ihre Investoren. Ich gehe jetzt in den Fitnessraum.«

»Ich werde nicht aufhören, es zu versuchen«, warnte er mich, als ich mich herumdrehte, um meines Weges zu gehen.

Endlich erlaubte ich mir ein Lächeln, denn jetzt hatte ich ihm den Rücken zugekehrt. »Und ich werde weiterhin Nein sagen«, murmelte ich, während ich davonging.

Carter hätte offensichtlich im Leben nicht solchen Erfolg gehabt, wenn er nicht so hartnäckig gewesen wäre.

Glücklicherweise konnte ich genauso stur sein.

Kapitel 5

Carter

»Ich habe heute im Aufzug eine Frau geküsst«, verriet ich meinen Brüdern Mason und Jett, als wir uns später am gleichen Tag im Büro trafen. »Ich kannte sie nicht wirklich, aber sie wusste, wer ich war.«

Ich war bestimmt niemand, der seinen Brüdern seine Sünden beichtete, hauptsächlich deshalb nicht, damit sie sie nicht benutzen konnten, um mich zu ärgern.

Aber in meinem Kopf spukte noch mein morgendliches Erlebnis herum und ich fragte mich immer noch befremdet, was mich dazu getrieben hatte, Brynn Davis zu küssen. Ich war normalerweise nicht so pervers, herumzulaufen und jede Frau zu küssen, die mir gefiel.

Ich ging üblicherweise viel eleganter und subtiler vor.

Auch wenn es eingebildet klingen mag, konnte ich ehrlich behaupten, kein Problem zu haben, jederzeit eine Frau zu finden, wenn ich wollte. Was zum Teufel hatte ich mir dabei gedacht, mich an die einzige weibliche Person in Seattle heranzumachen, die *nicht* an mir interessiert war?

Aber … vielleicht war *das* der ausschlaggebende Punkt. Sie stellte eine Herausforderung dar, der ich auf diese Art sehr lange nicht begegnet war.

Allerdings hatte ich nicht gewusst, dass sie nicht auf mich stehen würde, als ich sie zum ersten Mal sah. Und das verwirrte mich, denn seitdem wir auf der Wohltätigkeitsveranstaltung diesen intensiven Blickkontakt gehabt hatten, wusste ich, dass ich sie in meinem Bett haben wollte.

Normalerweise lief ich Frauen nicht hinterher. Das hatte ich nicht nötig. Und ganz sicher küsste ich niemals eine Frau, ohne zu wissen, dass sie es auch wollte. Ich hatte das Gefühl, als wären mein Körper und mein Geist plötzlich zeitweilig fremdgesteuert gewesen und irgendein Carter, den ich nicht kannte, hatte Brynn Davis geküsst.

Mason zog eine Braue in die Höhe. »Woher willst du wissen, dass sie auf dich steht, wenn du sie nicht kennst?«

»Erinnerst du dich an die beiden Frauen auf der Wohltätigkeitsveranstaltung?«, fragte ich.

»Ja«, erwiderte er. Er klang verwirrt.

Ich seufzte und lehnte mich in meinem Schreibtischstuhl zurück. »Sie war es. Ich habe herausgefunden, dass sie in demselben Gebäude wohnt wie ich.«

»Die Dunkelhaarige?«, vergewisserte er sich.

Ich nickte unglücklich. »Aus der Nähe ist sie noch schöner und unwiderstehlicher.«

Brynn Davis hatte mich gepackt, seitdem ihre wunderschönen, dunklen Augen Blickkontakt mit mir aufgenommen hatten und ich mich vollkommen darin verloren hatte.

»Und was geschah dann?«, wollte Jett wissen.

Ich zuckte mit den Schultern. »Sie hat mich zum Teufel gejagt.«

Ich hörte Mason leise lachen – was untypisch für ihn war –, bevor er fragte: »Sie hat dich also abgewiesen?«

»Ich wollte sie zum Abendessen einladen, aber sie hat abgelehnt.«

»Wow. Wie fühlt es sich an, tatsächlich einmal abgewiesen zu werden?«, scherzte Jett. »Ich glaube, so etwas hast du seit Langem nicht erlebt.«

Ich warf meinem kleinen Bruder einen bitterbösen Blick zu. »Wahrscheinlich in der Highschool zuletzt und es tat weh.«

Die Frauen rissen sich gewöhnlich ein Bein aus, um mich kennenzulernen. Und das sage ich nicht, weil ich etwa arrogant wäre. Es war einfach … die Wahrheit.

Wenn ein Mann alleinstehend und wohlhabend ist, will normalerweise jede Frau die Chance wahrnehmen, diesen Mann an sich zu binden.

Ich jedoch mied jegliche Verbindlichkeit wie die Pest. Keine Frau hätte es jemals geschafft, mich in eine Beziehung zu drängen. Ich war mir ziemlich sicher, dass ich mich gefühlt hätte, als schnürte man mir die Luft ab.

»Wie ist sie denn so?«, erkundigte sich Mason neugierig. »Und was macht ihre blonde Freundin?«

»Sie ist ein Supermodel. Brynn Davis. Sie hat vor Jahren an einem Shooting für einen unserer Werbespots teilgenommen. Doch damals konnten wir ihren Manager nicht dazu bewegen, mit uns einen längerfristigen Vertrag abzuschließen, und nach einiger Zeit orientierten wir uns in eine andere Richtung. Sie ist wunderschön und sie ist klug.«

Außerdem hasst sie mich! Bewusst verschwieg ich meinen Brüdern *diesen* Teil.

»Und die Blonde?«, wiederholte Mason gereizt seine Frage.

Ah, interessant. Mason hatte die hübsche Blonde *nicht* vergessen.

»Ich nehme an, dass sie ebenfalls ein Model ist. Allerdings bin ich mir nicht sicher. Brynn und ich waren nicht in der Stimmung, unsere Lebensgeschichten auszutauschen«, knurrte ich. »Sie war sauer.«

»Mit wem konntest du deine Lebensgeschichte nicht austauschen? Und wer war sauer auf dich?«, erkundigte sich die Verlobte meines Bruders Jett, die den Kopf durch die offene Tür meines Büros steckte, offensichtlich auf der Suche nach ihrem Verlobten.

Ich verspürte ein leichtes Unbehagen, als ich Rubys erheiterte Miene sah. Ich litt immer noch unter Schuldgefühlen wegen all der Bösartigkeiten, die ich ihr in der Vergangenheit angetan hatte.

Inzwischen war Ruby meine größte Fürsprecherin und ich musste zugeben, dass ich sie verehrte, als wäre sie eine meiner Schwestern. Eines war sicher, niemand konnte sich über einen längeren Zeitraum ihrem Charme entziehen. Sie war jung, aber intelligent. Und wahrscheinlich die süßeste Frau auf diesem Planeten, ungeachtet des harten Lebens, das sie geführt hatte, bevor sie Jett kennenlernte.

Und ein weiterer Pluspunkt für sie ... sie hatte mir verziehen, ein solches Arschloch gewesen zu sein.

»Heute hat ihm eine Frau eine Abfuhr erteilt, nachdem er sie im Aufzug seines Wohnhauses geküsst hatte«, erklärte mein jüngerer Bruder seiner Verlobten.

»Hat sie das?«, fragte Ruby und musterte mich besorgt. »Und hast du das wirklich getan?«

Ich nickte.

Sie gab Jett einen Klaps auf den Arm, als sie sich auf einen Stuhl neben ihm setzte. »Hört auf, Carter zu ärgern! Es ist nicht lustig, abgewiesen zu werden.« Jetzt wandte sie sich mir zu. »Wie geht es dir?«

Ich begann, mich unbehaglich zu fühlen. Ich war es nicht gewohnt, mein Herz so offen auszuschütten, egal worum es ging. »Ich werde es überleben«, erklärte ich Ruby grinsend. »Jeder Mann bekommt gelegentlich einen Korb.«

Verflucht, aber meine Stimmung hob sich etwas, als sie mir ein sonniges Lächeln schenkte.

Ruby schaffte es immer irgendwie, mich zum Reden zu bringen. Wahrscheinlich weil sie sich so sorgte und eine Menge Fragen stellte. Daher war ich nicht überrascht, als sie fragte: »Warum hast du sie geküsst? Und wie hast du sie kennengelernt?«

Überraschenderweise übernahm Mason es, zu erzählen, dass Brynn und ich uns auf der Wohltätigkeitsveranstaltung zwar gesehen, uns aber eigentlich erst miteinander bekannt gemacht hatten, *nachdem* ich sie geküsst hatte.

»Vielleicht hättest du sie nicht in einem Aufzug in die Ecke drängen sollen«, bemerkte Ruby schließlich. »Du hättest ihr Angst machen können. Und ehrlich, Carter, wie konntest du ihr auf diese Art zu nahe treten?«

Sie hatte recht und tatsächlich quälten mich immer noch Gewissensbisse, mir einfach genommen zu haben, was ich wollte, ohne darüber nachzudenken, dass meine Aktion unnötige Feindschaft zwischen mir und Brynn hätte hervorrufen können.

Als Entschuldigung konnte ich lediglich zeitweilige Geistesgestörtheit geltend machen, was doch auch irgendwie der Wahrheit entsprach.

»Ich weiß nicht einmal, warum ich das getan habe«, gab ich zu. »In dem einen Moment hatte ich darüber fantasiert, sie in mein Bett zu holen, und im nächsten hatte ich sie bereits geküsst. Ich habe nicht die geringste Ahnung, was da geschehen ist.«

Ich war doch nicht der Typ Mann, der Frauen in einem Aufzug bedrängte.

Die Frauen kamen zu *mir*.

Nicht ich verfolgte *sie*.

»Manchmal weiß man es einfach, wenn man den richtigen Menschen gefunden hat«, sagte Ruby und warf ihrem Verlobten einen verliebten Blick zu.

Da ich Rubys romantische Seifenblase nicht platzen lassen und ihr enttäuschtes Gesicht sehen wollte, schwieg ich.

Ich wollte das hübsche Model *ficken*; eine *romantische* Beziehung lag eigentlich nicht in meiner Absicht.

Irgendwie musste ich mich von Brynn Davis befreien. Ich hatte den lieben langen Tag an sie gedacht und das lenkte mich von meiner Arbeit ab. Und *das* war noch *niemals* geschehen.

Normalerweise schlief ich mit einer Frau und vergaß meine Fickpartnerin daraufhin sofort wieder. Niemals lenkten diese Frauen meine Aufmerksamkeit von unserem Unternehmen ab.

Zugegeben, heute Morgen hatte ich zeitweilig den Verstand verloren, doch etwas war anders mit Brynn. Ich konnte jedoch beim besten Willen nicht sagen, was genau dieses *Etwas* war.

Mason schnaufte, bevor er feststellte: »Ich glaube nicht, dass er nach Liebe sucht, Ruby.«

Sie blickte meinen älteren Bruder an. »Das kannst du nicht wissen, Mason. Und Liebe kann man nicht planen. Sie … geschieht einfach. Ganz ehrlich, ich glaube, du und Carter könntet beide eine Frau gebrauchen, die sich nicht herumstoßen lässt.«

Ich lachte leise, als ich zu Mason hinüber äugte und bemerkte, dass er sich unbehaglich auf seinem Stuhl hin und her wand.

»Ich musste sie einfach küssen, obwohl ich das so nicht geplant hatte. Und natürlich habe ich es bitter bereut, so impulsiv gehandelt zu haben, als sie aus dem Aufzug geflüchtet ist, als wäre ich ein Monster.«

»Du könntest dich dafür entschuldigen, dich wie ein Arschloch benommen zu haben«, schlug Ruby vor.

»Dafür entschuldige ich mich niemals«, informierte ich sie.

Na gut. Ja. Ich hatte tatsächlich ein kurzes und spontanes *Es tut mir leid* hervorgebracht, aber ernsthaft entschuldigt, wie es eigentlich angebracht gewesen wäre, hatte ich mich nicht. Reue zu zeigen lag nicht gerade in meiner Natur.

Ruby verschränkte die Arme vor der Brust. »Du könntest mal damit anfangen. Offensichtlich magst du sie und indem du sie geküsst hast, während sie dir ausgeliefert war, hast du die Grenze überschritten.«

Ich verschwieg meiner zukünftigen Schwägerin bewusst, dass ich sogar den Aufzug *angehalten* hatte, bevor ich Brynn geküsst hatte. Das musste sie nun wirklich nicht wissen. »Ich muss es eigentlich nur schaffen, sie zu vergessen.«

Im Gegensatz zu Jett war ich nicht dafür geschaffen, monogam zu leben. Ich hatte zwar nicht das Gefühl, die Frauen ständig wechseln zu müssen, doch mir fehlte ganz einfach die Zeit oder der Wunsch, eine Frau für längere Zeit glücklich zu machen.

Die meiste Zeit meines Erwachsenenlebens war damit ausgefüllt gewesen, Lawson Technologies aufzubauen, und ich wusste einfach nicht, was ich sonst hätte tun können. In vieler Hinsicht ähnelte ich also Mason. Alles andere kam für mich erst weit nach der Firma an zweiter Stelle und ich hatte keine Ahnung, wie ich das hätte ändern können. Bis jetzt hatte ich nie den Wunsch verspürt, etwas anderes zu tun, als mich um das Geschäft zu kümmern.

Ruby warf mir einen enttäuschten Blick zu und erhob sich. »Jett und ich haben Pläne fürs Abendessen, wir müssen also jetzt gehen. Wir werden ein neues Restaurant ausprobieren. Aber Carter, ich glaube wirklich, du solltest darüber nachdenken, dich zu entschuldigen. Ich habe noch niemals zuvor bei dir ein solches Interesse an einer Frau bemerkt. Du solltest sie nicht einfach so aufgeben.«

Eilmeldung: Ich hatte es bereits vermasselt. Ruby hatte ja nicht Brynns sture Miene gesehen, als wir uns getrennt hatten.

Aber Ruby würde wahrscheinlich niemals verstehen, dass es mich nicht nach einer solchen Beziehung verlangte wie die, die sie mit Jett unterhielt.

Ich liebte meine Freiheit.

»Ich werde darüber nachdenken«, versicherte ich ihr vage.

Ich sah zu, wie Ruby, Jett und Mason mein Büro verließen. Dann lehnte ich mich seufzend in meinem bequemen Schreibtischstuhl zurück.

Entschuldigen? Oh, zur Hölle, nein. Ich war Carter Lawson, ein Mann, der bekannt dafür war, sich besser durchzusetzen als jeder andere. Mir tat *niemals* etwas leid und ganz gewiss würde ich niemanden bitten, mir zu verzeihen.

Aber bei Gott, Brynn Davis war so verlockend, dass ich mit dem Gedanken spielte.

Würde es etwas nützen? Wahrscheinlich nicht.

Sie hatte ziemlich bestimmt abgelehnt, mit mir zu Abend zu essen.

Verdammt, Lawson, vergiss es!

Das Problem bestand aber darin, dass die Erinnerung an ihre sture Miene, ihre furchtlose Haltung, als sie endlich mit mir geredet hatte, und ihre wunderschönen, dunklen, exotischen Augen mich den ganzen Tag verfolgt hatte.

Sie ist ein Supermodel. Sie ist attraktiv. Daran liegt es.

Merkwürdig, mir gefiel die Tatsache nicht, dass wahrscheinlich ständig Männer mit ihr liebäugelten. Brynn Davis war mit Sicherheit die Hauptdarstellerin in den Fantasien einer Unzahl von Männern und *das* machte mich ebenfalls ganz verrückt.

Ich beugte mich wieder vor und öffnete die Akte auf meinem Schreibtisch.

»Mist!«, sagte ich ärgerlich zu mir selbst. »Was zum Teufel mache ich nur?«

Ich hatte noch Berge von Arbeit zu erledigen, bevor ich das Büro verlassen konnte.

Ich hatte meinen Brüdern und Ruby verraten, was ich heute Morgen getan hatte, denn ich hatte auf einen Rat gehofft.

Und ich dachte tatsächlich darüber nach, mich ernsthaft bei Brynn zu entschuldigen.

Ich habe ihr doch gesagt, dass es mir leidtut. Das sollte genügen, oder? Sie wusste es.

Ich erinnerte mich genau daran, dass ich diese vier kleinen Wörter hervorgestoßen hatte, als sie aus dem Aufzug geflüchtet war und ich sie wieder eingeholt hatte.

Es war für mich bereits ungewöhnlich, mich überhaupt zu entschuldigen. Eigentlich konnte ich mich nicht daran erinnern, es überhaupt schon einmal getan zu haben, seit ich erwachsen war.

Ich versuchte, mich auf die Papiere zu konzentrieren, die ich durchsehen musste, und sie vollständig aus meinen Gedanken zu verbannen.

Es gab noch andere Frauen.

Eine Menge.

Ich musste nicht wie ein Besessener einer einzigen Frau hinterherlaufen, die überhaupt nicht an mir interessiert war. Das würde mich zu einem ziemlich bemitleidenswerten Kerl machen.

Mehrere Stunden später hatte ich meine Arbeit erledigt, bemerkte jedoch, dass ich doch nicht so erfolgreich darin war, die Gedanken an Brynn Davis zu verdrängen.

Vielleicht weil ich sie zu sehr begehrte.

Kapitel 6

Brynn

A m nächsten Morgen entschloss ich mich, joggen zu gehen, anstatt an meiner üblichen Trainingsroutine festzuhalten. Ich war vielleicht keine schnelle Läuferin, aber ich genoss es, am frühen Morgen an der frischen Luft zu sein.

Nachdem ich zum Myrtle Edwards Park gegangen war, begann ich, in langsamem, aber stetigem Tempo am Wasser entlangzulaufen. Es waren zwar bereits Fahrradfahrer, Fußgänger und Jogger unterwegs, aber es war noch lange nicht so überlaufen wie wahrscheinlich später am Tag.

Ich zog mir die Krempe meiner Basketballkappe tiefer ins Gesicht. Meine Haare hatte ich zu einem Pferdeschwanz zusammengebunden und durch den hinteren Teil der Kappe gezogen. Die Kopfbedeckung bot zweierlei Vorteile: Sie hielt mir die Sonne aus dem Gesicht und sie verbarg meine Identität.

Wenn ich nicht erkannt werden wollte, gelang mir das meist auch. Die Leute sahen, was sie sehen wollten. Wenn ich kein vollständiges Make-up trug, schenkte mir eigentlich niemand besondere

Aufmerksamkeit. Ich sah aus wie jede x-beliebige andere Person, die an diesem schönen Tag in Seattle joggte.

Es war nett, in der Stadt zu wohnen und trotzdem so viele Orte zur Verfügung zu haben, an denen ich in Frieden laufen konnte.

Wirklich, ich *musste* mich entspannen. Ich war nicht mehr zur Ruhe gekommen, seitdem ich Carter gestern in die Arme gelaufen war.

Warum zum Teufel hatte er mich einfach so … auf diese Art geküsst?

In keinem der Artikel, die ich in der Vergangenheit über ihn gelesen hatte, war auch nur mit einem Wort erwähnt worden, dass er sich etwa aufdringlich Frauen gegenüber benähme oder eine unerwartet angegriffen hätte.

Ich hatte es genauso sehr gewollt wie er.

Nicht dass ich ihn entschuldigen wollte, aber ich hatte das Gefühl, als hätten meine Augen ihn angebettelt, mich zu berühren. Und das hatte er dann ja auch getan.

Wenn ein anderer Mann so etwas gemacht hätte, hätte ich ihm dafür mein Knie in die Eier gerammt, aber aus irgendeinem unerfindlichen Grund war es mir bei Carter so natürlich erschienen, dass ich es erst infrage gestellt hatte, als der Kuss ohnehin beendet war.

Ich versuchte, meine Atmung unter Kontrolle zu bekommen, während ich meine Geschwindigkeit erhöhte. Leider konnte der Klang meiner eigenen Füße, die auf den Asphalt trafen, die Gedanken an den Mann, der mit einem einfachen Kuss meine Welt durchgerüttelt hatte, nicht vertreiben.

Tu das nicht, Brynn. Lass die Romantik aus dem Spiel. Du weißt es besser. Du bist doch eine praktisch veranlagte Frau.

Ich spürte, dass mein Handy vibrierte. Ich zog es aus der kleinen Gesäßtasche meiner Trainingshose, dankbar für jede Ablenkung.

Lächelnd sah ich, dass die SMS von Laura stammte. Sie hatte ein neues koreanisches Restaurant ausfindig gemacht und wollte sich dort mit mir zum Mittagessen treffen, um einen ihrer Entwürfe zu besprechen.

Gestern Abend hatte ich mich von unseren typischen Kleiderentwürfen abgewendet und begonnen, eine Handtasche zu entwickeln, mit der man tatsächlich etwas anfangen konnte. Meiner Meinung nach waren die Designertaschen alle vollkommen unpraktisch, daher hatte ich eine Tasche entwickelt, die sich hervorragend für Frauen eignete, die eine funktionsgerechte Tasche haben wollten. Gestern hatte ich mich vollkommen darin verloren, eine Handtasche zu entwerfen, die für eine Frau auf Reisen perfekt geeignet war.

Eleganz und Funktionalität schlossen sich *nicht* gegenseitig aus. Die Frauen mussten nicht eine Eigenschaft zugunsten der anderen opfern.

Mein Kleiderschrank barg unzählige Fehlkäufe, weil ich nur auf ein Merkmal geachtet hatte.

Ich wollte Laura unbedingt meinen Entwurf zeigen.

Noch im selben Moment, in dem ich versuchte, ihr zu antworten, musste ich erkennen, dass gleichzeitiges Joggen und Texten ebenso gefährlich sein konnte wie Autofahren und Texten.

Meine Nachricht wurde niemals abgeschickt.

Stattdessen kollidierte ich mit einer äußerst soliden Wand. Ich stieß einen Schmerzensschrei aus, als ich zurückgeschleudert wurde und mehrere Schritte von der Unglücksstelle entfernt flach auf meinem Hintern landete.

Obwohl ich noch versuchte, mich mit meinen Händen nach hinten abzustützen, schlug mein Kopf auf dem Asphalt auf.

»Verdammt«, fluchte ich, während ich versuchte, mich aufzusetzen, noch schwindelig vom Aufprall.

Ich rollte mich in den Schmutz, als ich sah, wie sich ein Fahrradfahrer näherte, der entschlossen schien, über mich hinwegzufahren.

»Brynn, sind Sie verletzt?«, hörte ich plötzlich einen vertrauten Bariton unwirsch fragen.

Ich schloss die Augen und rieb meinen Hinterkopf. Als ich sie wieder öffnete, sah ich Carter Lawson, der sich neben mich hockte.

Ich blinzelte mehrere Male, aber die Erscheinung löste sich nicht auf.

Er trug eine Jogginghose und ein T-Shirt. Aus seiner lässigen Kleidung schloss ich, dass er sich zum selben Zweck wie ich im Park aufhielt.

Ich stöhnte. »Was ist geschehen?«

Er betastete vorsichtig meinen Hinterkopf. »Sie haben Ihre Stoßkraft mit mir gemessen. Ich habe mit großem Abstand gewonnen. Warum zum Teufel haben Sie Ihr Handy benutzt? Ich wollte Ihnen noch ausweichen, aber Sie haben den Weg so schnell überquert, dass mir das nicht gelang. Sind Sie in Ordnung?«

Ich blickte mich um und musste ihm recht geben. Ich war definitiv auf die andere Seite gewechselt, während ich versucht hatte, die SMS zu schreiben. Es war beschämend. »Ich werde es überleben«, erwiderte ich, während ich mich bemühte aufzustehen.

Mittlerweile war mir bewusst geworden, dass *Carter* die solide Ziegelwand gewesen war, mit der ich kollidiert war.

Mein Knöchel gab nach, als ich mich auf die Füße stellen wollte, und ich wäre ein zweites Mal zu Boden gestürzt, wenn Carter nicht seinen starken Arm um meine Taille geschlungen hätte. »Sie sind verletzt. Sie bluten aus einer Kopfwunde und Sie humpeln. Ihr Knöchel?«

Ich nickte. »Ich glaube, ich habe ihn mir verstaucht. Es tut weh.«

»Sie haben sich auch am Kopf verletzt. Ich sah, wie Sie auf dem Boden aufgeprallt sind«, sagte er grimmig. »Wir müssen Sie untersuchen lassen.«

»Es geht mir gut«, versicherte ich hastig.

»Es geht Ihnen *nicht* gut«, widersprach er. Seine Augen drückten seine Sturheit aus.

Ich fühlte mich wie eine Idiotin. Ich hatte es nicht nur geschafft, Carter Lawson über den Weg zu laufen – im wahrsten Sinne des Wortes –, sondern ich musste mich dabei auch noch selbst verletzen.

»Ich werde mich später untersuchen lassen«, versprach ich.

Ich wusste, ich musste es irgendwie zuwege bringen, so zu wirken, als würde mir der Fuß nicht schmerzen, als ich äußerst ungraziös am Rand des Fußgänger- und Fahrradweges entlangging.

Ich konnte zwar gehen, aber es tat höllisch weh.

»Was zum Teufel tun Sie da eigentlich?«, polterte Carter, der mich leicht hatte einholen können.

»Ich muss nach Hause«, erwiderte ich.

»Sie können nicht auf diesem Knöchel gehen. Seien Sie nicht so dickköpfig, Brynn. Sie machen es nur noch schlimmer.«

Ich blieb stehen und sah ihm ins Gesicht. »Und was schlagen Sie vor? Irgendwie muss ich doch zurückgelangen.«

Er hockte sich vor mich hin. »Steigen Sie auf!«

»Sie können mich nicht tragen«, widersprach ich.

»Nun machen Sie schon!«, befahl er.

»Carter, es ist zu weit bis zu unserem Gebäude.«

»Wir gehen nicht weit. Außerhalb des Parks gibt es eine Arztpraxis.«

Ich hatte keine Wahl. Auf keinen Fall wollte ich wegen einer so kleinen Verletzung einen Krankenwagen in den Park rufen und es fiel mir wirklich schwer zu laufen.

Vorsichtig kletterte ich auf Carters Rücken. Er hielt meine Beine fest, als er sich aufrichtete.

Obwohl ich Schmerzen hatte, entging mir nicht, wie kräftig sein Körper war. Seine Muskeln spannten sich unter mir an, als er ohne große Anstrengung die Kraft aufbrachte, mich zu tragen. Und ich war gewiss kein Leichtgewicht. Ich war zwar durchtrainiert, aber sehr groß.

»Es tut mir leid«, sagte ich unglücklich, während er für einen Mann, der unser beider Gewicht tragen musste, einen ziemlich schnellen Schritt anschlug. »Ich hätte stehen bleiben müssen, als ich mein Handy benutzt habe.«

»Jeder macht mal einen Fehler«, erwiderte er und klang nicht im Geringsten verärgert.

Ich wusste, er spielte auf das an, was sich am Tag zuvor im Aufzug zugetragen hatte. »Mein Fehler war anderer Art.«

»Warum?«, wollte er wissen. »Sie sind ebenso in meine Privatsphäre eingedrungen wie ich in Ihre.«

»Aber ich bin nicht … intim geworden.«

»Von wegen«, erwiderte er. »Ihr Bein hat meine Hoden getroffen.«

Beschämt schloss ich die Augen. »Das tut mir leid. Habe ich Ihnen wehgetan?«

»Sie können es wiedergutmachen, indem Sie mir mein gestriges Benehmen verzeihen«, schlug er vor.

Er spielte mit seinem Charme und es war ärgerlich, dass ich nicht vollkommen immun dagegen war.

Ich verdrehte meine Augen, während ich mich an seine muskulösen Schultern klammerte. »Wollen Sie mich erpressen?«

Er schüttelte den Kopf. »Auf keinen Fall.«

»Ich verzeihe Ihnen«, sagte ich lächelnd. »Sind wir jetzt quitt?«

Er hatte sich verdammt anständig verhalten, als ich in ihn hineingelaufen war, und dann hatte er sich auch noch damit aufgehalten, mir zu helfen.

»Ich bin mir nicht sicher«, erwiderte er. »Die besten Teile eines Mannes sind eine verdammt intime Sache. Aber ich denke, wir sind quitt.«

Ich lächelte breiter, obwohl ich Schmerzen hatte. »Danke«, sagte ich leise. »Ich fühle mich furchtbar.«

Der arme Mann hatte es bereits bis an die Außengrenze des Parks geschafft und zeigte keinerlei Anzeichen, sein Tempo zu verlangsamen.

»Wir werden Sie wieder hinbekommen, Brynn. Das verspreche ich Ihnen.«

Er glaubte, ich spräche über meine Schmerzen anstatt über meine Verlegenheit. »Das wird schon wieder. Das ist doch nur ein Knöchel.«

Ich bettete meinen schmerzenden Kopf an seine Schulter. Mein ganzer Körper tat weh, aber das würde ich Carter nicht verraten.

»Ich dachte, Sie würden im Fitnessraum trainieren«, bemerkte er.

»Ich hatte mich entschlossen, stattdessen eine Runde zu joggen. Ich bin gern im Freien. Was haben Sie hier gemacht?«

Ich schloss die Augen, holte tief Luft und hoffte, die Kopfschmerzen würden bald verschwinden. Aber Carters männlicher Duft reizte mich.

Und ehe ich mich versah wünschte ich mir, ich hätte meine Beine zu einem anderen Zweck um seinen köstlich muskulösen Körper geschlungen.

Ob es mir nun gefiel oder nicht, ich fühlte mich so von Carter Lawson angezogen, dass ich trotz meiner Schmerzen meine wollüstigen Gedanken nicht kontrollieren konnte.

»Ich musste einen klaren Kopf bekommen, also bin ich joggen gegangen«, antwortete er schließlich. »Jetzt bin ich froh, dass ich hier war. Wenn Sie nicht mit mir zusammengestoßen wären, hätten Sie womöglich jemand anderen erwischt.«

Wahrscheinlich hatte er recht. Es gab genügend Menschen im Park, sodass ich in jedem Fall irgendwann auf etwas oder jemanden gestoßen wäre. Ich war dankbar, dass es kein sich schnell bewegendes Fahrrad gewesen war. Denn dann hätte ich mir höchstwahrscheinlich schwerere Verletzungen zugezogen.

Merkwürdigerweise war ich tatsächlich ebenfalls froh, dass Carter an Ort und Stelle gewesen war. Es wäre mir unglaublich unangenehm gewesen, wäre mir das mit einem vollkommen Fremden passiert.

In jenem Moment war Carter mein Held.

»Ich bin auch froh, dass Sie hier waren«, sagte ich leise und erkannte, dass ich es auch so meinte.

Kapitel 7

Brynn

»Das sieht immer noch nicht gut aus«, stellte Carter stirnrunzelnd fest. Er kniete neben meinem Sofa und legte einen neuen Eisbeutel auf meinen Knöchel. »Er ist ziemlich angeschwollen.«

Ich verkniff mir die Bemerkung, dass er dem vorherigen Eisbeutel keine Chance gegeben hatte zu schmelzen, sondern ungeduldig zum Gefrierschrank gegangen war, um einen neuen zu machen.

Er war so verdammt nett gewesen, dass ich tatsächlich begann, ihn ein bisschen zu mögen, was ich mir definitiv nicht erlauben konnte.

Aber mal ehrlich, welcher Mann trägt eine Frau auf seinem Rücken zu einem Arzt? Bringt sie dann in einer Limousine nach Hause, nimmt sie wieder auf den Arm, um sie in ihre Wohnung zu tragen, und bleibt dann bei ihr, um sich um sie zu kümmern?

Kein Mann, den ich jemals kennengelernt habe.

»Es handelt sich lediglich um eine Verstauchung, Carter. Ich werde es überleben«, erklärte ich.

»Der Arzt hat gesagt, Sie dürfen den Fuß mindestens einige Tage nicht belasten, sogar länger, wenn die Schwellung nicht zurückgeht«, wandte er ein.

Meine Verletzungen waren leichter Natur. Die Wunde an meinem Kopf war recht klein. Offensichtlich neigten Kopfwunden dazu, heftig zu bluten. Und mein Knöchel war lediglich verstaucht.

Aber ich musste zugeben, es war irgendwie süß, wenn ein Mann einen solchen Wirbel um eine Nichtigkeit machte.

»Ich werde dem Fuß Ruhe gönnen«, versprach ich. »Sie können jetzt beruhigt gehen. Ich habe heute bereits genug ihrer Zeit in Anspruch genommen.« Es war bereits Nachmittag und er war immer noch nicht gegangen.

»Ich werde Sie nicht alleine lassen«, informierte er mich, während er sich aufrichtete. »Es muss sich jemand um Sie kümmern. Was, wenn Sie etwas brauchen? Sie können doch mit dem Knöchel im Augenblick nicht laufen.«

»Sie brauchen nicht bei mir zu bleiben«, versicherte ich ein wenig zu unwirsch, weil ich ihm so ausgeliefert war.

Carter war in seine Wohnung gehastet, um zu duschen, und war in weniger als zehn Minuten zurückgekehrt. Überrascht hatte ich bemerkt, dass er sich immer noch nicht fürs Büro umgezogen hatte.

Er trug Jeans und ein grünblaues T-Shirt, das ihm ausgezeichnet zu Gesicht stand.

Seltsam, wie viel zugänglicher der Kerl in Freizeitkleidung wirkte.

Um ehrlich zu sein, ein kleiner Teil von mir *wollte*, dass er blieb. Nicht weil ich Hilfe gebraucht hätte, sondern weil es angenehm war, ihn um mich zu haben. Zugegeben, ich hätte ihm niemals wieder zu nahe kommen wollen, wenn er heute Morgen nicht seine andere Seite gezeigt hätte. Jetzt, da ich wusste, wie anständig er sein konnte, war ich irgendwie von ihm fasziniert.

»Müssten Sie nicht im Büro sein?«, erkundigte ich mich, als er sich auf die Tür zubewegte.

»Lawson funktioniert auch ohne mich ganz gut«, erwiderte er und ließ sich mit seinem hinreißenden Jeans-bekleideten Hintern auf mein Sofa fallen. »Es gibt Wichtigeres als Arbeit.«

Sein Gesichtsausdruck verriet, dass er ein bisschen verblüfft über seine eigenen Worte war. Es schien so, als versuchte er noch herauszufinden, *warum* er das gesagt hatte.

»Was haben Sie im Park gemacht?«, erkundigte ich mich.

Er zuckte mit den Schultern. »Ich jogge schon seit Langem dort.«

Er war also nicht der Typ Mann, der unbedingt ein Fitnessstudio aufsuchen musste. Aber es war offensichtlich, dass er das ebenfalls tat. Niemand konnte einen solchen Körper besitzen, ohne gelegentlich Gewichte zu stemmen.

»Danke für das, was Sie getan haben«, sagte ich, denn ich wusste, es war längst an der Zeit, ihm zu erklären, wie sehr ich seine Hilfe zu schätzen wusste. Immerhin war es meine Schuld gewesen, dass wir im Park zusammengestoßen waren. Ich hätte mein Handy in der Tasche lassen sollen, wo es hingehörte.

Er streckte die Hand nach einem Glas mit Eistee aus, das er auf das Beistelltischchen gestellt hatte. »Glauben Sie, ich hätte Sie einfach so im Dreck liegen lassen?«

»Ich weiß nicht, was Sie für ein Mensch sind«, erwiderte ich. »Ich weiß lediglich, dass Sie Frauen in Aufzügen küssen.«

»Das stimmt nicht«, wehrte er ab. »Nur Sie.«

»Warum mich?«, fragte ich heiser.

»Ich weiß es nicht«, gab er ausweichend zur Antwort. »Vielleicht finde ich sie einfach nur unglaublich küssbar.«

Ich verdrehte die Augen und griff nach der Diät Cola, die Carter mir hingestellt hatte. Er lernte mit Sicherheit genügend Frauen kennen und ohne Zweifel hatte er großen Erfolg. Also hatte er es doch nicht nötig, sich im Aufzug an eine Frau heranzumachen, ob er sie nun küssbar fand oder nicht.

»Gefällt Ihnen Ihre Arbeit?«, erkundigte er sich und wechselte so das Thema. »Mögen Sie es, ein Model zu sein?«

Ich zuckte mit den Schultern. »Größtenteils ja«, erklärte ich ihm. »Der Job hat mir eine Menge Geld eingebracht, das ich investieren konnte. Und außerdem habe ich die ganze Welt bereist. Ohne diesen Beruf hätte ich niemals so viele Erfahrungen sammeln können.«

»Ich kann ein verstecktes ›Aber‹ heraushören«, bemerkte er.

»Meine Zeit als Model ist begrenzt. Ich bin neunundzwanzig Jahre alt. Ich muss langsam an meine Zukunft denken.«

»Sie sind aber nicht gerade alt«, scherzte er.

»Models haben eine kurze Haltbarkeitszeit«, erwiderte ich.

»Und was stellen Sie sich für Ihre Zukunft vor?«

Ich warf ihm einen neugierigen Blick zu. »Ist dies ein Vorstellungsgespräch oder eine private Unterhaltung?«

»Ich glaube, ich habe mich seit einer ganzen Weile mit niemandem unterhalten, ohne dass es ums Geschäft gegangen wäre«, gab er zu. »Aber ich möchte es wirklich gern wissen.«

Unsere Blicke trafen sich und ich sah, er meinte es ernst. Offensichtlich bestimmte Carter gern den Verlauf eines Gespräches, aber sein ernster Gesichtsausdruck sagte mir, dass er wirklich hören wollte, was ich zu sagen hatte. »Ich versuche, meine eigene Modekollektion zu entwickeln. Meine Freundin und ich haben im Stadtzentrum eine kleine Boutique eröffnet. Wir arbeiten noch an den Entwürfen für die Kollektion. Das Projekt steckt noch in der Entwicklungsphase. Mit der Zeit müssen wir uns vergrößern, allerdings weiß keiner von uns beiden, wie man das macht. Und es wird einiges kosten, daher gehen wir es langsam an und lernen Schritt für Schritt etwas dazu. Außerdem haben wir beide noch Verpflichtungen als Model.«

»Ich kann Ihnen helfen«, bot er ernst an. »Im Vergrößern von Firmen habe ich ein wenig Erfahrung.«

Ich lachte. »Ich würde sagen, Sie wissen genau, was Sie tun. Ihre Zeitplanung bei Lawson war stets perfekt. Sie und Ihre Brüder schienen immer genau zu wissen, wann Sie einen Sprung nach vorn machen mussten. Und danke für das Angebot. Wenn wir soweit sind, werde ich vielleicht darauf zurückkommen und einen Ratschlag von Ihnen erbeten.«

»Wenn ich Sie zum Essen ausführen darf, erkläre ich Ihnen, was immer Sie wollen«, erwiderte er mit einem durchtriebenen Lächeln.

Oh Gott, er kann wirklich charmant sein, wenn er will.

Ich musste sein laszives Lächeln erwidern. »Wir werden sehen«, antwortete ich vorsichtig. »Im Augenblick brauche ich erst einmal eine Dusche. Ich fühle mich furchtbar.«

Ich hatte noch nicht einmal meine Joggingkleidung gewechselt und war mir ziemlich sicher, unangenehm zu riechen.

Er stellte sein Glas auf dem Beistelltischchen ab. »Ich werde Ihnen helfen.«

Eilig erhob er sich und war im Nu bei mir, um mich von der Couch zu heben.

»Carter, ich kann ins Badezimmer hüpfen«, erklärte ich.

»Nicht nötig«, wehrte er ab. »Zeigen Sie mir nur die Richtung.«

Ich leitete ihn zu dem zum großen Schlafzimmer gehörenden Badezimmer. Als er mich langsam auf dem Boden abstellte, warnte er mich: »Belasten Sie den Knöchel nicht zu sehr und bleiben Sie nicht zu lange stehen. Sie müssen sich wieder den Eisbeutel auf den Fuß legen und sich mit Ihrem hübschen Hintern heute Abend auf die Couch setzen.«

Mir hatte es den Atem verschlagen, nur weil ich ihm nahe gewesen war, und das gefiel mir überhaupt nicht. Ich war nicht der Typ Frau, der sich für einen Mann begeisterte. Ich hatte einige Männer ganz gern gemocht und mit anderen geschlafen, wenn ich wirklich Sex haben wollte, aber ich geriet nicht in Ekstase wegen eines durchtrainierten Körpers oder nur weil ich einem Mann nahe kam. Die Männer in meinem Leben waren zum größten Teil ziemlich schnell gekommen und gegangen. Einmal hatte ich versucht, eine Beziehung über längere Zeit aufrechtzuerhalten, aber das hatte sich nicht als gut herausgestellt. Danach hatte ich meine Beziehungen zu Männern recht unverbindlich gehalten.

Aber aus irgendeinem Grund hatte mich Carter gepackt. Ich konnte das Verbundenheitsgefühl und das verzehrende Gefühl in meinem Magen, wenn ich seinen männlichen Duft einatmete, zwar nicht verstehen, aber ich konnte diese Gefühle auch nicht leugnen.

»Danke«, sagte ich hastig und versuchte, auf Abstand zu gehen, sobald meine Füße den Boden berührten.

»Brauchen Sie Kleidung?«, fragte er heiser.

»Ich komme zurecht. In ein paar Minuten werde ich fertig sein.«

Ich wollte auf keinen Fall, dass Carter begann, meine Schublade mit der Unterwäsche zu durchwühlen. Das war mir viel zu intim und persönlich.

Ich atmete erleichtert auf, als er sich herumdrehte, das Badezimmer verließ, mein Schafzimmer durchquerte und die Tür hinter sich schloss.

Sauer auf mich selbst stellte ich die Dusche an und zog mich aus. Als ich unter den warmen Wasserstrahl trat, löste sich ein Teil der Spannung in meinem Körper.

Vielleicht wäre es besser gewesen, wenn mir Carter nicht gefallen hätte.

Aber jetzt begann ich, ihn zu mögen. Wie sollte ich ihn auch nicht mögen, nach allem, was er für mich an diesem Morgen getan hatte?

Ja, er war verschlossen und sehr geschäftsmäßig, aber ich konnte mich des Gefühls nicht erwehren, dass hinter Carter Lawson mehr steckte, als man auf den ersten Blick wahrnahm. Was er getan hatte, um mir zu helfen, bewies meine Vermutung.

Ich hatte immer noch das Gefühl, dass er eine Maske trug, dass er einen großen Teil von sich in seinem Inneren verbarg und die Menschen nur das sehen ließ, was er wollte.

Gleich und gleich gesellt sich gern. Ich selbst verbarg auch einen großen Teil von mir, den ich andere Menschen niemals sehen ließ.

Vielleicht konnte ich diese Charakterzüge deshalb bei ihm so gut erkennen.

Als ich fertig war, stieg ich aus der Dusche. Ich fragte mich, ob ich mir einbildete, in Carter etwas zu sehen, was er in Wirklichkeit nicht war.

Es konnte sein, dass alles nur in meinem Kopf vorging. Ich fühlte mich von ihm angezogen, deshalb musste ich die verrückten Gefühle, die ich in seiner Nähe verspürte, genau einordnen.

Ehrlich, ich hatte keine Ahnung, warum das überhaupt wichtig war. Carter war nett zu mir gewesen, nachdem ich gestürzt war. Wir wollten ja nicht miteinander ausgehen und hatten auch nicht vor, uns regelmäßig zu treffen. Ich humpelte ins Schlafzimmer und zog mir eine frische Yoga-Hose und ein sauberes weißes Trägerhemd über. Meinen Haaren schenkte ich keine besondere Aufmerksamkeit, sondern steckte sie lediglich mit einer Spange zurück.

Zurück im Wohnzimmer humpelte ich eilig zur Couch, denn ich wollte mich auf keinen Fall wieder von Carter an seinen Körper drücken lassen.

»Was machen Sie da?«, rief ich, als ich Carter in der Küche entdeckte.

»Abendessen«, antwortete er knapp. Dank der Idee des offenen Wohnens ohne Türen drang seine Stimme von der Küche bis ins Wohnzimmer. Ich konnte sehen, dass er auf der Arbeitsplatte herumwerkelte.

Ich ließ mich wieder aufs Sofa fallen und nahm den frischen Eisbeutel, den er dort offensichtlich für mich bereitgelegt hatte. »Kochen Sie?«

Jetzt tauchte er mit zwei Tellern und einigen Servietten aus der Küche auf. »Ich koche nicht und Sie würden auch nicht wollen, dass ich es versuche. Wahrscheinlich wäre das Ergebnis nicht genießbar. Meine Assistentin hat Pizza vorbeigebracht.«

Ich nahm einen der Teller entgegen und schnappte mir ein paar Servietten. Der verlockende Duft stieg mir bereits in die Nase. »Gut. Wie ich es vermisst habe, Pizza zu essen.«

»Sie essen sonst keine Pizza?«

Ich schüttelte den Kopf. »Normalerweise nicht. Mein Körper mag keine Kohlenhydrate, ganz im Gegensatz zu mir. Ich liebe Pizza, kann sie mir aber nicht oft genehmigen.«

Er nahm auf der Couch Platz. »Aber Sie werden sie jetzt essen, oder?«

Und wieder sog ich den Duft ein und verschlang die leckere Speise mit den Augen. Sie kam aus einer der besten Pizzerien im Bereich der Innenstadt. »Ja«, seufzte ich.

Ich nahm ein immer noch warmes Stück; mir lief das Wasser im Mund zusammen. Noch einmal schnupperte ich genüsslich, dann erlaubte ich mir, in die verbotene Speise hineinzubeißen. Als das typisch italienische Aroma in meinem Mund explodierte, konnte ich ein leises, lustvolles Stöhnen nicht unterdrücken.

»Unglaublich lecker«, erklärte ich, nachdem ich geschluckt hatte.

Carter hatte bereits mit seinem zweiten Stück begonnen, aber während er es verschlang, beobachtete er mich.

Einige Minuten lang aßen wir schweigend. Ich genoss jeden Bissen, während Carter die Pizza in sich hineinstopfte.

Sobald ich das zweite Stück gegessen hatte, schob ich meinen Teller beiseite, obwohl Carter ziemlich viele Pizzastücke darauf gehäuft hatte. »Ich bin fertig. Ich muss mich beherrschen.«

»Warum?«, fragte er.

»Ich liebe es zu essen«, erklärte ich. »Aber wegen meines Berufs muss ich meine jetzige Kleidergröße behalten.«

»Ich werde niemals begreifen, warum Models so verdammt dünn sein müssen«, knurrte er.

»Gemessen an Modelstandards bin ich nicht dünn«, informierte ich ihn. »Ich bin sogar dicker als die meisten, daher bleibe ich gesund. Es gab Zeiten, in denen ich zwei Größen kleiner trug. Aber ich war es leid, mich zu Tode zu hungern. Daher entschloss ich mich, auf ein gesundes Gewicht zu kommen und es dann zu halten. Und falls meine Kunden dies nicht hätten akzeptieren können, hätte ich kurzerhand nicht mehr als Model gearbeitet. Glücklicherweise wurde ich jedoch nicht rausgeschmissen. Aber ich muss trotzdem stets auf mein Gewicht achten.«

Ich trug inzwischen die gesunde Größe sechsunddreißig und mein Körper fühlte sich jetzt wieder so an, als gehörte er mir, seitdem ich nicht mehr versuchte, so zu sein, wie die Kleiderindustrie mich haben wollte.

»Ich glaube nicht, dass eine kleine Pizza so viel Schaden anrichten kann«, meinte er. »Ich würde lieber mehr trainieren, als meine Hot Dogs mit Frischkäse aufzugeben.«

Ich rümpfte die Nase. »Sie essen diese Dinger tatsächlich? Die sind ekelhaft.«

Meiner Meinung nach passten Frischkäse und Hot Dogs nicht zusammen und ich hatte noch nie verstanden, warum die Bewohner von Seattle sie aßen.

Er legte seine Serviette auf seinen jetzt leeren Teller. »Haben Sie sie denn schon probiert?«

Ich schüttelte den Kopf.

»Verurteilen Sie nicht etwas, bevor Sie es nicht probiert haben«, riet er, bevor er aufstand. »Sie machen so süchtig wie Cheeseburger.«

Ich lächelte ihn an. »Sie essen wohl eine Menge Junkfood?«

»Ständig«, gab er zu. »Ich liebe es zu essen.«

Wenn er nicht so viel trainiert hätte, hätte Carter sicher einen stattlichen Bauch vorweisen können.

Aber er hatte kein einziges Gramm Fett am Körper, was ich vollkommen ungerecht fand, da er alles aß, was ihm gefiel. Er bestand nur aus durchtrainierten Muskeln.

Er trug unsere Teller in die Küche und kehrte ein paar Minuten später zurück.

Als er sich wieder gesetzt hatte, sagte ich: »Ich schulde Ihnen etwas, Carter. Danke, dass Sie sich heute um mich gekümmert haben.«

»Sie schulden mir überhaupt nichts«, widersprach er. »Ich habe Sie in einem Aufzug geküsst, erinnern Sie sich?«

»Das ist doch noch ein bisschen etwas anderes, als mit mir den ganzen Tag herumzuhängen und für mein Wohl zu sorgen.«

»Dann fühlen Sie sich also, als seien Sie mir etwas schuldig?«

»Ja, in der Tat. Und das ist ein ungewohntes Gefühl für mich.«

»Dann gewöhnen Sie sich besser daran«, erwiderte er in seinem tiefen Bariton. »Ich habe vor, so lange hier bei Ihnen herumzuhängen, bis Sie sich wieder frei bewegen können. Und falls es Sie bedrückt, mir etwas zu schulden, kann ich mir gut vorstellen, wie Sie sich bei mir revanchieren können.«

Er schaute mich mit stürmisch bewegten Augen an. Die Intensität seines Blicks erschreckte mich.

Ich hatte das Gefühl, dass wir nicht über eine zukünftige lockere Freundschaft sprachen.

Mit Carter war überhaupt nichts einfach, da war ich mir ziemlich sicher.

Und ich hatte keine Ahnung, was ich davon hielt.

Kapitel 8

Brynn

»Carter macht mich noch wahnsinnig«, vertraute ich Laura an, als wir vier Tage nach meinem Unfall gemeinsam Kaffee tranken. »Ich kann nicht durch meine Wohnung gehen, ohne über ihn zu stolpern.«

Laura, die neben mir an meinem kleinen Küchentisch saß, zog eine Braue in die Höhe. »Ist das denn wirklich so schlimm? Es gibt genügend Frauen, die sich darum reißen würden, wenn ein Mann wie er seine Zelte bei ihnen zu Hause aufschlagen würde.«

Ich hatte während der vergangenen Nacht nicht so gut geschlafen, daher war ich zickig. »Ich mag es nicht, wenn er so oft bei mir ist. Ich bin es gewohnt, unabhängig zu sein.«

»Du warst verletzt, Brynn. Er versucht doch nur, dir zu helfen. Ich beginne langsam, ihn zu mögen. Er mag ein Alpha-Mann sein, ja, aber ich finde es ziemlich nett von ihm, dass er für dich da gewesen ist, als du Hilfe gebraucht hast.«

Laura und Carter waren sich während der letzten Tage des Öfteren über den Weg gelaufen und ich hatte bemerkt, dass meine Freundin sich für den Mann zu erwärmen begann, der zu wissen schien, was ich brauchte, bevor ich es selbst wusste.

»Er fühlt sich schuldig«, klärte ich sie auf. »Er hat das Gefühl, den Unfall verursacht zu haben, obwohl ich doch diejenige war, die nicht aufgepasst hat.«

Laura stellte ihren Becher auf dem Tisch ab und schluckte den Kaffee hinunter, bevor sie feststellte: »Ich bezweifle stark, dass das der einzige Grund ist, warum er sich ständig bei dir aufhält. Offensichtlich mag er dich.«

Und genau *darin* bestand das Problem. Ich war mir ziemlich sicher, dass Carter mich *mochte*. Und ich konnte ihn überhaupt nicht verstehen. Es gab Scharen von Frauen, die ihm auf einen Wink zu Füßen liegen würden, warum also verschwendete er seine Zeit an eine Frau, die dazu nicht bereit war?

»Ich will ihn nicht mögen«, gab ich zähneknirschend zu.

Sie warf mir diesen speziellen Blick zu, der an den erinnerte, mit dem eine große Schwester die jüngere bedenken würde. »Wegen deiner Vergangenheit? Brynn, du kannst nicht zulassen, dass deine Vergangenheit bestimmt, wer du jetzt bist. Es war nicht dein Fehler.«

Darüber wollte ich definitiv nicht reden, daher erwiderte ich: »Ich brauche keine Beziehung, Laura. Ich bin zu beschäftigt. Ich muss immer noch reisen und wir haben an die Zukunft unseres Geschäfts zu denken.«

Sie seufzte. »Ich glaube, du hättest gern eine Beziehung, hast aber Angst davor. Es ist komisch, aber ich hätte wirklich gern eine Beziehung, treffe aber niemals den richtigen Mann. Und ich hätte wirklich gern Kinder. Das habe ich mir immer schon gewünscht.«

»Denkst du immer noch an eine Samenspende? Laura, du hast noch Zeit —«

»Ich denke lediglich darüber nach und lasse mich beraten«, erklärte sie und hob abwehrend eine Hand in die Höhe. »Aber je mehr ich darüber nachdenke, desto besser hört es sich an.«

Ich war zwar selbst nicht daran interessiert, einen festen Freund zu finden, aber Laura wünschte ich einen. Sie verdiente einen Mann, der sie und ihre potenziellen Kinder verehrte. »Warte noch ein bisschen. Vielleicht lernst du jemanden kennen.«

Sie schnaufte. »Das sage ich mir schon so lange und ich möchte in jungen Jahren Kinder bekommen, damit ich Spaß mit ihnen haben kann. Aber jetzt geht es nicht um mich, Brynn. Es geht um dich und einen Mann, der dich vielleicht wirklich gernhat, jemanden, den du am Ende lieben könntest.«

Ich verdrehte die Augen. »Ich kenne ihn doch kaum.«

»Aber er macht dich an.«

»Er ist attraktiv. Wir reden hier von sexueller Lust, Laura. Wer würde Carter Lawson nicht in seinem Bett haben wollen?«

Ich schauderte bereits, wenn ich nur an die Reaktion dachte, die mein Körper immer dann zeigte, wenn ich Carter nahe kam.

Laura zuckte mit den Schultern. »Dann schlaf mit ihm und finde heraus, ob er wirklich ein solch heißer Zuchthengst ist.«

Das Problem war, ich hätte gern die unstillbare Lust befriedigt, die ich jedes Mal empfand, wenn ich ihn sah, aber etwas sagte mir, dass dies so mit Carter Lawson nicht möglich war. Mit ihm konnte es keinen One-Night-Stand geben. Zumindest nicht für mich. Ich hatte das Gefühl, dass ich ihn nur schwer würde vergessen können. Und obwohl ich es nicht zugeben wollte, beunruhigte mich die Art, wie er mich beeinflusste.

Er hatte etwas an sich, dem ich mich verbunden fühlte, und das war nicht nur sein heißer Körper und sein unverschämt gutaussehendes Gesicht.

Manchmal wirkte Carter … gehetzt, wenn er sich gelegentlich unbeobachtet fühlte, und wider besseres Wissen hätte ich wirklich gern gewusst warum.

Schließlich schüttelte ich den Kopf. »Vergiss es.« Ich war mir nicht sicher, ob ich mit mir selbst oder mit meiner besten Freundin sprach. »Ich habe mich erholt und mein Knöchel ist wieder in Ordnung, also werden wir uns nicht mehr oft sehen.«

Obwohl ich es mit meinem verletzten Fuß noch nicht wagen würde, wieder zu joggen, so war die Schwellung doch weitestgehend zurückgegangen und ich konnte gehen, ohne zu humpeln. Carter war heute Morgen nicht erschienen; er wusste offenbar, dass ich jetzt wieder auf mich selbst achtgeben konnte.

»Ich würde nicht davon ausgehen, dass er dich nicht mehr besucht. Ich habe gesehen, wie er dich anschaut«, erwiderte Laura.

»Wie schaut er mich denn an?«

Sie lachte. »Wie ein Mann, der verzweifelt etwas begehrt und entschlossen ist zu bekommen, was er haben will. Er wird nicht aufgeben, Brynn. Damit kannst du fest rechnen.«

Ich sah Laura missbilligend an und hoffte, sie hätte unrecht. Falls Carter noch länger bei mir in der Wohnung herumhängen würde, wäre die Versuchung groß, ihrem Rat zu folgen und mit ihm zu schlafen, nur um zu sehen, ob das Begehren, das ich jedes Mal verspürte, wenn er in meiner Nähe war, verschwinden würde.

Ehrlich, es wurde langsam unerträglich.

Ich hatte noch niemals so auf einen Mann reagiert wie auf Carter.

Er musste mich nicht einmal berühren, um in mir ein so intensives Verlangen nach ihm zu erwecken, das ich noch niemals zuvor erfahren hatte.

Weil ich nicht länger an Carter Lawson denken wollte, wechselte ich das Thema. »Wie läuft es im Laden?«

Laura lächelte. »Erstaunlich gut. Aber wir müssen die Produktion bald ankurbeln. Wir verkaufen die Stücke beinahe so schnell, wie wir sie produzieren. Es war wirklich viel los.«

Unsere Kosten waren recht hoch, da wir nur wenige Stücke produzierten und nur in einem Laden verkauften. Wir hätten unsere Kosten reduzieren können, indem wir eine höhere Stückzahl anfertigen ließen. »Dann lass uns das tun. Jetzt, da wir wissen, dass sich die Kollektion gut verkauft, können wir die Stückzahl erhöhen.«

Laura lehnte sich in ihrem Stuhl zurück und verschränkte die Arme. »Ich denke wirklich, du solltest deine Entwürfe für die Handtaschen in Produktion geben. Sie sind einfach brillant. Du kannst dein eigenes Ding machen. Sie müssen nicht unter unserem Markennamen laufen. Du kannst dir damit einen eigenen Namen machen.«

Ich hatte an verschiedenen Entwürfen für meine Taschen gearbeitet und hatte Laura einige gezeigt, bevor wir uns zum Kaffeetrinken hingesetzt hatten. »Glaubst du etwa nicht, dass sie sich im Laden verkaufen lassen wie warme Semmeln?«

Sie zuckte mit den Schultern. »Ich habe keine Ahnung, ob sie sich dort gut verkaufen lassen oder nicht, aber ich kann es gern ausprobieren. Ich denke jedoch, du solltest sie unter einem eigenen Markennamen laufen lassen, da deine Entwürfe auf Taschen für die Reise spezialisiert sind.«

Je mehr ich an den Entwürfen arbeitete, desto entschlossener wurde ich, die perfekte Tasche für eine Frau auf Reisen zu entwickeln.

Da ich selbst auf Reisen mehr als einmal zum Opfer nicht funktionsfähiger Taschen geworden war, lag es mir wirklich am Herzen, eine perfekte Kollektion an Reisetaschen herauszubringen. Taschen, die man wirklich gebrauchen konnte.

»Es war nur so eine Idee«, erklärte ich. »Und außerdem muss ich mehr Entwürfe für die Boutique anfertigen.«

»Damit komme ich schon klar«, versicherte sie. »Ich zeige dir dann jeweils, was ich in Produktion gebe. Ich habe mehr fertige Entwürfe, als wir im Moment umsetzen können, Brynn, und jeden Tag kommen neue hinzu.«

Ich verspürte Gewissensbisse, dass ich zu unserem Bestand an Entwürfen nicht so viel beitrug wie Laura, aber meine Freundin war ein Naturtalent und entwickelte jeden Tag neue Ideen für Kleidungsstücke. Ehrlich, ich war viel besser im Entwerfen von Taschen als in der Entwicklung modischer Kleidung.

War es wirklich möglich, dass ich mit der Zeit meine eigene Kollektion an Taschen herausbrachte?

»Vielleicht sollte ich die Teilhaberschaft an Perfect Harmony einfach aufgeben«, überlegte ich. »Das war immer schon dein Baby und du hast auch die Boutique eröffnet. Ich liebe die Kollektion, aber sie ist mehr deine als meine.«

Es war durchaus möglich, dass ich mich von der Idee und Lauras Begeisterung hatte einfangen lassen. Und obwohl ich durchaus in der Lage war, gute Arbeit im Entwerfen von Kleidung zu leisten, war ich nicht annähernd so gut darin wie Laura.

Sie hob eine Braue in die Höhe. »Ist es das, was du willst? Wirklich, Brynn, ich werde zurechtkommen, wenn du deine eigene Richtung einschlagen willst. Aber im Moment werde ich dir deine Investition nicht auszahlen können.«

Ich schüttelte den Kopf. »Mach dir darüber keine Sorgen. Vielleicht kann ich einfach als Investorin fungieren. Ich erkenne großartige neugegründete Firmen, wenn ich sie sehe. Und ich weiß, dein Unternehmen wird Erfolg haben.«

Ich brauchte das Geld nicht, das ich in Perfect Harmony gesteckt hatte, und ich wusste wirklich, dass die Firma eines Tages enorm wachsen würde. Die Welt brauchte ein Unternehmen, das sich für die Individualität des menschlichen Körpers einsetzte, und Designer wie Laura, die einen Stil entwickeln konnten, der den meisten Frauen schmeichelte.

Sie nickte. »Wir werden das ausarbeiten. Und ich würde mich freuen zu sehen, dass du an etwas arbeitest, dem wirklich deine Leidenschaft gilt.«

»Ich werde dich trotzdem weiterhin unterstützen«, versprach ich. »Carter hat angeboten, mir bei der Vermarktung unseres Labels zu helfen und uns mit seinem Rat zur Seite zu stehen, wie wir die Produktion steigern können, wenn du soweit bist.«

Laura stieß einen leisen Pfiff aus. »Was würde ich dafür geben, ein Marketing-Genie wie ihn auf meiner Seite zu haben.«

»Dann werde ich auf sein Angebot zurückkommen.«

Sie strahlte. »Danke. Ich bin für jede Anregung und Idee dankbar. Marketing ist nicht gerade meine Stärke.«

»Ich hoffe, es wird dich finanziell nicht überfordern, wenn ich die Partnerschaft niederlege«, sagte ich ernst. Ich wollte Laura auf keinen Fall Stress verursachen.

»Ich werde klarkommen«, versicherte sie mir. »Ich verfüge über die Geldmittel und denke daran, mit dem Verkauf im Internet zu beginnen. Jetzt, da ich den Laden als Flaggschiff habe, kann ich vielleicht vieles über das Internet laufen lassen. Ich weiß, was sich verkauft, und mit dem richtigen Marketing könnte die Kollektion im Netz der Renner werden.«

»Das ist eine brillante Idee«, stimmte ich begeistert zu.

Eine riesige Menge an Frauen verfolgte Laura und mich in den sozialen Medien und Laura besaß viele Freunde mit einem großen Bekanntenkreis.

»Ich muss noch mehr recherchieren, aber ich glaube wirklich, dies ist ein Geschäft, das über das Internet laufen muss.«

»Du weißt, dass ich dir auf jede mögliche Art helfen werde«, sagte ich leise. »Es ist ja nicht so, als würde ich jetzt einfach alles fallen lassen, was mit der Firma zu tun hat. Ich bin einfach nur davon überzeugt, es sollte deine sein.«

»Du weißt, dass ich dich antreiben werde, bis du deine eigene Kollektion herausgebracht hast«, warnte sie mich.

Ich lächelte. »Ich weiß.«

Wenn meine beste Freundin wollte, dass ich etwas machte, von dem sie glaubte, es wäre gut für mich, war sie recht hartnäckig, ein Charakterzug, den ich gleichzeitig bewunderte und hasste.

»Ich werde daran arbeiten«, versprach ich.

»Du weißt, du könntest wieder nach Michigan zurückziehen. Außer mir gibt es jetzt wirklich keinen Grund mehr für dich hierzubleiben«, sagte sie. »Aber egoistischerweise hoffe ich, dass du hierbleiben wirst.«

»Ich habe nicht vor umzuziehen«, wehrte ich ab. »Ich habe diese Stadt lieben gelernt. Außerdem brauchst du mich und ich muss Carter überzeugen, uns mit einem Marketingkonzept zu unterstützen.«

Ich verschwieg, dass ich auf keinen Fall zurück in meine Heimatstadt ziehen wollte. Ich hatte zwar vorgegeben, in Seattle sein zu müssen, damit Laura und ich unsere Boutique aufbauen konnten, aber tief in meinem Inneren wusste ich, dass ich nicht mehr dauerhaft in Michigan leben konnte. Die Erinnerungen hätten mich verfolgt.

»Gott sei Dank«, seufzte sie. »Ich wüsste nicht, was ich tun sollte, wenn du so weit weg wärst.«

»Ich bleibe hier«, versicherte ich noch einmal. »Aber ich werde eine Reise buchen, um meine Mutter zu besuchen. Sie trifft sich regelmäßig mit jemandem und ich möchte mit ihr reden.«

»Es gibt einen Mann in ihrem Leben?«, erkundigte sie sich. »Das finde ich fantastisch.«

»Ich nicht«, erwiderte ich. »Was, wenn er nicht so ist, wie er zu sein scheint?«

»Und was, wenn er doch so ist?«, fragte sie. »Wenn er großartig ist und sie glücklich macht?«

»Davon muss ich mich mit eigenen Augen überzeugen«, erklärte ich.

»Wann wirst du abreisen?«

»Ich weiß es noch nicht. Ich werde den Flug erst heute Nachmittag buchen.«

»Verurteile den armen Kerl aber nicht nur wegen deiner Vergangenheit«, mahnte sie mit leiser, beruhigender Stimme. »Ich weiß, dass du Männern grundsätzlich misstraust, aber er könnte das Beste sein, was deiner Mutter jemals passiert ist.«

Es fiel mir schwer, mein Urteil nicht von meiner Vergangenheit beeinflussen zu lassen. »Ich werde versuchen, fair zu sein.«

»Versucht sie immer noch, dich dazu zu bringen, dich öfter mit einem Mann zu verabreden?«

Ich lachte. »Wann hätte sie einmal *nicht* versucht, mich zu verheiraten, sodass ich sie mit Enkelkindern versorgen könnte?«

»Niemals«, sagte Laura. »Aber ich glaube, sie will einfach nur, dass du glücklich bist und endlich deine Wunden heilst.«

Laura hatte meine Mutter im Laufe der Jahre mehrere Male getroffen, wenn ich sie über die Feiertage mit nach Hause gebracht hatte, und sie hatte selbst erlebt, welchen Druck meine Mutter manchmal auf mich ausüben konnte.

»Ich bin glücklich«, stellte ich fest. »Ich brauche keinen Mann, um mich vollständig zu fühlen.«

»Nein«, stimmte sie zu. »Aber es wäre nett, den Mann zu finden, der dich noch glücklicher machen würde, als du es jetzt bist.«

Ich dachte über Lauras Worte nach, als sie aufstand und ihre Tasse in die Spülmaschine stellte.

Gab es irgendeinen Mann, der mir je das Gefühl würde geben können, meine Liebe für ihn wäre wichtiger als meine Ängste?

Leider war ich mir ziemlich sicher, dass die Antwort auf diese Frage stets nein lauten würde.

Und bei meinem Leben, ich konnte mir nicht erklären, warum diese Tatsache mich jetzt mehr grämte als jemals zuvor in der Vergangenheit.

Ich war allein stets glücklicher gewesen.

Doch obwohl ich wusste, dass ich nicht fähig war, einen Mann so sehr zu lieben, deprimierte mich jetzt der Gedanke daran, mein ganzes Leben allein zu verbringen.

Kapitel 9

Brynn

»Was zum Teufel soll das?«, fragte ich mich und warf den Lippenstift, den ich gerade auf meine Lippen aufgetragen hatte, ärgerlich auf die Frisierkommode.

Nachdem ich den ganzen Tag nichts von Carter gehört hatte, hatte er schließlich vor einer halben Stunde angerufen. Wider besseres Wissen hatte ich seine Einladung angenommen, mir sein Penthouse anzusehen.

Ich hatte geduscht.

Ich hatte einen großen Wirbel mit meinen Haaren veranstaltet.

Ich hatte ein hübsches Sommerkleid angezogen.

Und zu allem Überfluss legte ich Make-up auf, als würde ich zu einem Shooting für eine Titelseite gehen.

Genug! Ich habe nicht vor, mich länger als zehn Minuten in Carters Penthouse aufzuhalten.

Obwohl ich es ungern zugab, war ich nervös.

Während meine Beweglichkeit eingeschränkt gewesen war, war das für mich in Ordnung gewesen, aber jetzt war ich gesund und besuchte ihn in seiner Wohnung, was an meinen Nerven zerrte.

Ja, er hatte mich gefragt, wie ich zurechtkäme, und seine Stimme hatte besorgt geklungen, doch dann war sein tiefer Bariton voll der Sünde, versprochener Lust und so vielen anderen Dingen gewesen, die mich kribbelig machten.

Ich werde mich bei ihm für alles bedanken, was er für mich getan hat. Das ist alles.

Als ich gerade mein Schlafzimmer verließ, hörte ich meine Türklingel und ich wusste genau, wer es war.

Carter war gekommen, um mich abzuholen, denn ohne eine Codekarte konnte ich nicht in sein Penthouse gelangen.

Ich versuchte, das elektrisierende Prickeln abzuschütteln, das vor lauter Vorfreude an meiner Wirbelsäule entlanglief.

Dies ist keine Verabredung. Dies ist keine Verabredung.

Ich spulte das Mantra immer und immer wieder in meinem Kopf ab, während ich die Tür öffnete.

Doch im selben Moment, in dem ich ihn sah, wusste ich, ich steckte in Schwierigkeiten.

Obwohl ihm jegliche Kleidung gut stand, trug er einen grauen, maßgeschneiderten Anzug mit einer entzückenden marineblauen Krawatte, die zu seinen Augen passte.

»Hey«, stieß ich atemlos hervor.

»Sie sehen wunderschön aus«, presste er hervor. Seine Stimme klang etwas kratzig, als wäre er es nicht gewohnt, Komplimente zu machen.

Und ja, ich war daran gewöhnt, Komplimente entgegenzunehmen, doch irgendetwas an der Art, wie er mich ansah, als wollte er mich zur Gänze verschlingen, unterschied sich stark von allen anderen Schmeicheleien, die ich jemals gehört hatte.

»Danke«, erwiderte ich automatisch und griff nach meiner Handtasche. Mit laut klopfendem Herzen trat ich aus meiner Wohnung und drehte mich herum, um die Tür abzuschließen.

Ich musste aufhören, mich wie ein Trottel zu benehmen.

Dies war keine Verabredung.

Ich konnte niemals mit einem Mann wie Carter Lawson zusammen sein.

Die Anziehungskraft zwischen uns war viel zu stark, doch ich musste lernen, sie zu ignorieren.

Schweigend gingen wir zu seinem privaten Aufzug. Sobald wir ihn betreten hatten, sagte ich: »Ich möchte Ihnen für alles danken, was Sie getan haben, um mir zu helfen, während ich mich nicht so gut bewegen konnte.«

»Glauben Sie wirklich, ich hätte Sie allein gelassen, nachdem ich Sie zu Boden geworfen hatte?«, fragte er und wirkte ein wenig enttäuscht.

»Ich weiß nicht genau, was ich erwartet hatte«, gab ich ehrlich zu. »Aber ich hätte niemals gedacht, dass Sie so … nett sind.«

Er zuckte mit den Schultern, während er die Schlüsselkarte in den dafür vorgesehenen Schlitz schob, um den Aufzug in Gang zu setzen. »Ich denke, das kann ich Ihnen nicht übel nehmen. Ich bin nicht gerade bekannt dafür, sehr aufmerksam zu sein.«

Er sagte das, als wäre das einfach eine Tatsache.

Ich lehnte mich zurück und verschränkte die Arme. »Warum?«

»Ich bin Geschäftsmann, Brynn. Und ich bin gut in meinem Tätigkeitsfeld. Das bedeutet im Allgemeinen, dass ich rücksichtslos sein muss.«

»Sind Sie das?«

»Was?«, fragte er.

»Sind Sie rücksichtslos?«

»Wenn es sein muss«, gab er zurück.

Aus irgendeinem Grund glaubte ich nicht, dass er sich ständig wie ein Arschloch verhielt. Hatte ich doch während der letzten Tage eine eher liebenswürdige Seite von ihm kennengelernt, daher wusste ich sicher, dass er ausgesprochen nett sein konnte. »Ich denke, im Inneren des rücksichtslosen Geschäftsmannes gibt es einen weichen Kern«, stellte ich fest.

Normalerweise wäre ich bei einem Mann, den ich erst kurze Zeit kannte, nicht so persönlich geworden, aber Carter hatte etwas an sich, was in mir den Wunsch erweckte, ihn besser kennenzulernen.

Er war mir ein Rätsel. Ich wusste, er konnte ein brutaler Geschäftsmann sein, aber ich kaufte ihm nicht ab, dass dies nicht nur Schauspielerei war.

Carter war es definitiv gewohnt, seinen Willen zu bekommen, aber trotzdem war er einfühlsam. Vielleicht konnte er es manchmal nicht allzu gut zeigen, aber ich hatte das Gefühl, dass er nicht vollkommen narzisstisch war.

Wie immer wirkte er gefasst, elegant und vollkommen beherrscht.

Er lehnte sich zurück, während wir mit dem Aufzug ins Penthouse fuhren, und warf mir einen warnenden Blick zu. »Setzen Sie nicht darauf, etwas Gutes in mir zu finden«, knurrte er. »Das existiert nämlich nicht.«

»Jeder hat eine Schwachstelle«, sagte ich. »Welche haben Sie? Ihre Familie?«

Es musste etwas geben, was seinen Panzer durchbrach und ihn menschlicher machte.

Der Aufzug gab einen Glockenton von sich, als wir ganz oben im Gebäude angekommen waren.

»Im Moment scheinen Sie meine Schwachstelle zu sein«, erwiderte er scheinbar unglücklich, als die Türen aufgingen.

Ehrlich, ich verstand seine Abneigung zuzugeben, dass er an einer Stelle verletzbar war. Mir gefiel es auch nicht, eine Achillesferse zu haben.

Die Aufzugtüren schlossen sich hinter uns. Wir befanden uns in einem schmalen Gang, der zu seinem Penthouse führte.

»Darf ich Ihnen etwas zu trinken anbieten?«, fragte er mich, nachdem er die Tür aufgeschlossen hatte und wir seine Wohnung betreten hatten.

»Weißwein, falls Sie welchen haben«, murmelte ich abgelenkt, denn ich blickte mich gerade interessiert in seinem Zuhause um.

Die Fenster, die vom Boden bis zur Decke reichten, gaben einen atemberaubenden Ausblick frei und, ohne nachzudenken, ging ich zu ihnen hinüber. »Sie haben einen wunderbaren Aussichtspunkt hier oben«, erklärte ich begeistert, während ich den atemberaubenden

F. A. Scott

Anblick der Lichter der Stadt genoss. »Und ich hatte gedacht, *meine* Wohnung böte eine fantastische Aussicht.«

Schließlich wandte ich mich vom Fenster ab und sah, dass Carter an der Bar stand und Getränke mixte.

»Schauen Sie sich ruhig um«, bot er an.

»Ich bin mir sicher, ich werde mich verlaufen«, murmelte ich.

Er sah auf und grinste mich an. »Keine Sorge. Ich werde Sie finden.«

Da er es mir angeboten hatte, schlenderte ich in die Küche, die erstaunlich groß war. Eine Gastronomieküche, die mich verblüffte. Welcher Mann, der überhaupt nicht kochte, brauchte eine so verdammt große Küche? Die monströse Kochinsel setzte allem die Spitze auf.

»Ich dachte, Sie kochen nicht«, rief ich erstaunt aus.

»Tue ich auch nicht.«

»Das ist eine Schande«, sagte ich so leise, dass er es unmöglich hören konnte. Dann setzte ich meinen Erkundungsgang fort und entdeckte, dass er einen privaten Trainingsraum besaß, der ein professionelles Fitnessstudio in den Schatten hätte stellen können, ein Schwimmbad mit Spa, ein Filmzimmer und eine Bibliothek, die ich gern selbst gehabt hätte – alles auf der untersten Ebene seiner Wohnung.

Seufzend strich ich über die ledernen Rücken eines Satzes von Harvard Klassikern und einer Easton Press Sammlung, die meinen Neid erregte.

Merkwürdigerweise war seine Wohnung komplett zeitgenössisch eingerichtet, ein Stil, der mir gefiel. Aber was seine Lektüre betraf, schien er einen vielseitigen Geschmack zu haben. Neben den Klassikern konnte ich Science-Fiction finden und außerdem schien er eine Menge historischer Bücher zu besitzen.

Ich verließ die Bibliothek, nachdem ich die Tatsache verarbeitet hatte, dass Carter offensichtlich äußerst gern las.

Als ich wieder in den offenen Wohnbereich zurückgekehrt war, ging ich an Carter vorbei und stieg eine Wendeltreppe hinauf, um mir die obere Etage seiner Wohnung anzusehen.

74

Jedes Schlafzimmer verfügte über einen Sitzbereich und ein Badezimmer. Als ich jedoch das große Schlafzimmer betrat, war ich fassungslos.

Ich selbst war auch an einen gewissen Komfort und schöne Dinge gewöhnt, aber Carters Zimmer war vollkommen dekadent. Es verfügte nicht nur über einen geräumigen Sitzbereich, sondern auch über Fenster, die vom Boden bis zur Decke reichten, gleich denen im Wohnzimmer unten.

Es gab einen Frühstücksbereich mit Kühlschrank und Frühstückstisch.

Und sein äußerst luxuriöses Badezimmer war einfach himmlisch.

»Unglaublich«, staunte ich, als ich aus dem Bad schlenderte.

Carter war kein Angebertyp. Offensichtlich gefiel ihm der zeitgenössisch nüchterne Stil. Die Wohnung besaß klare Linien, gewölbte Decken und es fand sich nicht die Spur von Gold oder gekünstelter, verschnörkelter Lichtinstallationen.

Deshalb gefiel mir seine Wohnung wahrscheinlich so gut. Ich bevorzugte denselben Stil.

Sicher, einige seiner abstrakten Kunstwerke und Skulpturen waren wahrscheinlich sehr teuer, aber die Ausstattung war keineswegs grell.

Nach kurzer Zeit entdeckte ich sein Heimbüro und konnte nicht widerstehen, einen Blick hineinzuwerfen.

Verblüfft sah ich, dass ein großer Teil der Wand von persönlichen Bildern in Anspruch genommen wurde.

»Muss ich Sie retten oder können Sie Ihren Weg nach unten allein finden?«, hörte ich Carter fragen, der in der offenen Bürotür stand.

Ich lächelte. Ich konnte nicht anders. »Ich denke, ich komme zurecht. Ich habe mir gerade Ihre Fotos angesehen. Sie haben im College Football gespielt?«

»Ja. Ich habe in der Ivy League gespielt, der Liga, die sich aus den Mannschaften der acht Elitehochschulen zusammensetzt. Ich war einer der wenigen Spieler, deren Leistung gut genug war, um in der Nationalen Football Liga aufgenommen zu werden.«

»Und dann?«, fragte ich neugierig.

»Ich wollte mit meiner Ausbildung fortfahren. Ich liebte das Spiel und das ist auch heute noch so. Aber es hatte für mich nichts mit dem wahren Leben zu tun. Ich wollte etwas … anderes. Ich glaube, ich konnte als Erwachsener einfach nicht genügend Leidenschaft für das Spiel aufbringen, um mir mein Hirn so durchrütteln zu lassen.«

Ich drehte mich herum, um ihn anzusehen. Er hatte sich neben mich gestellt und selbst auch die Fotos betrachtet.

Interessant. Er hatte die Chance sausen lassen, ein Football-Superstar zu werden, um sein Studium fortzusetzen.

Ich befragte ihn noch zu ein paar anderen Fotos. Schließlich sprach ich ein Familienfoto an, das aussah, als wäre es aufgenommen worden, als Carter noch das College besuchte.

»Sind das Ihre Eltern und Ihre Schwestern?«, erkundigte ich mich und zeigte auf das große Foto.

Die Lawson-Brüder konnte ich erkennen, doch seine Schwestern waren mir unbekannt.

Ich glaubte, für einen kurzen Moment eine gewisse Traurigkeit in seinen Augen aufblitzen zu sehen, als er auf die beiden jungen Frauen wies. »Dies ist Harper und das hier ist Dani. Ja, und im Hintergrund sind meine Eltern. Sie starben bei einem Autounfall. Sie wurden von einem Betrunkenen angefahren, gerade als ich das College abgeschlossen hatte.«

Mein Herz schmerzte für ihn. Es war ziemlich augenscheinlich, dass er noch nicht über den Verlust hinweg war. »Das tut mir leid«, erwiderte ich leise.

»Das muss es nicht«, wehrte er unwirsch ab. »Es war mein verdammter Fehler.«

Bevor ich antworten konnte, hatte Carter sich herumgedreht und den Raum verlassen.

Kapitel 10

Brynn

Ich folgte Carter die Treppe hinunter, immer noch verwirrt über seine Äußerung, er hätte irgendwie den Tod seiner Eltern verursacht.

Ich nahm das Glas Weis, das er mir anbot, und wir ließen uns in seinem geräumigen Wohnzimmer nieder. Ich setzte mich auf einen bequemen Stuhl und Carter nahm mir gegenüber auf dem Sofa Platz.

»Wenn Ihre Eltern von einem Betrunkenen angefahren worden sind, wie können Sie dann auf irgendeine Art daran Schuld tragen?«, fragte ich.

Vielleicht hätte ich nicht so neugierig sein sollen, aber ich hatte gesehen, wie sein Gesicht für einen kurzen Moment einen gehetzten Ausdruck angenommen hatte, und ich konnte das nicht auf sich beruhen lassen.

»Vergessen Sie es einfach«, sagte er mit rauer Stimme. »Ich weiß nicht einmal, warum ich es überhaupt erwähnt habe.«

Er glaubte offensichtlich an seine Schuld, daher wollte ich es nicht einfach so vergessen. »Erzählen Sie«, drängte ich. Ich war die Letzte, die ihn verurteilt hätte.

Er schwieg lange, bevor er schließlich sprach. »Ich war während der Collegeferien zu Hause. Zwei Tage nach meiner Ankunft musste ich mit einer Erkältung das Bett hüten. Und Mom wäre nicht meine Mutter gewesen, wenn sie nicht beschlossen hätte, ein Medikament besorgen zu müssen, da wir nichts dergleichen im Haus hatten. Mein Vater beschloss, mit ihr zu fahren. Fünfzehn Minuten später waren sie beide tot. Nur weil ich eine verdammte Erkältung hatte.«

»Carter, sie war Ihre Mutter. Meine hätte das Gleiche getan. Es war die Schuld des betrunkenen Fahrers, nicht Ihre.« Ich war verblüfft, dass er sich diese Schuld auflud.

»Warum zum Teufel habe ich meinen Eltern gegenüber überhaupt erwähnt, dass ich mich schlecht fühlte? Tatsache ist, wäre ich nicht zu Hause gewesen und hätte ich nicht gejammert, krank zu sein, wären sie immer noch hier.«

»Sie dürfen sich das nicht antun, Carter. Das geht nicht. So etwas kann jederzeit geschehen. Jeder, der eines unerwarteten Todes stirbt, war zur falschen Zeit am falschen Ort. Sie treiben sich in den Wahnsinn, wenn Sie sich weiter die Schuld geben. Gewiss glaubt keins Ihrer Geschwister, Sie seien verantwortlich.«

»Sie wissen es überhaupt nicht«, erwiderte er und seine Stimme klang verwundbar. »Ich habe Ihnen gegenüber niemals erwähnt, warum meine Eltern außer Haus waren. Ich war der Erste, der nach Beginn der Ferien zu Hause eingetroffen war.«

»Ich glaube ehrlich nicht, dass einer von ihnen Sie dafür verantwortlich machen würde. Das ergibt keinen Sinn. Sie müssen aufhören zu glauben, es sei Ihr Fehler gewesen. Ich habe das Gefühl, Ihren Eltern würde es nicht gefallen, wenn Sie wüssten, dass Sie sich verantwortlich gefühlt haben und selbst jetzt noch daran glauben.«

Mein Gott, ich konnte seinen Schmerz spüren und es zerriss mich. Ich verstand, wie sein Geist an solch dunkle Orte gelangen konnte, aber das musste aufhören.

»Verdammt, glauben Sie, ich wüsste das nicht?«, stieß er hervor. »Aber ich kann einfach nicht aufhören, daran zu denken, wie anders alles an jenem Tag verlaufen wäre, wenn ich selbst einfach etwas anderes getan hätte.«

»Das verstehe ich. Wirklich«, betonte ich. »Es geschieht leicht, dass wir uns selbst die Schuld für etwas geben, das absolut nichts mit unseren Handlungen zu tun hat. Denn in Wahrheit war es ein betrunkener Fahrer, der Ihre Eltern getötet hat, nicht Sie. Ihre Handlungen waren unschuldig. Sie waren krank. Die Geschehnisse befanden sich außerhalb Ihrer Kontrolle. Und Ihre Mutter hätte auch bemerkt, dass Sie krank sind, wenn Sie es nicht erwähnt hätten. Mütter sind immer besorgt.«

»Ja, meine Mutter hat alles gemerkt«, gab er zu. »Ich glaube, sie hatte Augen im Hinterkopf.«

»Ich verstehe, dass Sie sie vermissen«, sagte ich sanft. »Aber sie würde nicht wollen, dass Sie sich wegen etwas verzehren, das nicht Ihre Schuld ist.«

Er blickte mir in die Augen und ich tauchte in seinen Schmerz ein. Es tat mir weh, denn ich konnte ihn verstehen.

»Ich werde es versuchen«, sagte er in schneidendem Tonfall. Seine Augen wirkten jetzt verschlossen und wachsam.

Er leerte sein Glas in einem Zug bis zur Hälfte und ich trank einen Schluck meines Weins.

Ich wusste, er hatte das Thema abrupt beendet. Carter Lawson war nicht der Typ Mann, der auf irgendeine Art verletzlich wirken wollte, und mir war bewusst, dass ich gerade die seltene Gelegenheit gehabt hatte, einen kurzen Blick in seine Seele zu erhaschen.

Aber er würde sich mir gegenüber bestimmt nicht weiter entblößen.

»Wie läuft ihr Modegeschäft?«, fragte er und hörte sich wieder vollkommen beherrscht an.

»Ich habe mich entschieden, als stille Teilhaberin zu fungieren anstatt als Partnerin«, informierte ich ihn. »Ich möchte mich gern anderen Dingen zuwenden. Trotzdem werde ich stets für Laura da sein, wann immer sie mich braucht. Und ich bin Ihnen für jeden Rat dankbar, den Sie uns bezüglich des Marketings geben können.«

»Was hat Sie zu dieser Entscheidung veranlasst?«, erkundigte er sich neugierig.

»Eigentlich ist die Kleiderkollektion Lauras Leidenschaft entsprungen, nicht meiner. Mir gefällt das Konzept und ich glaube daran, aber ich selbst möchte lieber Reisetaschen entwerfen. Mit Taschen habe ich stets frustrierende Erfahrungen gesammelt. Dieses Problem möchte ich gern lösen. Ich bin entschlossen, eine Tasche zu entwickeln, die funktionsfähig ist.«

»Nicht dass ich mich mit Handtaschen auskennen würde, aber warum sind die aktuell erhältlichen nicht funktionsfähig?«

Ich nahm die Tasche zur Hand, die ich gerade benutzte. »Sehen Sie diese hier zum Beispiel. Sie ist eine wirklich schicke Designertasche, aber ich hasse sie. Eigentlich habe ich alle Taschen gehasst, die ich jemals besessen habe.« Ich hielt sie ihm etwas geneigt hin. »Was für einen Sinn macht es, zwei offene Fächer zu haben? Ich benutze sie niemals. Wenn ich reise, muss alles in das Fach mit dem Reißverschluss passen, denn falls ich die Tasche umkippe, fällt alles heraus. Und über die Tatsache, dass die Tasche unpraktisch ist, falls ich in Gebiete reise, in denen es viel regnet, möchte ich erst gar nicht reden. Sie ist nicht wetterfest.«

Er hob eine Braue in die Höhe. »Ich habe das Gefühl, da steckt noch mehr dahinter.«

Ich seufzte. »Ich reise viel und mir wurde dreimal die Tasche aus der Hand gerissen und noch einige weitere Male wurde ich von Taschendieben bestohlen. Zweimal hatte der Dieb den Riemen durchgeschnitten. Um auf Reisen praktisch zu sein, bräuchten die Taschen einen unzerstörbaren Körpergurt und ein Fach, das mit entsprechenden Sicherheitsmaßnahmen ausgestattet ist, sodass meine Kreditkartennummern nicht gestohlen werden können.«

Er grinste. »Sonst noch etwas?«

»Ja. Sie muss außerdem schick sein. Warum schließt Funktionalität Schönheit aus? Ich will alles. Es gibt im Augenblick zwar ein paar anständige Reisetaschen auf dem Markt, aber ich will eine, die alles hat.«

»Dann müssen Sie die selbst herstellen, denke ich. Im Geschäft geht es immer darum, mehr zu wollen«, überlegte er. »Deshalb läuft Lawson so gut. Meine Brüder und ich wollten auch stets alles. Sie können es schaffen, Brynn. Holen Sie sich, was Sie wollen. Und geben Sie sich nicht mit weniger zufrieden.«

»Ich bin dabei«, erklärte ich. »Ich möchte eine vollständige Kollektion entzückender Handtaschen entwerfen, mit denen Frauen sicher reisen können.«

»Darf ich die Entwürfe sehen?«, bat er. »Ich bin immer noch bereit, Ihnen zu helfen, soweit ich kann, gleichgültig, um welches Ihrer Geschäfte es sich handelt.«

Ich schüttelte den Kopf. »Ich bin noch nicht soweit. Ich muss noch eine Menge recherchieren und die Entwürfe fertigstellen. Ich hoffe, so bald wie möglich ein Muster zur Verfügung zu haben, sodass ich es bei meiner nächsten Reise zu meinen Shootings testen kann.«

»Wann geht es los?«

»Zuerst muss ich meine Mutter in Michigan besuchen. Ich habe sie schon viel zu lange nicht gesehen. Ich werde also erst einmal die Reise nach Michigan buchen. Für meinen Beruf muss ich erst in ein paar Monaten wieder reisen.«

»Sie brauchen keinen Flug zu buchen«, erwiderte er. »Ich besitze ein Privatflugzeug, das Sie überall hinbringen wird, wo auch immer Sie hinwollen.«

Ich sah ihn verblüfft an. »Ich kann doch nicht einfach so Ihren Privatjet benutzen. Das ist eine kostspielige Sache.«

»Ich denke, die zusätzliche Ausgabe kann ich verkraften«, sagte er trocken. »Und wenn ich es nicht benutze, steht es nur im Hangar. Wann haben Sie vor, nach Michigan zu fliegen?«

Ich zuckte mit den Schultern. »Wahrscheinlich in ein paar Wochen.«

»Nennen Sie mir ein Datum und ich werde mich darum kümmern.«

Ich musste zugeben, sein Angebot war verlockend. Ich musste ein- oder zweimal umsteigen, um nach Michigan zu gelangen, und ein Direktflug wäre wirklich nett gewesen. Aber ich konnte auf keinen Fall Carters Flugzeug benutzen. »Wir werden sehen«, antwortete ich unverbindlich.

»Sie haben gesagt, Sie wollten sich bei mir revanchieren, weil ich Ihnen geholfen habe. Wenn Sie meinen Jett nehmen, haben Sie Ihre Schuld beglichen.«

Ich lachte erschrocken. »Ich denke nicht, dass ich mich bei Ihnen bedanken kann, indem ich einen weiteren Gefallen von Ihnen annehme.«

»Doch, ich sehe es so«, erwiderte er.

Ich hielt abwehrend eine Hand hoch. »Also gut. Lassen Sie mich darüber nachdenken.«

»Ist es immer so schwer, Sie dazu zu bringen, ein Hilfsangebot anzunehmen?«, erkundigte er sich.

Ich dachte einen Augenblick über seine Frage nach, bevor ich antwortete: »Außer meiner Mutter und Laura hat mir eigentlich noch nie jemand seine Hilfe angeboten. Ich musste hart kämpfen, um in meinem Beruf eine Spitzenposition zu erlangen. Und dann habe ich mir selbst beigebracht, ein guter Investor zu werden, da ich wusste, dass ich nicht für immer als Model arbeiten kann. Schon als Teenager habe ich so ziemlich auf eigenen Füßen gestanden. Meine Mutter hatte Krebs, also war *ich* an der Reihe, mich um *sie* zu kümmern. Ich wollte sie nicht mit meinen Problemen belasten. Sie waren so gering im Vergleich zu ihren.«

»Was ist mit Ihrem Vater?«

»Er ist aus meinem Leben verschwunden, als ich vierzehn Jahre alt war, und jetzt ist er tot«, erzählte ich ihm.

»Keine Geschwister?«

Ich schüttelte den Kopf. »Nein. Aber Laura ist wie eine Schwester für mich. Wir haben uns ziemlich zu Beginn unserer Karriere kennengelernt. Wir haben gemeinsam beschlossen, unsere Gesundheit nicht für eine Modelkarriere aufs Spiel zu setzen, und seitdem sind wir unzertrennlich.«

»Hatten Sie keine festen Freunde? Hat sich nie jemand mit Ihnen verloben wollen?«

Seine Frage klang gestelzt und angespannt, als wollte er nicht wirklich etwas über mein Liebesleben erfahren.

»Ich halte nichts von komplizierten Beziehungen, Carter. Das geht nicht. Ich reise zu viel.«

Er zuckte mit den Schultern. »Ich halte es auch lieber unkompliziert, daher verstehe ich Sie gut.«

Ich trank den Rest meines Weins, dann erhob ich mich. Ich wusste, ich sollte gehen, aber seltsamerweise wollte ich es nicht wirklich. »Ich gehe jetzt besser wieder in meine Wohnung hinunter.«

Er stand auf. »Begleiten Sie mich zum Abendessen, Brynn. Ich weiß, beim letzten Mal, als ich Sie gefragt habe, habe ich mich wie ein Arschloch verhalten, aber jetzt frage ich Sie, weil ich wirklich mehr Zeit mit Ihnen verbringen möchte.«

Ich reichte ihm mein leeres Weinglas, als er die Hand danach ausstreckte, geschockt, wie gern ich Ja gesagt hätte. Ich wollte auch nicht, dass der Abend beendet war, aber ich begann, Carter viel zu sehr zu mögen.

Er war bei Weitem nicht so arrogant, wie es zuerst den Anschein hatte. Er verbarg seine guten Seiten geschickt, doch unter seiner Alpha-Arroganz steckte ein anständiger Mann. Ich wusste aber nicht, ob ich all seine Seiten kennenlernen wollte.

Es würde mein Verlangen nach ihm nur noch verstärken.

Ich folgte ihm in die Küche, wo er unsere Gläser in die Spülmaschine räumte. »Ich kann nicht, Carter. Es tut mir leid.«

Er drehte sich herum, um mich anzublicken. »Ich verstehe Sie nicht, Brynn. Ich denke, uns beiden ist bewusst, dass zwischen uns eine verrückte Chemie wirkt. Ich glaube, die müssen wir erkunden. Sie spüren es doch auch. Ich weiß es genau.«

Ich nickte bedächtig. »Ich versuche nicht einmal, das zu leugnen. Ich fühle mich zu Ihnen hingezogen, Carter. Aber ich habe Ihnen doch gerade gesagt, dass ich nichts von Komplikationen halte.«

Mit leidenschaftlicher Miene und rasselnder Stimme erwiderte er: »Es muss nicht kompliziert sein. Wir müssen einfach nur herausfinden, was mit uns geschieht, denn ich wollte noch nie eine Frau so sehr wie Sie. Verdammt, das ist nicht angenehm für mich. Aber ich kann es nicht einfach ignorieren.«

»Ihnen fallen die Frauen doch zu Füßen«, stieß ich schrill hervor. »Sie brauchen doch mich nicht.«

Er bewegte sich auf mich zu, wie ein Raubtier auf seine Beute. »Ich glaube, ich brauche Sie sehr wohl, Brynn.«

Er war mir nahe, so nahe, dass ich die Hitze spürte, die sein Körper ausstrahlte und den meinen in Flammen setzte. Ich begehrte diesen Mann so sehr, dass es schmerzte, aber er ängstigte mich.

Ich stand mit dem Rücken zur Arbeitsplatte und blickte zu ihm auf. Er vermittelte mir Sicherheit, aber gleichzeitig ängstigte er mich.

Seine erste Berührung war sanft, nur ein Daumen auf meiner Wange, mit dem er zärtlich über mein Gesicht strich.

»Ich möchte dich küssen, Brynn, aber ich habe dir versprochen, dich um Erlaubnis zu fragen. Sag nicht Nein«, bat er heiser, während er mich mit seinen blauen Augen anstarrte.

Nur von der simplen Berührung zitterte ich am ganzen Körper. Was würde erst sein, wenn ich ihm gestattete, mich wieder zu küssen?

»Carter«, flüsterte ich. Ich fühlte mich wie in einer lustvollen Trance.

Er fuhr mit der Hand durch mein Haar, aber er war behutsam; seine Finger erkundeten kaum. »Ich muss dich küssen«, sagte er mit einer Stimme, die tief aus seiner Kehle kam.

Mein verdammter Körper verriet mich und ich wünschte mir so verzweifelt, mich mit Carter zu verbinden, dass es körperlich schmerzhaft wurde.

Ich konnte seinen warmen Atem auf meinen Lippen spüren, aber offensichtlich würde er die geringe Distanz nicht auflösen, ohne dass ich ihn mit dem einen Wort dazu auffordern würde.

Ich musste lediglich *ein Wort* aussprechen.

»Ja«, sagte ich mit einer Stimme, die einem Stöhnen glich.

Ich langte nach oben, tauchte meine Hände in sein Haar und zog seinen Mund auf meinen hinunter.

In dem Moment, in dem sich unsere Lippen berührten, gab ich mich vollkommen hin. Vielleicht war es nur ein kurzes Zusammentreffen, aber ich würde es auskosten.

Weil Carter gern die Kontrolle übernahm, überließ ich sie ihm. Und ich bekam genau, was ich brauchte.

Er verschlang meinen Mund und eroberte ihn mit seiner Zunge.

Die Chemie zwischen uns entzündete sich und schließlich gab ich ihm so viel zurück, wie er mir schenkte.

Ich wimmerte, als er seinen Kopf hob, um an meinen Lippen zu knabbern. Doch gleich darauf stieß er wieder auf meinen Mund hinab, um mir noch mehr zu geben.

Heiliger Jesus! Ich kann nicht genug bekommen.

Ich wünschte mir nichts sehnlicher, als sein Hemd aufzureißen, um seine nackte Haut zu berühren.

In diesem Moment war ich bereit, ihm alles zu geben, was er wollte, und genau *das* war der Gedanke, der mich wieder zu Sinnen kommen ließ.

Keuchend drückte ich ihn von mir weg, denn ich musste Distanz zwischen uns bringen.

Er hob den Kopf und sah mich mit fragender Miene an. »Stimmt etwas nicht?«, fragte er heiser.

»Ich kann das nicht, Carter. Ich kann nicht«, stieß ich atemlos hervor. Ich fühlte Panik in mir aufsteigen.

Zärtlich strich er mir ein verirrtes Haar aus dem Gesicht. »Warum nicht, Brynn? Sag mir, was los ist.«

Tränen der Frustration begannen, meine Wangen hinunterzulaufen. Ich hätte ihm locker irgendwelchen Unsinn erzählen können, doch nachdem er mir zuvor seien Geschichte anvertraut hatte, wollte ich ihm die Wahrheit sagen. »Ich habe Probleme, jemandem zu vertrauen, Carter. Große Probleme. Schon seit langer Zeit. Ich kann es nicht erklären. Es tut mir leid. Ich muss gehen.«

Er lehnte sich zurück und ich nutzte die Gelegenheit, mich aus seiner Umarmung zu befreien.

Beschämt schlich ich mich zur Wohnungstür und stellte erleichtert fest, dass ich den Aufzug ohne Schlüsselkarte benutzen konnte.

Erst als ich sicher in meiner eigenen Wohnung angekommen war, lehnte ich mich gegen die geschlossene Tür und ließ meinen Tränen freien Lauf.

Kapitel 11

Carter

»Glaubst du ernsthaft, dass Mom und Dad gestorben sind, weil du krank warst?«, fragte Jett mich am nächsten Tag erstaunt.

Die Verlobte meines kleinen Bruders und ihre beste Freundin steckten mitten in den Partyvorbereitungen in Jetts Penthouse und mein kleiner Bruder hatte eine Pause gebraucht. Daher hatte ich mich mit ihm auf einen Drink in einer Bar an der Uferpromenade getroffen.

Mist! Nachdem ich Brynn erst einmal mein Herz ausgeschüttet hatte, war ich scheinbar entschlossen, ein Kerl zu werden, der tatsächlich über seine Emotionen spricht. Ich hatte Jett die ganze Geschichte erzählt, wie es dazu gekommen war, dass meine Eltern wegen mir im Auto gesessen hatten.

Es gefiel mir keineswegs, aber ich konnte einfach nicht anders.

Was zum Teufel stellte Brynn mit mir an?

Ich sprach normalerweise nicht über beschissene Privatangelegenheiten. *Niemals.* Das Geschäft war mein Leben.

»Vielleicht bin ich inzwischen nicht mehr so sehr davon überzeugt«, gab ich zu. Jett und ich saßen an einem Tisch im Freien und hatten bereits ein paar Biere getrunken. »Aber es scheint so, als ob jeder Mensch, dem ich näherkomme, entweder stirbt oder verletzt wird. Ich war noch niemals für irgendjemanden gut.«

»Wie kommst du denn darauf?«, hakte Jett nach.

»Was wäre zum Beispiel gewesen, wenn ich mich von der PRO hätte anheuern lassen und an der Rettungsaktion teilgenommen hätte, bei der du am Ende mitgemacht hast? Marcus hatte mich gefragt, ob ich nicht dabei sein könnte, aber ich hatte abgelehnt. Ich war zu beschäftigt mit meinem Versuch, die Geschäftswelt zu erobern. Wärst du dann jemals der PRO beigetreten und hättest deinen Hintern riskiert, um Geiseln aus feindlichen Ländern zu befreien? Und selbst wenn, hätte der Hubschrauberabsturz anders enden können, wenn ich dabei gewesen wäre? Hätte nicht ich verletzt werden können anstatt du? Ich wäre verdammt froh gewesen, wenn es mich getroffen hätte anstatt dich.«

Mein kleiner Bruder war fassungslos und ich konnte es ihm nicht verübeln. Im Allgemeinen war ich ein kaltherziger Hurensohn, aber alles, was ich gerade gesagt hatte, entsprach der Wahrheit.

Es herrschte lange Stille, bevor Jett antwortete: »Mir wäre es nicht lieber gewesen, wenn es dich erwischt hätte. Carter, niemand kann uns vor den üblen Dingen schützen, die im Leben nun einmal geschehen. Ja, ich hätte mich von der PRO anheuern lassen, auch wenn du das bereits getan hättest, und nichts wäre anders verlaufen, außer dass du vielleicht getötet oder auch verletzt worden wärst. Kumpel, du kannst nicht jeden beschützen, den du gernhast. Glaubst du nicht, ich würde alles dafür geben, wenn ich Ruby vor dem albtraumartigen Leben hätte beschützen können, das sie geführt hat, bevor wir uns kennengelernt haben? Verdammt, ich könnte mir jetzt einreden, ich hätte sie früher treffen müssen. Du musst mit diesem Mist aufhören. Schlimme Dinge passieren nun einmal. Und gleichgültig, wie sehr wir uns auch wünschen, dass nichts Böses geschieht, können wir nicht für alles Üble, was den Menschen widerfährt, die wir lieben, die Verantwortung übernehmen.«

»Warum zum Teufel können wir sie nicht beschützen?«, fragte ich mit kratziger Stimme, bevor ich einen großen Schluck von meinem Bier trank.

»Wenn wir ständig versuchen, alles Böse von unseren Lieben fernzuhalten, sind wir nicht mehr in der Lage, jeden Augenblick zu genießen, den wir mit ihnen zusammen sind. Ich war aufgrund von Rubys Vergangenheit wie besessen davon, sie zu beschützen. Manchmal geht es mir immer noch so. Aber sie fühlte sich erstickt. Ich musste nachgeben und dem Leben seinen Lauf lassen. Natürlich gebe ich mein Bestes, dafür zu sorgen, dass es ihr gut geht. Du musst dem Urteilsvermögen deiner Lieben vertrauen und gleichzeitig wissen, dass das Leben jedem ein paar Steine in den Weg legt. Du hast nicht gelebt, Carter. Du hast viel zu viel Angst gehabt, es würde wieder etwas passieren. Ich glaube, dass dies auch deine Motivation war, als du versucht hast, meine Beziehung mit Ruby zu zerstören, richtig?«

Ich nickte. Verdammt, ich hasste mich immer noch dafür, Jett beinahe um sein Glück gebracht zu haben.

»Du hast aus Sorge um mich gehandelt. Das macht es mir möglich, dir zu verzeihen. Du warst in hohem Maße fehlgesteuert, aber ich weiß, du liebst mich«, sagte er grinsend.

»Wer sagt, dass ich dich liebe?«, knurrte ich. »Vielleicht habe ich einfach nur gedacht, du wärst dumm.«

Jett schmunzelte. »Du liebst mich. Aber du darfst nicht ständig denken, dass du etwas unternehmen musst, um ein Unglück zu verhindern. Ich war bereit, ein Risiko mit Ruby einzugehen. Ich bin ein erwachsener Mann. Das hättest du respektieren sollen. Und ich war gewillt, das Risiko einzugehen, dass etwas passieren konnte, als ich der PRO beigetreten bin. Ob du es glaubst oder nicht, ich bereue es wirklich nicht. Ich würde alles genau so noch einmal machen, um die Leben zu retten, die wir retten konnten, als die PRO noch bestanden hat. Wir haben gute Arbeit geleistet. Und außerdem hätte ich Ruby nicht getroffen und sie auch nicht verstanden, wenn nicht alles genau so abgelaufen wäre. Ich würde die Möglichkeit, mit ihr zusammen zu sein, gegen nichts eintauschen wollen.«

Ich nickte. »Weil du halb verrückt bist.«

Er zuckte mit den Schultern. »Mag sein. Aber ich bin glücklich. Und du?«

Ich war ein wenig überrascht, weil mir noch niemand jemals diese Frage gestellt hatte. Ich war Milliardär, hatte meist jede Menge Frauen zur Auswahl und ich war Teilhaber eines Unternehmens, auf das ich ziemlich stolz war. »Ich weiß nicht«, gab ich ehrlich zur Antwort.

»Was ist mit Brynn? Du magst sie.«

»Sie macht mich verrückt«, erklärte ich unglücklich. »Sie sagt, sie hätte Probleme, jemandem zu vertrauen.«

Ich wollte ihm nichts von dem persönlichen Gespräch erzählen, das ich mit ihr geführt hatte, daher beließ ich es dabei.

»Weißt du warum?«, erkundigte er sich.

Ich schüttelte den Kopf. »Ein anderer Mann? Vielleicht hat jemand sie verletzt?«

Allein der Gedanke, irgendein Hurensohn könnte Brynn unglücklich gemacht haben, erweckte meinen Unmut.

Jett lehnte sich in seinem Stuhl zurück. »Carter, du willst doch immer alle beschützen. Zeig ihr den Mann, der du wirklich bist, und nicht das Arschloch, das du manchmal sein kannst. Über Vertrauensprobleme kann sie hinwegkommen. Gott weiß, dass Ruby es geschafft hat. Aber es braucht Zeit.«

»Wie ist sie darüber hinweggekommen? Warum vertraut sie dir jetzt?« Ich musste zugeben, Ruby hatte nicht den geringsten Grund, irgendjemandem zu vertrauen, trotzdem traute sie Jett.

»Sie brauchte einen Menschen in ihrem Leben, der sie niemals betrügen würde. Ich habe ihr dieses Gefühl vermittelt.«

»Wie?«

»Die Antwort wird dir nicht gefallen. Ich habe mich ihr gegenüber verletzlich gezeigt. Ich musste beständig sein. Ich musste für sie da sein. Und das wollte ich auch.«

»Ich möchte auch für Brynn da sein. Aber ich begehre sie so sehr, dass es mein Urteilsvermögen beeinträchtigt. Ich komme nicht dahinter, was uns verbindet. Ich verstehe die emotionalen

Verstrickungen nicht und auch nicht mein irrationales Verhalten, das ich immer dann an den Tag zu legen scheine, wenn ich sie sehe. Das zehrt an mir.«

»Nutze es zu deinem Vorteil«, schlug Jett vor. »Vielleicht wirst du nicht immer rational sein können, aber du wirst da sein. Jemand, der Vertrauensprobleme hat, braucht jemanden, der stabil ist. Jemanden, auf den er zählen kann. Lass sie wissen, dass du sie nie im Stich lassen wirst, was auch immer Schlimmes passieren mag.«

Ich blickte ihn skeptisch an. »Du weißt, dass ich so nicht bin.«

Er nickte. »Mag sein, dass du bis jetzt nicht so gewesen bist. Du wirst merken, ob Brynn jemand Besonderes für dich ist, wenn du dich nicht mehr von ihr fernhalten kannst. Ich meine damit nicht, dass du sie stalken sollst, aber es hört sich doch so an, als ob sie dich mag. Warum hätte sie dir sonst anvertraut, dass sie diese Ängste hat und verletzlich ist?«

Ich dachte eine Minute über seine Worte nach. Er hatte recht. Wenn sie sich nicht auch zu mir hingezogen fühlte, hätte sie dann überhaupt zugegeben, dass sie verletzlich war?

Nein.

Gewiss nicht.

Oberflächlich gesehen erschien Brynn als eine unabhängige Frau, die ihre Angelegenheiten gut geregelt und eine großartige Karriere hatte. Sie hatte investiert und war reich geworden, anstatt ihr Geld auszugeben. Und sie war entschlossen, sich selbst eine Zukunft zu schaffen für die Zeit, wenn ihre Modellaufbahn vorüber sein würde.

Und verdammt, sie konnte ihre Meinung vertreten. Und sie war ebenso klug wie schön.

Ich glaube, deshalb bewunderte ich sie so sehr.

Gestern Abend hatte ich ihr folgen wollen, als sie so unvermittelt gegangen war, aber ich hatte nicht gewusst, was ich sagen sollte oder wie ich alles zum Guten wenden konnte. Vielleicht hätte ich meinen Instinkten trauen und einfach für sie da sein sollen, selbst wenn mir nicht die richtigen Worte eingefallen wären, um die Situation zu retten.

Ich wusste nicht, was ihr fehlte, aber ich wollte ihr beweisen, dass ich der Mann sein konnte, auf den sie sich verlassen konnte, auch wenn ich manchmal ein Arschloch war.

Aber ich hatte das Gefühl gehabt, dass es für sie besser war, sie einfach allein zu lassen.

»Ich glaube, du könntest recht haben«, gab ich widerstrebend zu.

Jett lächelte. »Verdammt! Tat es weh, das auszusprechen?«

»Du hast ja keine Ahnung«, gab ich zurück.

»Wenn du sie wirklich willst, vermassele es nicht, indem du glaubst, du wärst nicht gut genug für sie«, riet er mir. »Glaub daran, dass du der einzige Mann bist, der an sie herankommt, wenn sie Vertrauensprobleme hat. Du merkst es, wenn da etwas zwischen euch ist, Carter. Ich kann es nicht beschreiben, aber du weißt es einfach, wenn sie sich von allen anderen Frauen unterscheidet, die du bis jetzt kennengelernt hast.«

»So war es vom ersten Tag an«, polterte ich. »Ich wusste, dass sie schön ist, weil ich sie schon vorher gesehen hatte, aber als sie mich zum ersten Mal anlächelte, war ich verloren. Sie behandelt mich nicht wie einen Milliardär. Auf keinen Fall hätte sie sich wegen meines Reichtums an mich gehängt. Sie verfügt über ihr eigenes Geld. Und es macht ihr nichts aus, mir die Meinung zu sagen.«

»Das würde ich gern miterleben.«

»Keine Chance.« Ich liebte es, Jett den Spaß zu verderben, wenn er das Arschloch raushängen ließ.

»Warum bringst du sie nicht mit zu unserer Verlobungsparty? Ich bin mir sicher, dass Ruby sich freuen würde, sie kennenzulernen. Sie folgt Brynn und Laura in den sozialen Medien. Ruby gefällt der Stil der beiden.«

Mir gefiel Brynns Stil auch. Wahrscheinlich mehr als er sollte. »Wir werden sehen. Ich weiß nicht, ob sie jemals wieder mit mir reden wird.«

»Wenn du sie willst, wirst du dich um sie bemühen müssen, Carter.«

»Ich habe mich noch niemals darum bemühen müssen, eine Frau in meinem Leben zu haben.« Ich war keineswegs arrogant, sondern sagte einfach die Wahrheit. Und ich hatte wirklich keine

Ahnung, wie man eine Frau umwarb. Ich wusste lediglich, wie ich eine Frau in mein Bett bekam, was normalerweise für mich nicht allzu schwer war.

Jett grinste. »Du wirst es lernen. Lass dich von deinen Instinkten leiten. Und versuche, sie zur Party mitzubringen. Ich bin mir sicher, Ruby wird ein Loblied auf dich singen.«

»Zumindest habe ich eine Verbündete.«

»Du hast eine ganze Familie Verbündeter«, verbesserte er mich. »Du hast es nur noch niemals bemerkt. Aber Spaß beiseite, ich wünschte mir, du und Mason würdet das gleiche Glück finden, das Harper, Dani und ich jetzt erfahren. Hätte ich gemerkt, dass du dich in irgendeiner Weise für den Tod von Mom und Dad verantwortlich fühlst, hätte ich dir für diese verrückten Gedanken einen Schlag an den Kopf versetzt. Und ich garantiere dir, Mason, Harper und Danica hätten sich mir angeschlossen.«

»Brynn hat mich überhaupt erst dazu gebracht, darüber zu reden«, vertraute ich ihm an. »Aus irgendeinem Grund sprudelt die Wahrheit aus mir heraus wie aus einem Brunnen, wenn ich in ihrer Nähe bin. Ich kann sie nicht belügen.«

»Bleib weiter so ehrlich. Es hört sich so an, als bräuchte sie das«, sagte Jett.

»Ich bin dabei«, versicherte ich ihm wahrheitsgemäß. Dann erhoben wir uns beide und warfen Geld auf den Tisch.

»Ich gehe jetzt besser wieder zurück«, erklärte Jett. »Danke für die Ablenkung.«

Heute verspürte ich einmal nicht die Schuldgefühle, unter denen ich gewöhnlich litt, als Jett leicht hinkend neben mir aus der Kneipe heraustrat.

Anstatt ihn als meinen verletzten kleinen Bruder zu betrachten, war er jetzt einfach nur … Jett für mich. In Wirklichkeit war er es immer gewesen. Er hatte sich tatsächlich zu seinem Vorteil verändert, nachdem er Ruby kennengelernt hatte, und er war viel glücklicher, als ich es im Moment war.

Glücklicher Hurensohn!

Kapitel 12

Brynn

»Ich werde dich nicht allein lassen«, knurrte Carter, als er durch die Eingangstür in meine Wohnung stapfte. »Es spielt keine Rolle, dass du Vertrauensprobleme hast. Mit der Zeit wirst du lernen, mir zu vertrauen.«

Ich war perplex, so verwirrt, dass ich einfach an der offenen Tür stehen blieb, während Carter in mein Wohnzimmer marschierte.

Nach einer Weile schloss ich die Tür, starrte ihn jedoch weiterhin an.

Ich hatte nicht damit gerechnet, ihn noch einmal wiederzusehen, nachdem ich am Abend zuvor wie eine Idiotin aus seinem Penthouse geflüchtet war. Ich hatte zwar noch niemals irgendjemandem etwas von meinem Schwachpunkt erzählt, aber soweit ich wusste, machten sich Männer gewöhnlich sofort aus dem Staub, wenn eine Frau sagte, sie hätte *Probleme*.

Mit großen Schritten ging er im Wohnzimmer auf und ab und redete immer weiter.

»Ich habe mir wahrscheinlich ständig die Schuld an etwas gegeben, was wirklich meiner Kontrolle entzogen gewesen war. Nicht dass mir der Gedanke etwa gefallen würde, *irgendetwas* nicht unter Kontrolle zu haben«, polterte er. »Ich werde Geduld haben, obwohl ich auch *darin* keine Übung habe, aber ich bin verdammt bereit, es zu versuchen, wenn du die Situation mit mir analysierst, bis ich herausgefunden habe, warum zum Teufel ich mich nicht von dir fernhalten kann. Verflucht, ich werde mir sogar Mühe geben, dich nicht anzurühren, aber auch diesbezüglich weiß ich wirklich nicht, ob ich das schaffen werde. Aber ich kann es versuchen, damit du mir vertraust.«

Mein Herz fühlte sich an, als wäre es in einen Schraubstock gespannt, als ich Carter Lawson beobachtete, Milliardär und mächtiger Kopf einer der größten Technologiekonzerne der Welt, der jetzt versuchte, mich glücklich zu machen.

Er sprach davon, nicht perfekt zu sein, und er hätte nichts sagen können, was mich mehr berührt hätte.

Meine Abwehr zerbröckelte angesichts seiner Eingeständnisse.

Noch niemals in meinem Leben hatte ich einen Mann wie ihn kennengelernt und wahrscheinlich würde mir auch nie wieder jemand Derartiges begegnen.

»Es tut mir leid wegen gestern Abend«, entschuldigte ich mich, als ich mich endlich ins Wohnzimmer begab und mich direkt vor ihm aufbaute, sodass er stehen bleiben musste.

»Das ist nicht so wichtig«, erwiderte er mit einer tief aus seiner Kehle kommenden Stimme. »Aber ich möchte, dass du fähig bist, mir zu vertrauen. Wahrscheinlich bin ich noch nie der Typ Mann gewesen, dem die meisten Menschen vertrauen würden, aber ich würde es wirklich gern versuchen.«

Die Tatsache, dass er sich mir gegenüber eine solche Blöße gab, löste in mir das starke Verlangen aus, ihm zu erlauben, sich mir zu nähern. »Ich habe Angst, Carter. Ich habe noch niemals solche Empfindungen gehabt. Niemals. Gewiss, ich hatte Sex. Aber noch niemals habe ich jemanden so verzweifelt *begehrt*.«

»Dito«, knurrte er. »Also, wie werden wir damit umgehen? Denn diesmal werde ich ganz sicher nicht davonlaufen. Ich kann nicht.«

»Ich glaube auch nicht, dass ich das könnte«, gab ich seufzend zu.

Ich hatte eine Stunde lang geweint, nachdem ich vollkommen durcheinander aus Carters Penthouse zurückgekehrt war. Und eigentlich war ich eine Frau, die niemals, niemals weinte, nicht einmal wenn sie alleine war, geschweige denn vor einem anderen Menschen. Ich gab einem Mann niemals solche Macht über mich. Aber aus irgendeinem Grund durchbrach Carter beinahe all meine Schutzmauern.

Es war unbehaglich.

Es war beängstigend.

Aber ich konnte die Gefühle, die er in mir hervorrief, nicht einfach in den Wind schlagen und ihn stehen lassen.

Carter Lawson würde bei mir eine Narbe hinterlassen, gleichgültig, was passieren würde. Die einzige Frage war, wie groß die Wunde sein würde.

»Was willst du also tun?«, fragte er.

»Mit dir zu Abend essen? Das scheint mir eine gute Sache für den Anfang«, schlug ich lächelnd vor.

Er grinste und seine Haltung änderte sich grundlegend. »Ich musste mir noch niemals solche Blöße geben, um eine Frau dazu zu bewegen, mit mir zu Abend zu essen.«

Wie konnte ich erklären, dass es gerade die Tatsache gewesen war, dass er sich selbst so entblößt hatte, die mich dazu bewegte, gern mit ihm auszugehen.

Man musste kein Genie sein, um zu ahnen, dass alles, was Carter gesagt hatte, ihm zuvor fremd gewesen sein musste.

Er war ein mächtiger Mann, der so ziemlich alles bekam, was er wollte. Ein Milliardär wie er bekam alles, bevor er überhaupt selbst wusste, dass er es brauchte.

Aber er war bereit gewesen, ehrlich zu mir zu sein.

Irgendwie hatte das eine meiner Grundfesten ins Wanken gebracht.

»Du hast bekommen, was du wolltest«, stellte ich fest.

»Ich will noch viel mehr«, erklärte er. »Aber ich kann warten, bis deine Vertrauensprobleme gelöst sind.«

Ich schauderte, als ich in seine Augen blickte. Von Kopf bis Fuß konnte ich die entzündliche Hitze spüren, die zwischen uns wogte.

Mein Herz flatterte. Warum konnte ich Carter nicht ansehen, ohne mir vorzustellen, was all seine intensiven Gefühle auslösen würden, wenn wir nackt und unsere Körper ineinander verschlungen wären und ich mich einfach vollkommen all dieser Leidenschaft hingeben könnte?

Ich schluckte heftig. »Danke.«

Er sah mich fragend an. »Wofür?«

»Dafür, dass du mich genügend begehrst, um ehrlich zu mir zu sein.«

»Ehrlichkeit ist aufreibend. Aber ich werde mich daran gewöhnen«, erwiderte er.

Ich lachte erschrocken. »Ich bin sicher, das wird dir gelingen.«

Er mochte zwar nicht immer elegant sein, wenn er die Wahrheit sagte, dennoch war ich mehr denn je überzeugt, dass dieser Mann so viel mehr war als nur das Marketinggenie von Lawson. Von Anfang an war ich mir dessen sicher gewesen.

Carter Lawson fühlte sich nicht wirklich wohl in seiner Haut, aber niemand verstand das besser als ich. Er hatte viel zu viel Zeit damit verbracht, das Gesicht von Lawson Technologies zu verkörpern, um wirklich herausfinden zu können, dass er eigentlich ein recht anständiger Mann war.

»Willst du darüber reden, warum du Vertrauensprobleme hast?«, erkundigte er sich heiser.

Ich sah den besorgten Ausdruck in seinen Augen, war aber noch nicht bereit, über meine Vergangenheit zu sprechen. »Noch nicht. Ich dachte mehr ans Abendessen. Ich habe heute noch nichts gegessen.«

»Such dir ein Restaurant aus«, sagte er zustimmend.

Hatte ich mir das kurze Aufflackern von Enttäuschung in seinem Gesicht nur eingebildet?

»Heute Abend werde ich kochen«, stellte ich fest. »Aber es gibt nichts Ausgefallenes.«

»Kochst du gern?«, fragte er.

Carter hatte mich niemals kochen sehen, weil ich nach meinem kleinen Unfall gezwungen gewesen war, mich zu schonen. »Sehr sogar. Aber ich habe nicht alles im Haus, was ich bräuchte, um etwas Besonderes zuzubereiten.«

»Mir schmeckt alles, solange ich es nicht kochen muss. Aber morgen gehen wir aus. Das Zusammensein mit mir soll dir nicht noch zusätzliche Arbeit bescheren.«

»Komm, hilf mir!«, forderte ich ihn auf und schob ihn in Richtung Küche.

»Es wird dir noch leidtun, mich gefragt zu haben«, warnte er mich.

Es stellte sich heraus, dass seine vorsichtige Ankündigung ins Schwarze traf. Am Ende setzte ich ihn an meinen Küchentisch, wo er ein Bier trank, das er sich aus seinem Penthouse geholt hatte, nachdem er sich bei dem Versuch, Paprikas zu schneiden, beinahe einen Finger abgeschnitten hätte.

Er beobachtete mich mit augenscheinlicher Faszination, während ich alle Zutaten klein schnippelte, die ich in einem Omelett verarbeiten wollte.

»Wie kannst du nur so schnell sein?«, erkundigte er sich.

»Übung«, vertraute ich ihm an. »Ich lebte allein mit meiner Mutter und als ich ein Teenager war, musste sie viel arbeiten. Wir haben uns die Pflicht des Kochens geteilt. Als ich dann nach New York ging, um auf mich allein gestellt zu arbeiten, musste ich ziemlich gesund essen und am Anfang war mein Geld knapp.«

»Hast du dir wirklich Nahrung vorenthalten, damit du als Model arbeiten konntest?« Er hörte sich nicht gerade glücklich an.

Während ich begann, die Omeletts zuzubereiten, erzählte ich: »Ständig. Modeling kann eine recht hässliche Welt sein. Die Leute denken, Models haben ein ununterbrochen glanzvolles Leben. Aber so ist es nicht. Der Tag ist ziemlich lang, wenn man Schlange steht, nur um zu sehen, ob man einen Job bekommt, und der Verdienst ist jämmerlich gering, wenn man noch keinen Namen hat. Und wenn man nicht von Natur aus stockdürr ist, muss man ziemlich viel hungern, um in die kleinste Standardgröße zu passen. Ich wurde mit sechzehn entdeckt, war aber ein Spätzünder. Sobald ich erst einmal Hüften und einen Hintern entwickelt hatte, war es mir beinahe unmöglich, Größe zweiunddreißig zu tragen.«

Es war irgendwie erstaunlich, wie leicht ich Carter Vertrauen entgegenbringen konnte, aber er machte es mir auch leicht, da er so viel Interesse zeigte.

»Du hast also nicht gegessen?«

»Manchmal habe ich tagelang nichts gegessen oder eine Woche lang nur von Salat und Wasser gelebt. Als ich Laura traf, hatten wir beide gerade begonnen, uns einen Namen zu machen. Aber wir hatten uns beide heruntergewirtschaftet und kämpften gegen unsere natürlichen Körpertypen, indem wir versuchten zu hungern, um unsere Arbeit zu behalten. Essstörungen sind in unserem Beruf weit verbreitet und es war nicht ungewöhnlich, dass wir Drogen bekamen, um dünn zu bleiben. Laura war in noch schlechterem Zustand als ich. Von Natur aus hat sie eine noch größere Kleidergröße als ich, denn sie besitzt eine kräftigere Knochenstruktur, und sie war buchstäblich krank vor Hunger. Ich konnte unter ihrer Haut jeden Knochen erkennen. Und ich sah mich selbst. An dem Punkt entschlossen wir uns, dass zehn Jahre Modeling es nicht wert waren, Gesundheitsprobleme zu riskieren, die uns ein Leben lang erhalten bleiben würden.«

»Und was habt ihr dann getan?«

Ich schenkte ihm ein kleines Lächeln. »Wir wurden gesund. Und pfiffen darauf zu versuchen, in Größen zu passen, in die uns die Designer stecken wollten. Wir nahmen beide an Gewicht zu, bis wir unseren normalen Körpertypus wiedererlangten, und wir trainierten. Laura wurde ein Model für Übergrößen und war die Erste, die ein Titelblatt einer populären Frauenzeitschrift zierte.«

»Aber ich würde Laura keineswegs als Model für Übergrößen bezeichnen«, warf Carter ein. »Sie ist kurvig.«

»Du wärst überrascht, was die Industrie als Übergröße bezeichnet. Das beginnt schon mit einer kleineren Größe als ihrer. Im wahren Leben ist das unnatürlich und unrealistisch. Deshalb unterhalten wir den Blog, bei dem es sich um die Verschiedenartigkeit von Körpern handelt. Die durchschnittliche Kleidergröße von Frauen in den Vereinigten Staaten liegt bei Größe vierundvierzig. Trotzdem werden Models immer noch gezwungen, in Größe zweiunddreißig zu passen. Das ist lächerlich. Es gibt nur wenige Frauen, die von Natur aus diese Größe haben.«

»Ich hasse den Gedanken, du könntest Hunger haben«, knurrte er.

»Ich nicht mehr«, versicherte ich ihm. »Ich habe jetzt meine natürliche Größe und ich halte mich fit. Wenn der Tag kommt und das nicht mehr reicht, um meinen Job behalten zu können, dann scheide ich aus.«

»Du könntest jetzt schon aufhören«, schlug er hoffnungsvoll vor.

»Was ich im Moment tue gefällt mir«, erklärte ich. »Laura und ich versuchen ununterbrochen, die Botschaft zu vermitteln, dass Frauen nichts sein müssen, was sie nicht sind. Sie müssen sich selbst mögen und sich so akzeptieren, wie sie sind.«

»Du wärst immer schön, egal welche Größe du hättest«, erklärte er harsch.

Mein Herz tanzte vor Freude. Es gab so wenige Menschen in meinem Leben, die nicht versucht hatten, etwas aus mir zu machen, was ich nicht war. »Danke. Aber genug von mir. Erzähl mir etwas über deine Familie. War das dein älterer Bruder, mit dem ich dich auf der Wohltätigkeitsveranstaltung gesehen habe?«

»Mason«, bestätigte er. »Mein älterer Bruder, Workaholic, pingelig bis zum Gehtnichtmehr, der, wie ich vermute, seit mindestens zehn Jahren mit keiner Frau mehr geschlafen hat, weil er sich nicht die Zeit nehmen und so lange dem Büro fernbleiben will. Jett ist der Jüngste. Er ist jetzt verlobt. Und außerdem habe ich zwei Schwestern, die beide verheiratet sind und in unserer Heimatstadt Rocky Springs in Colorado leben.«

Ich ließ sein mit Gemüse gefülltes Omelett auf einen Teller plumpsen und gab ein paar Kartoffeln dazu, die ich für Carter frittiert hatte. Am Schluss legte ich noch ein Stückchen Gebäck auf einen kleineren Teller. Ich stellte alles vor ihn hin und fragte: »Siehst du deine Schwestern oft?«

»Nicht oft genug«, erwiderte er. »Aber sie werden auf Jetts Verlobungsparty sein. Es ist schon eine Weile her, dass wir uns getroffen haben. Ich möchte gern meine Nichte und meinen Neffen sehen. Harper hat zwei Kinder.«

Er vertiefte sich in seine Mahlzeit, während ich ein Omelett für mich zubereitete. Ich verzichtete auf die Kartoffeln und die Nachspeise und gesellte mich zu ihm, sobald meine Portion fertig war.

»Das schmeckt fantastisch, Brynn. Ich glaube nicht, dass jemals eine Frau für mich gekocht hat.«

Ich fand das etwas traurig, aber ich wusste, was er damit sagen wollte: Keine Frau hatte jemals etwas anderes in ihm gesehen als einen Mann, der sie in teure Restaurants ausführen konnte. Ehrlich, da ich ein Supermodel war, dem jeder ein glanzvolles Leben unterstellte, hatte auch mich kein Mann je als eine normale Frau betrachtet.

»Ich koche gern und halte mich nur ungern in schicken Lokalen auf. Ich esse zwar gern, stehe aber mehr auf die Speisen selbst als das Ambiente. Einige der besten Lokale, die ich in Seattle ausprobiert habe, sind nicht mehr als kleine Löcher in der Wand, können aber unglaublich gute Speisen auf den Tisch bringen.«

Er wirkte entsetzt. »Billige Restaurants?«

Ich nickte. »Du solltest es einmal dort probieren. Und versuch nicht, mir weiszumachen, du seist ein Snob, wenn es ums Essen geht. Immerhin isst du Burger und Hot Dogs mit Frischkäse.«

Er legte grinsend seine Gabel auf den leeren Teller. »Ich habe dir doch gesagt, *du* darfst die Restaurants aussuchen.«

»Ich werde eine ziemlich billige Verabredung sein, Mr. Lawson«, scherzte ich.

Er sah mich an, sein Blick auf mein Gesicht geheftet, und sagte heiser: »Es ist mir vollkommen gleichgültig, wohin wir gehen. Mir ist nur wichtig, dass *du* meine Begleitung bist.«

Leichten Herzens aß ich weiter. Was konnte ich schon auf ein solch süßes Kompliment antworten?

Kapitel 13

Brynn

Die nächsten paar Wochen waren die glücklichsten meines Lebens.

An den Wochenenden unternahm ich etwas mit Carter und abends gingen wir zusammen auf Entdeckungstour.

Wir besuchten die Space Needle, den einhundertvierundachtzig Meter hohen Aussichts- und Restaurantturm, ein Wahrzeichen von Seattle, obwohl wir beide nicht zum ersten Mal dort waren.

Wir schauten uns Kunstausstellungen an, von denen es in Seattle zahlreiche gab.

Carter nahm mich mit zu den San Juan Inseln, wo wir an einer Walbeobachtungstour teilnahmen, um die majestätischen Orcawale zu sehen.

Da er es mir angeboten hatte, bestimmte ich tatsächlich einige Male, welche Restaurants wir aufsuchten, denn ich wollte ihm zeigen, dass *teuer* nicht unbedingt *gut* bedeuten musste, wenn es ums Essen ging.

Nachdem wir all meine Lieblingsrestaurants ausprobiert hatten, nahm er mich zu einigen von seinen mit. Ich musste zugeben, er hatte einen guten Geschmack. Die teuren Lokale waren exzellent und wir entschlossen uns, in Zukunft beide Arten von Restaurants zu nutzen, die teuren und die preiswerten, solange die Küche schmackhafte Speisen auf den Tisch brachte.

Wir hatten auch begonnen, zusammen in seinem Fitnessraum zu trainieren und im Park gemeinsam zu joggen.

Jeden Tag entdeckte ich etwas Neues, das mir an Carter gefiel. Sein Humor konnte definitiv trocken und sarkastisch sein, doch meiner war ähnlich, daher brachte er mich zum Lachen.

Ich gewöhnte mich viel zu sehr an den Mann, der mich tatsächlich kennenlernen wollte und den es zu interessieren schien, ob ich glücklich war oder nicht. Und ich war bereits viel zu sehr daran gewöhnt, jeden Morgen sein hinreißendes Gesicht zu sehen.

Es war beängstigend.

Und es machte süchtig.

Vielleicht hätte ich in die entgegengesetzte Richtung flüchten sollen, weil ich ohne ihn schon nicht mehr sein konnte, aber ich weigerte mich, mir etwas so Besonderes nur wegen meiner Ängste entwischen zu lassen.

Und nicht ein einziges Mal gab mir Carter einen Grund, ihm nicht zu vertrauen.

Ich würde ihn also nicht für meine Vergangenheit zahlen lassen.

Er hatte mich noch nicht wirklich berührt, außer dass er meine Hand gehalten oder einen Arm um meine Taille gelegt hatte. Und es war die reinste Qual, ihn nicht nackt ausziehen zu können. Aber wir genossen es so sehr, zusammen zu sein, dass ich bereit war zu leiden, falls das bedeutete, dass wir uns weiterhin trafen.

Aber mein Gott, ich wünschte mir so verzweifelt, mit ihm eine intimere Beziehung einzugehen, dass ich es kaum noch aushalten konnte.

»Worüber denkst du nach?«, fragte er. Carter saß mir gegenüber am Tisch in einem italienischen Restaurant, das wir ausprobieren wollten.

»Über dich«, murmelte ich, während ich die Speisekarte betrachtete.

Im Zusammensein mit Carter hatte ich gelernt, dass ich vollkommen ehrlich sein konnte, ohne dass er mich jemals verurteilt hätte.

»Ich hoffe, du stellst dir gerade vor, wie wir beide nackt im Bett liegen«, neckte er mich.

Oh ja, seine sexy Bemerkungen hatte er nicht aufgegeben. Er hatte sie lediglich nicht in die Tat umgesetzt.

»Tatsächlich habe ich das sogar«, bestätigte ich in meiner besten fick-mich Stimme. »Ich hoffe, es war gut für dich, denn für mich war es das definitiv.«

Jegliche Kommunikation zwischen uns wurde intensiver, selbst unsere Unterhaltungen. Ich denke, unsere Situation war so schwierig, weil wir bereits viel zu lange gegen die Versuchung ankämpften.

»Es wäre mehr als gut, Brynn«, erwiderte er heiser.

Ich blickte zu ihm auf. »Ich weiß.«

Mein Körper begann buchstäblich zu beben, als sich unsere Blicke trafen und die Kraft der gegenseitigen Anziehung mir genau zwischen die Beine fuhr. Ich war feucht und ich war hungrig. Ich hätte leicht auf das Essen verzichten und mich direkt über Carter hermachen können.

Ich fuhr beinahe aus der Haut, als der Kellner in unser wollüstiges Gespinst einbrach, um die Bestellung aufzunehmen.

Als er endlich gegangen war, sagte Carter: »Ich denke, ich verliere gerade meine Beherrschung. Ich glaube, ich könnte alles vom Tisch fegen und dich gleich hier auf dieser hübschen weißen Tischdecke ficken.«

Ich saugte scharf die Luft ein und stellte mir bildhaft vor, was er gerade gesagt hatte.

Ich wünschte mir, nackt auf der Tischdecke zu liegen und Carter ausgeliefert zu sein, aber … »Ich könnte darauf verzichten, dass uns alle beobachten, aber der Rest hört sich verlockend an.«

»Du hast recht«, knurrte er. »Ich will nicht, dass dich irgendein Mann außer mir betrachtet. Vergiss es!«

Plötzlich hörte ich mein Telefon in meiner Handtasche klingeln und ich drehte mich herum, um es aus meiner Tasche zu fischen, die über der Stuhllehne hing.

»Hey Mom«, meldete ich mich ein wenig außer Atem. Ich hatte auf dem Display gesehen, wer mich anrief. »Ich bin gerade unterwegs. Kann ich dich später von zu Hause aus zurückrufen?«

Carter hatte seine Flugzeugbesatzung informiert, dass ich in der nächsten oder übernächsten Woche nach Michigan fliegen wollte, um meine Mutter zu sehen, aber *ihr* hatte ich es noch nicht gesagt. Ich war während der letzten Wochen so in die Sache zwischen Carter und mir vertieft und so weit weg gewesen mit meinen Gedanken, dass wir uns niemals länger unterhalten hatten.

»Ich muss dir etwas erzählen, Brynn. Vielleicht hätte ich schon vor langer Zeit etwas sagen sollen. Aber jetzt muss ich wirklich mit der Sprache herausrücken.«

Ihr Tonfall versetzte mich umgehend in Alarmbereitschaft. Meine Mutter klang selten so nervös. »Stimmt etwas nicht? Ist der Krebs zurückgekehrt?«

»Nein«, beruhigte sie mich sofort. »Das ist es nicht. Nichts dergleichen. Brynn, ich habe nun doch ein Interview über den Vorfall gegeben. Ich wusste, du würdest deine Zustimmung nicht geben. Ich will dich gewiss nicht in die Öffentlichkeit zerren, aber ich muss das tun, um die Geschichte abzuschließen.«

»Wem hast du ein Interview gegeben?«, erkundigte ich mich, während ich spürte, wie sich mein Magen herumdrehte.

»Marissa Waters«, antwortete sie zerknirscht.

»Oh Gott.« Meine Hände begannen zu zittern und ich meinte plötzlich, mich übergeben zu müssen. Marissa galt als Ikone unter den Journalistinnen. Wahrscheinlich war sie die beste im ganzen Land. »Warum, Mom? Warum musstest du darüber reden?«

Ich hatte jahrelang versucht, im Augenblick zu leben, nicht an die Vergangenheit zu denken und mich nicht um die Zukunft zu sorgen. Aber meine Mutter hatte *immer* schon über den Vorfall sprechen wollen.

Ich hingegen … nicht.

»Weil es an der Zeit ist«, erwiderte sie bestimmt. »Es ist Vergangenheit, Brynn. Wir können sie nicht mehr ändern. Ich habe deinen Namen nicht genannt und niemand wird wissen, wer du bist.«

»Das ist mir egal«, wandte ich ein. So oberflächlich war ich nicht. Ich machte mir größere Sorgen darüber, welchen Schaden es bei ihr auf emotionaler Ebene anrichten könnte. »Ich will nur nicht, dass du verletzt wirst.«

»Ich denke, du bist mehr verletzt als ich, mein kleines Mädchen«, erwiderte sie. »Es tut mir leid, wenn dies eine böse Überraschung für dich ist, aber das Interview wird heute Abend um neun Uhr ausgestrahlt. Ich wollte dir wenigstens vorher Bescheid geben.«

»Ich will es nicht sehen«, stieß ich besorgt hervor.

In Wahrheit würde ich es mir natürlich ansehen, denn schließlich war sie meine Mutter.

»Das musst du auch nicht«, beruhigte sie mich. »Ich wollte lediglich verhindern, dass du es zufällig gesehen hättest, ohne Bescheid zu wissen. Es geht um mich, Brynn, nicht um dich. Ich will nach vorn schauen können. Ich möchte in Zukunft etwas mehr mit Mick haben. Und das bedeutet, die Vergangenheit hinter mir zu lassen.«

»Ich verstehe das nicht«, erklärte ich. Meine Stimme klang weinerlich, selbst für meine eigenen Ohren. Ich hasste es.

»Es tut mir leid. Ruf mich an, wenn du Zeit hast«, schloss sie. »Ich liebe dich.«

»Ich liebe dich auch«, erwiderte ich automatisch, aber meine Nerven lagen blank.

Ich drückte die Taste, um die Verbindung zu unterbrechen, und warf das Telefon auf den Tisch.

»Brynn, was zum Teufel ist los? Du siehst aus, als hättest du einen Geist gesehen«, sagte Carter fordernd.

»Es geht mir gut«, wehrte ich ab.

Vielleicht hatte ich bis jetzt noch keinen Geist gesehen, aber in Kürze würde ich etwas über einen zu hören bekommen.

Ich warf einen Blick auf die Uhr. Wir aßen früh zu Abend. Ich würde also das Interview sehen können, sobald ich nach Hause käme.

»Es geht dir *nicht* gut«, brummte Carter und ergriff meine Hand. »Deine Hände sind kalt und du zitterst. War das deine Mutter?«

Ich sah ihn an und nickte. *Was würde er denken, wenn er die Wahrheit wüsste?* »Es wird etwas Schlimmes geschehen, Carter.«

»Was?«, fragte er mit kraftvoller Stimme. »Sag es mir, Brynn. Es gibt nichts, was wir nicht zusammen durchstehen können.«

Ich schüttelte den Kopf. »Nicht hier. Nicht jetzt. Wir werden reden, wenn wir hier raus sind.«

»Dann werden wir jetzt ganz schnell unsere Mahlzeit hinter uns bringen, denn es gefällt mir ganz und gar nicht, wie du aussiehst.«

Ich holte tief Luft und versuchte, mich auf die Gegenwart zu konzentrieren.

Ich war hier mit Carter. Die Vergangenheit war Vergangenheit.

Ich schenkte ihm ein kleines, trauriges Lächeln. »Ich werde es überleben.«

»Das wirst du, verdammt noch mal. Dafür werde ich sorgen«, erwiderte er mit rasselnder Stimme.

Irgendwie überstand ich das Abendessen, aber wir sprachen recht wenig.

Meine Vergangenheit bereitete sich darauf vor, sich aus den Schatten zu erheben, aber es war höchste Zeit, noch jemand anderem außer Laura die Wahrheit anzuvertrauen.

Ich hoffte nur, dass Carter wirklich mit allem umgehen konnte, was ich ihm entgegenschleudern würde, denn mein Geheimnis war erschlagend und ich war mir nicht sicher, ob ich damit klarkommen würde, sollte er mich verlassen.

Kapitel 14

Brynn

»Was auch immer es sein mag, für mich ändert es nichts«, knurrte Carter, als wir meine Wohnung betraten.

Ich warf meine Handtasche auf den Tisch und setzte mich auf die Couch. Normalerweise nahm Carter in dem Sessel daneben Platz, aber jetzt ließ er sich neben mir auf dem Sofa nieder.

Ich hatte das Gefühl, als wäre in mir ein Damm gebrochen und all meine Gefühle müssten an die Oberfläche brechen.

Ich hatte mein Geheimnis sehr lange bewahrt, doch jetzt konnte ich es Carter nicht länger verschweigen.

Unsere Beziehung war zu intensiv und zu ehrlich.

Ich brauchte ihn jetzt. Ich musste mich normal fühlen. Ich brauchte einen gewissen Trost, obwohl es eigentlich für das, was ich fühlte, keinen geben konnte.

»Du kennst die Wahrheit noch nicht«, wandte ich mit zitternder Stimme ein.

Er wandte sich mir zu und blickte mich an. Sein warmer Körper war mir so nahe, dass ich mich am liebsten in seine Arme geworfen und mir hätte sagen lassen, dass nichts mehr wichtig war.

Doch ich konnte es nicht.

»Dann erzähl es mir doch einfach, Brynn. Um Gottes willen, kennst du mich inzwischen nicht gut genug, um erkannt zu haben, dass ich dich nicht im Stich lassen werde? Ich werde dich auch nicht verurteilen. Mein Gott! Ich habe in meinem Leben schon einige ziemlich beschissene Dinge getan. Es gibt nicht viel, was du mir erzählen kannst, was schlimmer sein könnte als das, was ich getan habe.«

Ich holte tief Luft, bevor ich erklärte: »Es geht nicht darum, was ich getan habe, sondern darum, wer ich bin.«

Er lehnte sich im Sofa zurück. »Ich warte. Und ich werde hier die ganze Nacht sitzen bleiben, bis du mir erklärst, warum du im Restaurant beinahe eine Panikattacke bekommen hättest. Und ich weiß, wer du bist. Du bist die Frau, die so verdammt schön, lustig und klug ist, dass sie mich verrückt macht.«

Gott sei Dank war er hartnäckig, denn das war im Moment wahrscheinlich genau die Reaktion, die ich brauchte.

Ich wünschte mir nur, ich hätte gewusst, wie ich die Worte tatsächlich über die Lippen bringen sollte.

»Mein Geburtsname lautete nicht Davis. Als ich vierzehn Jahre alt war, hat meine Mutter ihren Mädchennamen, Davis, wieder angenommen und ich habe gleichzeitig mit ihr meinen Namen geändert«, erklärte ich in einem Flüsterton, der kaum hörbar war. »Ich wurde als Brynn Dixon geboren. Mein Vater war Harvey Dixon.«

Er nahm meine Hand. »Ich verstehe nicht. Wer ist Harvey Dixon?«

Offensichtlich war ihm der Name unbekannt und ich fühlte mich fast erleichtert. Doch dann erinnerte ich mich daran, dass ich es ihm trotzdem erklären musste. »Er war der sogenannte Querfeldeinmörder, der überall im Land gemordet hat, einer der schlimmsten Serienvergewaltiger und -mörder in der Geschichte der Vereinigten Staaten«, stieß ich hervor, bevor ich es mir anders überlegen konnte.

Er wirkte echt geschockt.

Ich fügte hinzu: »Ich lebte vierzehn Jahre mit einem Monster unter einem Dach und wusste es nicht. Ich kannte ihn nur als meinen Vater. Ich liebte ihn. Er war Lastwagenfahrer und ich konnte es stets kaum erwarten, dass er von seinen Fahrten zurückkehrte. Er lehrte mich, wie man einen Softball auffängt und wie man Fahrrad fährt. Und ich glaubte, er liebte mich. Doch als die Polizei kam, um ihn festzunehmen, musste ich feststellen, dass alles, was ich über den Vater wusste, den ich liebte, eine große Lüge war. Er hatte jede Menge Frauen vergewaltigt und ihre Körper entsorgt. Einige von ihnen waren nur ein paar Jahre älter gewesen als ich damals. Minderjährige, die keine andere Wahl hatten, als ihren Körper zu verkaufen, um zu überleben.«

Ich begann zu schluchzen, als der Schmerz, der mir durchs Herz schnitt, unerträglich wurde.

Ich war damals so durcheinander gewesen.

So am Boden zerstört.

Und so verdammt verloren.

Und alles, was ich im Alter von vierzehn Jahren gespürt hatte, kehrte jetzt wie ein mächtiger Strom zurück.

Der einzige Mann, auf den ich mich als Kind verlassen hatte, hatte sich als ein vollkommen anderer Mensch entpuppt als der Vater, als den ich ihn gekannt hatte.

Carter ergriff meine Oberarme und schüttelte mich leicht. »Brynn, du bist nicht dein Vater.«

»Nein, aber ich bin die Tochter eines Monsters«, stieß ich hervor. Und dann warf ich mich in seine Arme, denn ich konnte mich nicht selbst beruhigen.

Er schlang seine Arme um mich herum wie Stahlseile und ich genoss das Gefühl, einmal in meinem Leben beschützt zu werden.

»Schhhh ... Brynn. Das spielt wirklich keine Rolle, Liebes. Er muss sich dafür schämen, nicht du.«

»Ich war vierzehn Jahre alt. Ich fühlte mich betrogen«, erklärte ich ihm unter erstickten Schluchzern.

»Natürlich hast du dich verraten gefühlt. Wusste deine Mutter es? Hatte sie irgendetwas mitbekommen? Wenn er so viele Frauen getötet hat, muss sich das über Jahre hingezogen haben.«

Ich schüttelte den Kopf. »Nein. Keiner von uns beiden hatte etwas gewusst. Er hatte sich verstellt. Er kehrte nach Hause zurück und verhielt sich so, wie ein Vater es eben tut, wenn er nicht arbeiten musste. Wo auch immer ich hinwollte, ist er mit mir hingegangen. Bis ich ein Teenager wurde, hat er mich sogar mit einer Geschichte zu Bett gebracht. Als wir dann die Wahrheit erfuhren, verteidigte ich ihn zunächst, denn er war mein Vater. Ich dachte, die Polizei müsste ihn verwechselt haben. Aber ich hatte unrecht und als meine Mutter und ich die Beweise sahen, konnten wir die Wahrheit nicht mehr leugnen.«

»Mein Gott, es tut mir so leid, Brynn.« Carter schloss mich fest in die Arme.

Ich sprach weiter, denn ich konnte nicht mehr aufhören. »Die Leute haben meiner Mutter und mir die Schuld gegeben. Sie meinten, wir hätten ihn aufhalten können. Dass wir etwas gemerkt haben müssten. Meine Freunde durften nicht mehr mit mir reden. Wir wurden aus der Gesellschaft ausgeschlossen und wurden zum Feind, obwohl meine Mutter und ich nicht einmal etwas gewusst und nichts damit zu tun gehabt hatten.«

»Deshalb hat sie also deinen Namen geändert?«, fragte er mit zorniger Stimme.

»Sie hat unsere Namen geändert und ist mit mir ans andere Ende von Michigan gezogen, wo ich eine neue Schule besuchte. Es war ein Geheimnis. Ich durfte niemandem etwas erzählen. Niemand wusste, dass ich mich insgeheim fragte, ob ich wie er wäre.«

»Stopp, Brynn«, befahl er. »Du hast dich nicht mitschuldig gemacht und du warst das Opfer, nicht der Täter.«

»Ich fühle mich aber schuldig. Immer schon habe ich mich schuldig gefühlt.«

»Mein Gott! Niemand kennt das Gefühl besser als ich, aber du weißt, dass es nicht wahr ist.«

Ich lehnte mich langsam ein bisschen zurück, damit ich ihm in die Augen blicken konnte. Ich sah darin nur Mitgefühl und Zorn, wusste aber, sein Ärger galt nicht mir. »Ich bin jahrelang in Therapie gewesen. Auf Verstandesebene weiß ich, dass ich nicht verantwortlich war, Carter. Aber ich kann die Tatsache, dass mein Vater ein Serienmörder war, nicht so einfach abschütteln. Und vielleicht hatten wir etwas nicht mitbekommen. Er hatte über zehn Jahre getötet. Und ich bekomme immer noch eine Gänsehaut, wenn ich daran denke, dass er mich immer in den Arm genommen hat, wie ein liebender Vater sein Kind eben hält.«

»Hör mir zu, Liebes. Es. War. Nicht. Deine. Schuld.« Seine Stimme klang rau und aufgewühlt, aber sie enthielt auch Trost.

»Ich glaube, ich bin mein ganzes Leben davongelaufen, weil ich befürchtet habe, *jeder* würde sich am Ende als ein anderer Mensch herausstellen. Dass alles immer nur eine Lüge wäre. Ich wollte niemals wieder jemandem vertrauen, ganz besonders keinem Mann.«

»Ich will dir gewiss keine Vorwürfe deswegen machen, aber du musst aufhören davonzulaufen und ich habe vor, deine Laufschuhe zu verstecken«, knurrte er.

»Du siehst mich jetzt wirklich nicht mit anderen Augen als vorher?«, fragte ich zögernd. »Du wunderst dich nicht, ob einige der Gene, die ich mit ihm gemeinsam habe, schlecht sein könnten?«

»Verflucht, nein«, explodierte er. »Zugegeben, ich würde den Hurensohn am liebsten umbringen, dafür dass er dich durch eine solche Hölle geschickt hat und für all die unschuldigen Frauen, die sterben mussten, aber du bist innen und außen wunderschön, Brynn. Ich nehme an, er sitzt im Gefängnis?«

»Er ist tot«, stellte ich knapp fest. »Er ist vor ein paar Jahren im Gefängnis an Krebs gestorben.«

»Du hattest keinen Kontakt mit ihm?«

»Nein. Ich konnte es nicht. Er war ein Albtraum für mich. Ich mochte ihn noch nicht einmal mehr als einen Verwandten betrachten. Er hat mein Leben und das meiner Mutter zerstört. Auch wir wurden zu einer lebenslangen Strafe verurteilt, denn wir mussten uns mit der Schuld und der Schande auseinandersetzen, die eigentlich seine hätten sein sollen.« Ich zitterte immer noch, aber ich kam langsam wieder zu Verstand.

»Und warum hat dich deine Mutter heute Abend so sehr aus der Fassung gebracht?«, erkundigte er sich in ruhigerem Tonfall.

»Sie hat Marissa Waters ein Interview gegeben. Es wird in knapp einer Stunde ausgestrahlt. Sie sagte, sie musste es tun. Sie muss die Geschichte irgendwie abschließen.«

Er nickte. »Vielleicht hat sie recht. Vielleicht brauchst du das auch. Nicht dass ich dir gerade vorschlagen würde, ein Interview zu geben. Aber du hast die ganze Sache offensichtlich immer noch nicht verarbeitet.«

»Auf keinen Fall. Ich will wirklich nicht darüber reden. Während meiner jahrelangen Therapie habe ich mich zu Tode geredet. Ich will mein Leben im gegenwärtigen Augenblick leben. Ich will nicht immer wieder die Vergangenheit aufs Neue durchleben.«

»Vielleicht musst du diese Tür erst schließen, bevor du nach vorn schauen kannst«, schlug er heiser vor.

Ich dachte einen Moment über seine Worte nach.

Hatte ich mich jemals wirklich mit der Wahrheit auseinandergesetzt oder versuchte ich nur, sie unter den Teppich zu kehren? »Ich hatte niemals wirklich jemanden, dem ich mein Geheimnis hätte anvertrauen wollen. Die Einzige, die es weiß, ist Laura, und sie hat mich niemals gedrängt. Ich denke, sie wusste, dass es für mich ein sensibles Thema ist.«

»Dann rede mit mir«, forderte er mich auf.

»Ich weiß nicht, was ich sagen soll«, erwiderte ich leise. »Es ist, als würde ich mit einem Schandmal leben, das niemals verschwinden wird. Fünfzehn Jahre lang hat es jeden Bereich meines Lebens beeinflusst und ich weiß nicht, ob ich loslassen kann. Ich kann meine DNA nicht ändern. Die Leute werden mich immer verurteilen, sobald sie es erfahren, und falls ich jemals Kinder haben sollte, müsste ich ihnen erklären, was mein Vater getan hat. Wie erzähle ich einem Kind, das zu mir aufsieht, dass mein Vater so viele Frauen vergewaltigt und getötet hat, dass wir wahrscheinlich noch nicht einmal von allen Kenntnis haben?«

Carter strich mir leicht über die Haare. »Damit kannst du dich auseinandersetzen, wenn es soweit ist. Bis dahin musst du wissen, dass du ein guter Mensch bist. In jeder Familie gibt es ein schwarzes Schaf.«

»Ich habe die Geschichte meiner Familie genau recherchiert. Die Familie meines Vaters lebt bereits seit Jahrhunderten in den Vereinigten Staaten. In keiner ihrer Lebensgeschichten taucht Gewalt auf. Keine Morde. Keine schwarzen Schafe. Bis er geboren wurde.«

Die Genetik meiner Familie zu überprüfen war mir zur Besessenheit geworden. Ich hatte nicht aufhören können, bis ich mich davon überzeugt hatte, dass keine weiteren Gewaltverbrecher in der Familiengeschichte meines Vaters aufgetreten waren.

Carters Berührung tröstete mich und ich seufzte auf.

»Ich weiß nicht, was ich tun soll, um dich davon zu überzeugen, dass nichts davon deine Schuld war«, wiederholte er mit aufgewühlter Stimme.

»Die Tatsache, dass du bei mir bist, und das Wissen, dass du dich mir gegenüber jetzt nicht anders verhältst, helfen mir bereits«, erwiderte ich. »Du hast keine Ahnung, wie sehr es hilft.«

Ich hatte mich so lange so verloren gefühlt, dass es eine enorme Erleichterung bedeutete, endlich jemanden zu haben, der *mich* sah, ohne gleichzeitig meinen Vater zu sehen.

Er schlang seine Arme um mich und zog mich wieder an sich. Und ich erlaubte mir, mich zu entspannen.

Ich ließ mich in die Geborgenheit fallen, die mir Carter Lawson schenkte, und das war der größte Trost, den ich jemals erfahren hatte, seit wir herausgefunden hatten, wer mein Vater wirklich war und was er getan hatte.

»Ich werde dich davon überzeugen, dass du nicht weniger perfekt bist, nur weil du mit einem teuflischen Menschen dasselbe Blut teilst«, flüsterte er mir ins Ohr.

»Ich muss mir das Interview ansehen. Immerhin geht es um meine Mutter. Wirst du mir Gesellschaft leisten?« Es wäre so viel einfacher für mich, wenn Carter in der Nähe wäre.

»Ich werde hierbleiben«, sagte er mit so viel Überzeugungskraft, dass ich zu glauben begann, dass ich ihm nichts erzählen könnte, was ihn dazu veranlasst hätte davonzulaufen.

Ich hoffte bei Gott, recht zu haben. Ich hatte die Schuldgefühle und die Schande überlebt, die Tochter eines Mörders zu sein, aber ich würde es wahrscheinlich nicht überstehen, wenn Carter Lawson mich im Stich lassen würde.

Kapitel 15

Carter

>> »Ich nehme mir eine Auszeit«, erklärte ich meinen beiden Brüdern, mit denen ich am nächsten Morgen von meinem Heimbüro aus via Videokonferenz kommunizierte.

Ich wollte Brynn aus der Stadt herausbringen. Sie hatte sich während des Interviews mit ihrer Mutter gut gehalten, aber mir hatte es beinahe das Herz zerrissen.

Ich hatte mehr über die Gerichtsverhandlung erfahren, da ihre Mutter als Zeugin hatte aussagen müssen, und wie die Leute sie geschnitten hatten, nachdem sich die Neuigkeiten in ihrer Stadt herumgesprochen hatten.

Diese Arschlöcher, die glaubten, sich ein Urteil bilden zu können, hatten sogar Briefe geschickt und in den Nachrichten behauptet, Brynn und ihre Mutter hätten einige der Morde verhindern können, wenn sie aufmerksamer gewesen wären.

Um Gottes willen, Brynn war noch ein Kind gewesen und trotzdem hatten die Leute sie von ihrem hohen Ross aus verurteilt.

Und die Schande hatte Brynn und ihre Mutter in Stücke gerissen.

In vieler Hinsicht verstand ich, warum Brynns Mutter öffentlich hatte Stellung nehmen müssen. Die Lehre, die man aus ihrer Geschichte ziehen musste, lautete, dass die Täter verurteilt werden mussten und nicht ihre Familien. Ich hatte die Botschaft laut und klar vernommen.

Trotzdem war ich mir nicht sicher, ob Brynn sie wirklich verstanden hatte. Jedenfalls nicht vollkommen. Nach Beendigung der Fernsehshow hatte sie aufgewühlt gewirkt.

»Wie lange?«, fragte Mason barsch.

»Ich weiß nicht. Vielleicht ein paar Wochen. Könnte ein Monat werden.« Ich hatte keine Ahnung, wie lange es dauern würde, ein gebrochenes Herz zu heilen, aber ich würde nicht aufgeben, bis ich alles repariert haben würde, was Brynn jemals angetan worden war.

»Wohin wirst du fahren?«, erkundigte sich Jett, der etwas verwirrt zu sein schien. »Unsere Verlobungsparty findet nächsten Monat statt.«

»Ich werde dort sein«, versprach ich. »Aber Brynn hat etwas Besonderes erlebt. Etwas Schlimmes. Ich kann nicht darüber reden, aber ich muss ihr helfen. Ich muss sie für eine Weile aus der Stadt herausbringen.«

Ich hatte vor, in die Berghütte zu flüchten, die mir gehörte, um ihr etwas Frieden zu schenken.

»Ist sie in Ordnung?«, fragte Jett und klang jetzt besorgt.

»Es geht ihr gut. Es ist nichts Körperliches. Aber sie braucht mich.«

Es fühlte sich gut an, sagen zu können, dass die Frau, die mir am Herzen lag, mich brauchte. Und ich war überrascht, was für ein Gefühl es war, der Einzige zu sein, der ihr im Moment helfen konnte.

»Nimm dir so viel Zeit wie du brauchst«, erklärte Mason bestimmt, als spräche er zu einem Angestellten anstatt zu seinem Bruder.

Aber es überraschte mich irgendwie, dass er keine Sekunde gezögert hatte, mir all die Zeit zu geben, die ich brauchte, selbst wenn es sich um einen sehr langen Zeitraum handeln würde.

»Brauchst du irgendetwas, Mann?«, wollte Jett ernst wissen.

»Vielleicht eine Gebrauchsanweisung, wie man eine Frau glücklich macht?«, erwiderte ich hoffnungsvoll.

Jett lachte in sich hinein, während Mason sein Gesicht verzog. »Diese Gebrauchsanweisungen sind mir gerade ausgegangen«, antwortete Jett. »Sollte ich es jemals selbst herausfinden, lasse ich es dich wissen.«

»Danke für eure Unterstützung. Wenn es nicht so wichtig wäre, würde ich nicht um eine Auszeit bitten«, versicherte ich ihnen.

»Carter, die Firma wird nicht zusammenbrechen, wenn du nicht hier bist«, sagte Mason.

»Ich weiß. Aber im Vergleich zu dir werde ich wie ein Drückeberger aussehen.«

»Das war doch schon immer so«, schoss er zurück.

Hatte Mason tatsächlich einen Witz gemacht? Ich wusste nicht recht, wie ich damit umgehen sollte. »Ich werde mich melden«, erwiderte ich.

»Ruf mich an, wenn du reden willst oder irgendetwas brauchst«, bot mir Jett in ernstem Tonfall an.

Ich nickte, dann beendete ich die Videokonferenz.

Meine Gedanken waren im Augenblick weder bei meinen Brüdern noch bei meiner Firma.

Ich dachte nur an Brynn.

Und die Tatsache, dass ich ihren teuflischen Vater eigenhändig umgebracht hätte, wenn der Hurensohn nicht bereits tot gewesen wäre.

Nach allem, was sie durchgemacht hatte, wollte ich sie nur noch beschützen und verhindern, dass sie jemals wieder verletzt wurde.

Sie war dazu geboren worden, eine großzügige, brillante, talentierte Frau zu sein – was sie auch war.

Und sie hatte ihr Licht lange genug unter den Scheffel stellen müssen.

Wie zum Teufel konnte ein Mann eine Familie haben, einschließlich einer wunderschönen Tochter, und gleichzeitig entlang seiner Fahrstrecke skrupellos junge Frauen vergewaltigen und töten?

Als während des Interviews Fotos von den Opfern gezeigt wurden, hatte Brynn vollkommen die Beherrschung verloren.

»Wir werden von hier verschwinden«, murmelte ich vor mich hin, als ich aufstand, um Brynn so schnell wie möglich irgendwohin zu bringen, wo es friedlich und ruhig war.

Ich schnappte mir meine Tasche und stand innerhalb weniger Minuten vor Brynns Tür.

Die Zeit stand still, als sie die Tür öffnete und mich anlächelte.

Ich war verloren.

Und ich wusste es.

Aber ich sollte verflucht sein, wenn es mich gekümmert hätte.

»Hey«, begrüßte sie mich und winkte mich immer noch lächelnd hinein.

»Bist du fertig?«, fragte ich sie, denn ich konnte es kaum erwarten, sie von ihren trüben Gedanken abzulenken.

»Ja. Aber du hast mir immer noch nicht gesagt, wohin wir fahren.«

»Ich besitze eine Hütte in den Bergen. Hier! Das ist für dich.«

Sie sah mich verblüfft an, als ich ihr eine Codekarte reichte, mit der sie sowohl den Aufzug für das Penthouse bedienen als auch meine Wohnungstür öffnen konnte.

»Ich brauche keinen Schlüssel für deine Wohnung«, wehrte sie ab.

Ich nahm ihre Tasche, die bereits an der Tür stand. »Ich will, dass du einen Schlüssel hast. Falls du mich jemals brauchst oder mich sehen willst oder reden musst, komm einfach hoch.«

Ich wollte auf keinen Fall, dass es Brynn nicht gelang, Zugang zu meiner Wohnung zu bekommen, wenn sie mich bräuchte.

Sie wirkte zögerlich, doch dann nahm sie die Karte und steckte sie in ihre Handtasche, was mich ungeheuer erleichterte. »Das hättest du nicht tun müssen, Carter.«

»Ich wollte es aber tun«, beharrte ich. Meine Stimme war heiser vor Verlangen, sie in meine Arme zu schließen und nie mehr loszulassen.

»Danke«, erwiderte sie, etwas kleinlauter als vorher.

»Lass uns gehen!« Ich deutete auf die Tür.

Keiner von uns beiden sagte ein Wort, bis wir in meinem schwarzen Lincoln Navigator saßen und uns auf dem Weg in die Berge befanden.

»Ich hätte dich niemals für einen Liebhaber von Geländewagen gehalten«, stellte sie fest.

»Ich benutze ihn nur, wenn ich in die Berge fahre.«

»Er ist bequem«, meinte sie. »Aber groß.«

»Ich besitze zufällig *eine Menge großer* Sachen«, erklärte ich.

Sie lachte, so wie ich es gehofft hatte. »Männer, die es nötig haben zu prahlen, überschätzen sich meist.«

»Ich nicht. Ich rede von Tatsachen, Baby«, scherzte ich.

»Ich würde mich ja gern selbst davon überzeugen, aber du musst Auto fahren«, witzelte sie.

»Ich könnte anhalten«, schlug ich viel zu begeistert vor.

Sie kicherte, was ich noch nie zuvor von ihr gehört hatte. »Nein, tu das nicht. Wir würden niemals in den Bergen ankommen.«

Mein Schwanz war sofort hart wie Granit. Ich begehrte Brynn nun schon so lange, dass ich mich daran gewöhnt hatte, ständig eine Erektion zu haben. »Wir könnten in der Stadt bleiben«, schlug ich vor.

Zum Teufel, es war mir vollkommen gleichgültig, *wo* wir uns zum ersten Mal lieben würden. Wichtig war nur, *dass* es geschah.

»Die Berge erscheinen mir recht romantisch, wenn wir zum ersten Mal miteinander schlafen«, überlegte sie.

»Das wird mir nicht leichtfallen, Brynn. Du wirst mir viel zu nahe sein«, knurrte er.

»Hat deine Hütte einen Whirlpool?«, erkundigte sie sich unschuldig.

»Ja«, erwiderte ich knapp.

»Wie schnell können wir dort sein?«

»Es wird eine Weile dauern, dort hochzufahren«, warnte ich sie, während ich den Verkehr in Seattle verfluchte, der mich zwang, langsamer zu fahren.

Warum hatte ich mich nur für den Wagen entschieden? Ich hätte den Hubschrauber nehmen sollen.

»Ich kann warten«, murmelte sie. »Beschreib mir das Haus! Ist es eine Hütte?«

Ich nickte. »Eine *große* Hütte.«

»Du gibst dich nie mit etwas Kleinem zufrieden, oder?«

Ich zuckte mit den Schultern. »Im Allgemeinen nicht. Ich habe sie vor ein paar Jahren gekauft. Eigentlich war ich noch nicht oft dort.«

»Warum nicht?«

»Ich glaube, ich habe auf dich gewartet«, antwortete ich. Meine Stimme klang rauer als beabsichtigt.

»Du hast doch noch nicht einmal etwas von meiner Existenz gewusst, als du sie gekauft hast«, bemerkte sie zweifelnd.

»Wahrscheinlich hätte ich einen Grund gebraucht, um sie zu nutzen. Theoretisch hörte es sich wie eine gute Idee an, dort Zeit zu verbringen, aber in der Praxis schien ich niemals die Zeit erübrigen zu können, mich freizumachen. Aber es ist schön dort. Friedlich.«

Ehrlich. Wenn ich mich allein in der Berghütte aufhielt, meldeten sich meine Gedanken zu laut zu Wort. Also hatte ich mich ständig mit Arbeit beschäftigt gehalten, um sie zu unterdrücken.

»Ich danke dir für diese Reise«, sagte sie mit echter Dankbarkeit. »Ich glaube, ich muss wirklich raus aus der Stadt.«

»Es wird alles gut werden, Brynn. Du brauchst lediglich etwas Zeit.«

»Ich hatte Zeit. Ich glaube eher, ich brauche den richtigen Blickwinkel. Vielleicht hat meine Mutter recht. Vielleicht müssen wir laut aussprechen, dass man den Familien der Täter nicht die Schuld geben soll. Die Art, wie wir behandelt wurden, und alles, was wir durchmachen mussten, um unsere Identität zu verbergen, war totaler Wahnsinn. Ich musste mir Ausreden einfallen lassen oder den Leuten erzählen, mein Vater sei tot, obwohl er noch lebte. Über lange Zeit war ich ein Opfer. Vielleicht ist es wirklich an der Zeit, in die Offensive zu gehen. Zumindest für meine Mutter. Ich kann noch nicht offen darüber reden. Ich habe gegenüber meinen Kunden die Verantwortung, die Gerüchte über mich auf ein Mindestmaß zu reduzieren. Aber vielleicht werde ich eines Tages soweit sein.«

»Und kannst du bis dahin einfach Brynn sein?« Mein Gott, ich hoffte, sie würde es können, weil sie etwas Besonderes war. Sie brauchte nicht mit jemand anderem in Verbindung gebracht zu werden, um zu strahlen.

»Ich glaube, dass würde ich gern herausfinden«, erwiderte sie wehmütig.

»Ich finde, du bist perfekt, so wie du bist.«

»Du bist ein erstaunlicher Mann, Carter Lawson«, sagte sie seufzend.

Zum Teufel, ich konnte spüren, wie mein Ego anschwoll, wenn sie es streichelte, aber ich sehnte mich danach, dass sie mich auch an anderer Stelle berührte. »Ich bin lediglich ein Mann, der möchte, dass du glücklich bist.«

»Ich bin glücklich«, gab sie sofort zur Antwort. »*Du* machst mich glücklich. Aber ich möchte dich auch glücklich machen.«

»Ich bin einfach gestrickt«, erwiderte ich. »Du musst dich nur ausziehen und ich werde in Ekstase geraten.«

»Perversling«, schimpfte sie.

»Ich habe niemals behauptet, nicht ein bisschen abartig zu sein.« Verdammt, sie erregte mich so sehr, dass ich mich tatsächlich zum ersten Mal in meinem Leben verdorben fühlte.

»Du weißt, dass mir das an dir gefällt?«, bemerkte sie lachend.

»Ach ja? Was gefällt dir noch an mir?«

»Hm … du bist ziemlich herrisch, aber nicht so, dass ich nicht damit umgehen könnte. Deshalb finde ich es attraktiv. Und du isst bereitwillig alles, was ich koche, was gut ist, da ich davon ausgehe, dass ich auf dieser Reise kochen werde. Du bist ziemlich klug und ich entdecke gerade, dass mir intelligente Männer gefallen.«

»Nicht *alle* Männer«, verbesserte ich. »*Ich* gefalle dir.«

Wenn es nach mir gegangen wäre, musste sie nicht einmal herausfinden, ob irgendein anderer Mann intelligent war oder nicht. Ich würde sie stets so glücklich machen, dass sie dazu keinen Anlass sehen würde.

»So ist es«, sagte sie in beruhigendem Tonfall.

»Du klingst müde. Bist du schläfrig?«, wollte ich wissen.

»Ich habe letzte Nacht nicht viel geschlafen. Ich hatte einen Albtraum über meinen Vater, was lange nicht mehr vorgekommen ist.«

Ich drehte für eine Sekunde den Kopf in ihre Richtung und sah zum ersten Mal, seitdem ich sie abgeholt hatte, die Erschöpfung auf ihrem Gesicht.

»Schlaf doch ein wenig! Ich wecke dich auf, wenn wir angekommen sind.« Es gab keinen Grund, warum sie hätte wach bleiben sollen.

»Aber ich würde mich so gern mit dir unterhalten«, erwiderte sie in einem Tonfall, der in ihren Ohren wahrscheinlich vernünftig klang.

»Wir werden während unseres Aufenthaltes in der Hütte noch genügend Zeit zum Reden haben.« Es gefiel mir nicht, dass sie vor lauter Angst nicht geschlafen hatte. Ich wünschte, ich wäre bei ihr gewesen.

Ich war verdammt entschlossen, all ihre Ängste zu vertreiben.

»Schlaf! Du wirst für uns kochen müssen, wenn wir nicht verhungern wollen.«

»Machst du dir Sorgen um deine Nahrungsquelle?«, neckte sie mich, um mir auf die Nerven zu gehen.

Ich mache mir Sorgen um dich!

»Es gefällt mir nicht, dich so erschöpft zu sehen«, gab ich zu.

Nicht bis wir atemberaubenden Sex miteinander gehabt haben und du nicht mehr so frustriert aussiehst.

Sie würde getröstet und vollkommen befriedigt sein.

»Ich denke, ich werde es überleben«, brummte ich. »Schlaf jetzt!«

»Bei dir fühle ich mich sicher, Carter. Das gefällt mir.«

Verdammt, das gefiel mir auch. Doch sie hatte allen Grund, Angst zu haben. »Du kannst mir vertrauen, Liebes. Ich werde dir niemals wehtun.«

Ich mochte vielleicht ein Arschloch gewesen sein. Vielleicht war ich es sogar immer noch, aber nicht ihr gegenüber. Brynn hatte mich an der Angel. Ich war mir nur nicht sicher, ob ihr das bereits bewusst war.

»Ich werde vielleicht wirklich einschlafen«, räumte sie ein.

Ich grinste. Sie kämpfte lediglich gegen den Schlaf an, weil ich sie dazu drängte zu schlafen. Aber ich wollte mich nicht beklagen, war es doch unter anderem ihre Sturheit gewesen, die sie durch ihre jungen Jahre gerettet hatte. Brynn war eine Kämpfernatur und ich hätte es auch nicht anders gewollt.

»Ich werde dich wecken, wenn wir angekommen sind«, versicherte ich ruhig.

»Ich würde gern diesen Whirlpool ausprobieren«, murmelte sie. Sie klang, als wäre sie jetzt bereit, den Kampf gegen den Schlaf aufzugeben.

»Er wird für dich vorbereitet sein«, versprach ich ihr.

Ich hatte einen meiner Assistenten mit dem Helikopter hochgeschickt, um dafür zu sorgen, dass alles bei unserer Ankunft für uns vorbereitet war und dass wir einen Vorrat an Lebensmitteln hatten.

Ich bezweifelte in höchstem Maße, dass sie am selben Abend noch den Whirlpool benutzen würde, da sie aussah, als hätte sie vollkommen das Bewusstsein verloren. Der Schlaf war viel besser für sie, als heute noch ein heißes Bad zu nehmen. Aber leider hatte ich wilde Fantasien über Brynn, wie sie sich nackt im Whirlpool aufhielt.

Ich hatte keine Witze gemacht, als ich gesagt hatte, es würde mir schwerfallen, sie so nahe bei mir zu haben. Es würde sehr *hart* werden, solange wir uns in demselben Haus aufhielten. Ich würde mir jede Nacht einen runterholen und an sie denken. Aber ich würde sie nicht drängen, bis sie bereit wäre. Während der letzten Tage hatte sie die Hölle durchgemacht.

Ich hörte einen entzückenden kleinen Schnarchton vom Beifahrersitz und grinste wie ein Idiot.

Wenn sie schläft, vertraut sie mir genügend, um sich bei mir sicher zu fühlen, solange sie verletzlich ist.

Ich hätte nicht sagen können, warum mich das glücklich machte. Aber mein Herz klopfte einen Augenblick wie wild, als ich mir die Tatsache verdeutlichte, dass sie wirklich in meinem Geländewagen, ohne zu zögern, eingeschlafen war.

Sie vertraut mir wirklich.

Und das war viel wichtiger als mein Bedürfnis, mit ihr zu schlafen. Zumindest vorerst. Um meine schmerzhafte Erektion konnte ich mich später kümmern.

Im Moment hatte ich alles, was ich brauchte.

Kapitel 16

Brynn

Heute kann ich definitiv auf mein Training verzichten!
Außer Atem erreichte ich den Aussichtspunkt, der mit einem kleinen Schild am Rand des Wanderpfades angekündigt worden war.

Doch die Aussicht war die Mühe wert gewesen, den Anstieg bis hier oben zu unternehmen.

So weit das Auge reichte, war ich von Wildnis umgeben und die Berge waren spektakulär.

Ich holte tief Luft und stieß sie langsam wieder aus.

Das war es, was ich brauchte. Ich musste daran erinnert werden, wie klein ich tatsächlich war im Verhältnis zu dem gewaltigen Raum, der sich vor mir ausbreitete.

Manchmal fiel es mir leicht zu vergessen, wie bedeutungslos meine Probleme waren, wenn man das ganze Universum sah.

Ob Carter bereits wach ist?

Ich erinnerte mich nicht sehr genau an die letzte Nacht. Ich war so erschöpft gewesen, ich erinnerte mich lediglich, während der Fahrt eingeschlafen zu sein. Danach ... nichts. Heute Morgen war ich früh in Carters Bett aufgewacht. Er hatte seine Arme fest um mich geschlungen und mein Kopf hatte auf seiner nackten Brust gelegen.

Er hatte sich so gut angefühlt, dass es mir schwergefallen war aufzustehen. Und dann war ich mindestens noch eine halbe Stunde liegen geblieben. Ich hatte den Sonnenaufgang beobachtet und mich in dem Gefühl gesonnt, von einem Mann beschützt zu werden, dem *ich* etwas bedeutete.

Offensichtlich hatte er mich aus dem Auto ins Bett geschleppt und mir meine Kleider ausgezogen. Ich war nur in BH und Höschen aufgewacht.

Zuerst hatte ich seine »Hütte« erkundet. Sie war tatsächlich groß, genau wie er es angekündigt hatte. Sie bestand aus nur einem Stockwerk, besaß aber fünf Schlafzimmer und mehrere Badezimmer.

Trotzdem fühlte man sich ländlich heimelig. Die Ausstattung war in einem rustikalen Stil gehalten, der mir sehr gefiel.

Sobald ich vollkommen wach gewesen war, hatte ich mir eine Jeans und ein Paar Wanderstiefel geschnappt und mich in ein Badezimmer verzogen, das nicht so nahe an Carters Schlafzimmer lag, um ihn nicht zu wecken. Ich hatte kurz geduscht und mich dann auf den Weg gemacht, die Gegend zu erkunden.

Was ich bis jetzt gesehen hatte ließ darauf schließen, dass wir uns in einem bekannten Wandergebiet aufhielten. Gelegentlich hatte ich Spuren anderer Wanderer gesehen, war aber während meines langen Marsches niemandem begegnet.

Auch hatte ich keine anderen Häuser bemerkt.

Die Auffahrt zu Carters Haus war zwar befestigt, wirkte aber wie eine Schotterstraße.

Mittlerweile kletterte die Sonne höher in den Himmel und ich wusste, ich sollte mich auf den Rückweg machen. Ich hatte zwar weder eine Uhr noch ein Handy dabei, wusste aber, dass ich bereits eine Weile unterwegs war. Carter hatte für sein Haus einen Satellitendienst eingerichtet, aber ich hatte bezweifelt, in den Wäldern Empfang zu haben.

Ich vermisse Carter.

Obwohl die Einsamkeit heilsam gewesen war, hätte ich alles dafür gegeben, wenn er diesen wunderbaren Ausblick mit mir hätte teilen können.

Ich schauderte, als ich daran dachte, dass er auf mich wie die pure Versuchung gewirkt hatte, als ich neben ihm erwacht war. Ich hatte zwar gewusst, dass er nur aus Muskeln und weicher, heißer Haut bestand, aber es mir vorzustellen war etwas vollkommen anderes, als es zu erfahren.

Irgendwie hatte sich unser beider Leben in so kurzer Zeit so sehr miteinander vermischt, dass es beinahe beängstigend war.

Ich drehte mich herum und machte mich an den steilen Abstieg, wobei ich mich bemühte, auf meine Schritte zu achten. Direkt unter meinen Füßen lauerten alle möglichen Gefahren.

»Brynn!«, hörte ich plötzlich einen tiefen Bariton, als ich mich dem Fuß des Steilhangs näherte.

Carter. Er ist tatsächlich wach.

»Hier«, rief ich. »Ich komme herunter.«

Sobald ich wieder auf den Wanderpfad gestoßen war, konnte ich Carter sehen, der auf mich zu joggte. Mein Herz begann zu tanzen und ich beeilte mich, zu ihm zu gelangen.

»Es tut mir leid. Ich habe die Zeit vergessen«, erklärte ich ihm, als ich vor ihm stehen blieb.

»Verdammt, Brynn«, knurrte er und schlang die Arme um mich. Er drückte mich so fest an sich, dass es mir unbehaglich wurde. »Wo zum Teufel bist du gewesen?«

»Wandern«, stieß ich schrill hervor. »Ich wollte mich in der Gegend umsehen.«

Schließlich trat er zurück und ich konnte sehen, dass sein Gesicht eine Mischung aus Zorn und Besorgnis widerspiegelte. »Ich bin aufgewacht und du warst weg. Dein Handy lag im Haus. Und es gab keinerlei Hinweis, wohin du gegangen sein könntest. Ich habe dich stundenlang gesucht. Beinahe wäre ich gar nicht so weit bis hierher gelaufen.«

»Ich dachte, hier hätte ich keinen Empfang. Ich bin bei Sonnenaufgang aufgewacht und wollte ein wenig die Gegend erkunden, bevor du aufwachst.«

»Es ist ein Uhr mittags«, stellte er knapp fest.

»Oh mein Gott. Ich habe tatsächlich das Gefühl für die Zeit verloren.«

Carter war zornig, aber er hatte jedes Recht darauf. Ich wäre wahrscheinlich ausgeflippt, falls er etwas Ähnliches getan hätte.

Er ergriff meine Oberarme. »Du hast mich zu Tode erschreckt, Brynn. Ich war bereits soweit, die Polizei anzurufen.«

»Du hast gedacht, mir wäre etwas zugestoßen«, stellte ich fest, leicht erstaunt über seinen stürmischen Gesichtsausdruck.

Der Mann wirkte tatsächlich verängstigt und obwohl er in seiner Wildheit ziemlich grandios wirkte, hatte es nicht in meiner Absicht gelegen, ihm solche Sorgen zu machen. Nicht wenn ich es hätte verhindern können.

»Wir sind hier nicht in Seattle, Brynn.« Er schüttelte mich leicht. »Hier gibt es endlose Weiten. Was, wenn du dich verlaufen hättest? Was, wenn dir ein Bär über den Weg gelaufen wäre oder ein verdammter Berglöwe? Du hättest hier draußen sterben können. Also, ja, verdammt, ich habe mir Sorgen gemacht.«

Ich starrte in sein Gesicht und suchte seinen Blick. Er wirkte echt aufgewühlt und ich hätte weinen können.

»Es tut mir leid, Carter. Ich hatte nicht vor, so lange wegzubleiben. Ich bin es gewohnt, meiner eigenen Wege zu gehen, ohne mich vorher mit jemandem abzusprechen. Niemand hat sich je Sorgen um mich gemacht«, erklärte ich zögerlich.

»Aber ich mache mir verdammt nochmal Sorgen um dich, also solltest du dich daran gewöhnen«, sagte er scharf, während er meine Hand nahm und sich auf den Rückweg zur Hütte machte. »Es ist mir vollkommen egal, wo wir uns aufhalten, ich wäre immer besorgt, wenn du dich so aus dem Staub machen würdest, egal in welcher Umgebung wir uns befinden.«

»Bist du wirklich sauer?«, fragte ich vorsichtig.

Er blieb stehen und drehte sich zu mir herum, seine Augen immer noch voller Schärfe.

Dann zog er mich an sich, um mich zu küssen. Sein Mund stieß wie ein wilder Sommersturm auf mich hinab.

Diese Seite an Carter hatte ich noch nicht kennengelernt, aber ich hatte keine Angst vor ihm. Er war aufgewühlt, weil er befürchtet hatte, mir wäre etwas zugestoßen, und ich wollte ihm gern bestätigen, dass es mir mehr als gut ging.

Ich öffnete meinen Mund und ließ mich von ihm verschlingen, wobei ich mich an ihn presste.

Ich verlor mich in dem Gefühl, Carter zu spüren und zu schmecken, und in der Leidenschaft, die zwischen uns tobte.

In unserem Kuss lag keine Zärtlichkeit oder Süße. Er war pures Verlangen, das nicht nur er verspürte.

Ich gestattete mir, jede Emotion zu fühlen, die bereits in mir brodelte, seitdem ich diesen Mann getroffen hatte, und mich darin zu verlieren.

Als ich mich noch fester an ihn drückte, konnte ich seinen steifen Schwanz an meinem Geschlecht spüren und war total frustriert über die Jeans und T-Shirts, die uns voneinander trennten.

Ich musste ihn spüren. Ich musste ihn berühren.

Als er meinen Mund freigab, bat ich ihn heftig keuchend: »Fick mich, Carter! Ich brauche dich.«

»Verdammt, Brynn!«, stieß er in rauem Bariton hervor. »Ich bin es leid, ständig vorzutäuschen, dass ich nicht dasselbe empfinde.«

Ich fuhr in sein Haar und klammerte mich daran fest. »Dann tu es nicht mehr. Fick mich! Erlöse uns beide von der Qual.«

»Wenn ich das tue, gibt es kein Zurück«, warnte er mich.

»Das ist mir gleichgültig«, keuchte ich, während ich an seinem T-Shirt zerrte. »Lass mich dich berühren, Carter.«

Es spielte keine Rolle, dass wir uns mitten im Wald befanden. Ich musste sowohl ihn als auch mich selbst befriedigen.

»Dort oben. Gehen wir dorthin!«, befahl er, nahm mich wieder bei der Hand und zog mich von dem regelmäßig benutzten Wanderpfad in wilderes Gelände.

In derselben Sekunde, in der wir uns außerhalb der Sichtweite potenzieller Wanderer befanden, zog er sein T-Shirt über den Kopf. Ich tat es ihm gleich und entledigte mich gleichzeitig meines BHs.

Und dann klebten wir wieder aneinander. Meine empfindlichen Brustwarzen rieben sich an seiner nackten Brust, während er mich küsste, als hinge unser Leben davon ab, was sich in diesem Moment tatsächlich auch so anfühlte.

Es war gut. So gut. Ich versuchte, Carter in mich aufzusaugen, als ich jeden Zentimeter seiner nackten Haut berührte, den ich erreichen konnte.

Ich stöhnte unter seinem drängenden Mund. Dann stieß er mit kräftigen, harten Bewegungen eine Hand zwischen meine Beine und ich fühlte mich vollkommen aufgewühlt, obwohl ich noch meine Jeans trug.

Carter forderte von mir, mich ihm vollkommen hinzugeben, was ich auch tat. Im Moment war ich ihm so ausgeliefert, wie eine Frau es nur sein konnte.

Unsere Körper passten so gut zueinander, als wären sie füreinander geschaffen.

Er tauchte mit seinen Händen in meine Haare und bog meinen Kopf in den Nacken, sodass er bequemen Zugang zu meinem Mund bekam. Dann verschlang er mich, als wollte er versuchen, jeden Bissen von mir zu ergattern.

Ich knabberte an seinen Lippen und heizte ihn an, denn ich brauchte so viel mehr.

Ich wollte alles, was er mir geben konnte, und das immer und immer wieder.

Meine Brust hob und senkte sich heftig, als ich mich von ihm löste, um an den Knöpfen seiner Jeans zu reißen. »Ich brauche das. Ich brauche dich«, bettelte ich.

Er langte nach unten und half mir, seine Hose aufzuknöpfen. Schließlich gab ich es auf und kümmerte mich um meine eigene Jeans, verblüfft, dass meine Hände sichtbar zitterten.

So sehr begehre ich Carter. So stark wirkt er auf mich.

Ich schüttelte meine Wanderstiefel von den Füßen, gierig darauf, endlich nackt zu sein.

Sobald ich meine Jeans und mein Höschen losgeworden war, war Carter da. Er hob mich hoch und ich schlang meine Beine um seine Taille.

Ich wimmerte erleichtert, als unsere Körper sich endlich fanden, wir beide nackt. Uns Haut an Haut zu spüren fühlte sich so grundlegend richtig an, wie ich es nicht hätte erklären können.

Es war Segen und Fluch zugleich. Und ich hätte nicht sagen können, was stärker war.

»Jetzt«, verlangte ich. »Genau jetzt!«

Er lehnte sich gegen einen nahen Baum, um uns Halt zu geben, und schrie erleichtert auf, als er in mich hineinstieß.

Keine Gnade. Und ich wollte auch keine. Ich wollte Carter so tief in mir, dass wir nicht mehr wissen würden, wo der eine von uns endete und der andere anfing.

»Ja«, sagte ich an seinem Ohr. »Bitte.«

Ohne zu zögern, griff ich in seine Haare und vereinigte meinen Mund mit seinem.

Das war es, was ich brauchte.

Der Moment war pur und wunderschön, hart und sehr gegenwärtig.

Er zog sich wieder zurück, dann drängte er sich wieder in mich hinein. Und immer wieder. Jeder Stoß kräftiger als der vorherige.

Ich gab mich seinem schnellen Rhythmus vollkommen hin und genoss es, wie sich seine Finger in meinen Hintern gruben, während unsere Münder immer noch vereinigt waren, als könnten wir einander nicht mehr loslassen.

Jedes Mal wenn er in mich eindrang, kam ich seinem Schwanz entgegen, bis er auf Widerstand stieß. Der Knoten in meinem Magen verdichtete sich immer mehr.

Als ich meine Lippen von ihm löste, um Atem zu schöpfen, knurrte Carter: »Mein Gott! Du bist so verdammt feucht und eng, Brynn. So verdammt heiß, Liebes. Ich wünsche mir nichts mehr, als dich zum Kommen zu bringen.«

Mein Körper stand bereits in Flammen, doch als ich die Leidenschaft in seinem heiseren Bariton hörte, zog sich mein Unterleib um seinen Schaft zusammen.

Ich rieb mich heftiger an ihm, um Druck auf meine Klitoris auszuüben.

Es fühlte sich so gut an, dass ich immer weiter machte, immer und immer wieder, bis ich spürte, wie mein Höhepunkt sich aufbaute.

Und, gütiger Himmel, wie ich kam.

Mein Orgasmus raste durch mich hindurch wie ein mächtiger Tornado und Carter gönnte mir keine Ruhepause, sondern hämmerte immer weiter in mich hinein.

»Carter!« Sein Name war das Einzige, was ich noch schreien konnte. Mein Verstand war vollkommen ausgeschaltet, während sich meine inneren Muskeln um seinen Schwanz zusammenzogen.

Ich grub meine Fingernägel in seinen Rücken. Sein Körper spannte sich an und ich hörte ihn fauchen, als ich ihn bis zu seiner eigenen hitzigen Erlösung molk.

Keuchend kam ich langsam auf die Erde zurück und Carter gab das heißeste Stöhnen von sich, das ich jemals gehört hatte, als er seinen Griff etwas lockerte. Er hielt mich immer noch fest, doch der schraubstockartige Griff, mit dem er meine Pobacken umklammert hatte, verlor etwas an Druck.

»Du hast mich beinahe umgebracht«, knurrte er in mein Ohr, während er mich langsam auf den Boden hinabließ.

Wir brauchten einen Augenblick, um zu Atem zu kommen, und Carter hielt mich an sich gedrückt und wiegte mich hin und her, bis wir schließlich wieder normal Luft holen konnten.

Mein Herz raste noch immer, doch langsam wurde ich wieder der Welt um uns herum gewahr.

Träge zogen wir uns an und es erschien mir wie eine Schande, als er begann, den unglaublich schönen Körper zu bedecken, gegen den gedrückt ich gerade so intensiv wie nie zuvor in meinem ganzen Leben gekommen war.

Er half mir den Hang hinunter und zog mich an seine Seite, als wir wieder auf den Wanderpfad stießen.

»Haben wir gerade wirklich solch heißen Sex im Wald gehabt?«, neckte ich ihn zärtlich.

Er küsste mich auf den Scheitel. »Ja, das haben wir wohl, Miss Davis. Sie sind ein sehr unanständiges Mädchen.«

Noch voller Euphorie gab ich zur Antwort: »Sie dürfen mich jederzeit bestrafen, wenn Sie wollen, Mr. Lawson.«

Er gab mir einen spielerischen Klaps auf den Hintern. »Nehmen Sie sich in Acht. Das werde ich vielleicht sogar tun, wenn Sie mir noch einmal solche Angst einjagen.«

Kapitel 17

Carter

I ch hatte das Gefühl, schon ewig darauf gewartet zu haben, das
süße Geräusch zu hören, wenn Brynn in Ekstase meinen Namen
schrie. Und jetzt hatte ich sie ohne das geringste Vorspiel mitten
im Wald genommen.

Ich wünschte, ich hätte behaupten können, es zu bereuen, aber
dann hätte ich gelogen.

Im selben Augenblick, in dem ich sie unversehrt wiedergesehen
hatte, nachdem ich mich den ganzen Vormittag mit der Frage gequält
hatte, wo sie abgeblieben sein mochte, hatte ich vollkommen die
Beherrschung verloren.

So wie es jetzt gelaufen war, hatte ich es nicht geplant. Auch
hatte ich mir unser erstes Zusammensein in meiner Fantasie nicht
so vorgestellt. Aber verdammt, es war so viel besser, als ich es mir
in meinen kühnsten Träumen hätte ausmalen können.

Glücklicherweise schien sie ebenso glücklich zu sein, wie ich es
den ganzen Tag gewesen war.

Am Ende waren wir noch mehrere Stunden lang gewandert und hatten ein paar Stellen erkundet, die mir bei meinen früheren Aufenthalten aufgefallen waren.

Und dann hatten wir ein paar Steaks und Kartoffeln auf den Grill gelegt und später verschlungen, als wären wir am Verhungern.

Ich hatte auf der rückwärtigen Terrasse ein Feuer in der Feuerstelle entfacht und mich dann in den Whirlpool gleiten lassen. Ich wusste, Brynn würde auch in Kürze nach draußen kommen.

Sie führte ein Telefongespräch mit ihrer Mutter, daher hatte ich sie allein gelassen, um sie nicht zu stören.

Ich genoss den Druck der Düsen und das warme Wasser. Obwohl ich viel trainierte, war ich mir ziemlich sicher, heute außerdem Muskeln benutzt zu haben, die lange nicht zum Einsatz gekommen waren.

Das Spiel ist aus. Ich kann meine Gefühle für Brynn nicht mehr verbergen.

Sie machte mich wahnsinnig, so wahnsinnig, wie ich es noch nie gewesen war, und entlockte meinem Inneren Gefühle, von deren Existenz ich nichts gewusst hatte.

Und gleichzeitig machte sie mich glücklicher, als ich es jemals für möglich gehalten hätte. Natürlich hatte ich heute nicht so rau mit ihr umgehen wollen, aber sie löste diese Reaktion in mir aus: Ich fühlte mich außer Kontrolle und befürchtete, es nicht überleben zu können, falls ihr etwas zustieße.

Sie machte mich sauer.

Sie amüsierte mich köstlich.

Sie machte mich mit nur einem Lächeln hart.

Und sie brachte mich dazu, vollkommen auszuflippen wegen etwas, das sie unbeabsichtigt getan hatte.

Kurz gesagt, ich war aufgeschmissen.

Dennoch konnte ich nicht behaupten, dass es mich störte.

»Du bist schon drin«, stellte Brynn fest, als sie durch die Schiebetür trat und sie hinter sich schloss. »Ich habe mir noch nicht einmal meinen Badeanzug angezogen.«

Ich grinste sie an. »Baby, ich wünschte, ich wäre drin, *in dir*. Und ich trage keine Badehose.«

Unsere Beziehung hatte sich verändert. Es gefiel mir, wie sie leicht errötete, als sie sich dem Whirlpool näherte.

»Du bist nackt?«

Ich nickte. »Wie an dem Tag, an dem ich geboren wurde. Wer kann uns hier schon sehen? Ich habe keine Nachbarn. Außerdem gehört mir das ganze Land in der Umgebung der Hütte. Das Einzige, was nicht zu meinem Besitz zählt, sind die Wanderwege, und die befinden sich nicht gerade in der Nähe.«

Brynn hatte heute Morgen nicht bemerkt, dass sie kilometerweit gelaufen war und die Grenzen meines Besitzes überschritten hatte. Sie hatte sich viel weiter entfernt, als sie es hätte tun sollen.

Sie begann zu lächeln und ihre Lippen verzogen sich schelmisch, eine Geste, die mich beinahe umgehend in den Bereitschaftszustand versetzte.

Sie zuckte mit den Schultern. »Dann macht es mir nichts aus, nackt zu sein.«

Mein Herz setzte beinahe aus, als sie ihr hinreißendes Haar zurückwarf und mit ihren dunklen Augen in meine blickte.

Brynn war von einer exotischen, wilden Schönheit, die mich von Anfang an in ihren Bann gezogen hatte. Und dabei ging es nicht nur um ihr äußeres Erscheinungsbild.

Brynn konnte sich gehen lassen und wirkte manchmal so ungezähmt. Wie keine andere Frau zuvor konnte sie mich in Versuchung führen.

Sie war außerdem intelligent, wissbegierig und wahrscheinlich die süßeste Frau, die ich je kennengelernt hatte, wenn sie nicht gerade sauer auf mich war.

Ihr Blick hatte mich angelockt und etwas in mir war an der richtigen Stelle eingerastet und hatte mich mit ihr auf eine Art verbunden, die ich nicht verstand. Immer noch nicht verstand. Aber ich lernte, nicht infrage zu stellen, was sich so gut anfühlte wie sie.

Die primitiven Instinkte, die in mir das Bedürfnis erweckten, sie in meiner Nähe zu halten und zu beschützen, und die ich vom ersten

Tag an verspürt hatte, hatten heute ihre hässliche Fratze gezeigt und ich war mir bewusst, sie würden nicht wieder verschwinden. Auch würden sie sich nicht mehr unterdrücken lassen.

Ich musste geduldig sein.

Ich musste ihr Vertrauen gewinnen.

Ich musste mich ihr mit Geduld nähern und ich musste sie wissen lassen, dass ich sie niemals im Stich lassen würde.

Wir hatten uns ohne Sex besser kennengelernt. Aber verdammt, wie froh war ich, dass wir das hinter uns hatten.

Ich bewunderte alles an ihr, aber meinen Besitzerinstinkten, die ich nicht beherrschen konnte, nicht nachzugeben war die reine Hölle.

Mein. Brynn gehört mir!

Das Komische war, dass es mir sogar gleichgültig war, so irrational zu sein, wenn es um sie ging.

Ich hielt den Atem an, als ich sie dabei beobachtete, wie sie ihr T-Shirt über den Kopf zog.

Als sie innehielt, stieß ich die Luft aus.

»Erzähl mir nicht, du bist schüchtern«, neckte ich sie.

»Ich bin Model. Es gehört zu meinem Job, sexy zu sein. Ich will dir nur Zeit geben, die Show zu genießen«, sagte sie in einer provokativen Altstimme.

Ich sah zu, wie ihre Jeans zu Boden glitt und sie die Hose zur Seite stieß. Ihr Blick wanderte über meinen Körper, als genösse sie, was sie sah.

»Brynn«, warnte ich sie.

»Ja Carter?«, fragte sie gespielt unschuldig und ich wusste, sie wollte mich reizen.

»Komm ins heiße Wasser!«

Gütiger Himmel! Ich hatte sie bereits mitten in der Wildnis wie ein Besessener gefickt. Das nächste Mal, wenn ich diesen nackten Körper an meinem spüren würde, wollte ich mir mehr Zeit nehmen.

»Nur noch eine Minute«, erwiderte sie, während sie mich ignorierte und langsam den vorderen Verschluss ihres hübschen, rosafarbenen BHs öffnete.

Ich musste mich beherrschen, nicht nach meinem schmerzenden Schwanz zu greifen und mich selbst zu erlösen.

Ihre Brüste waren so perfekt, dass ich meine Zähne zusammenbiss. Sie waren mehr als eine Handvoll und ich stöhnte beinahe laut auf, als sie eine ihrer köstlichen, rosafarbenen Brustwarzen berührte, bevor sie mit zwei Fingern unter das elastische Bündchen ihres kaum vorhandenen Höschens glitt, um dies bis zu den Füßen hinunter zu schieben.

Dann warf sie auch dies zur Seite und stand in all ihrer Pracht vor mir, nur dreißig Zentimeter von der Stelle entfernt, in der ich im heißen Becken saß.

Fuck! Ich wusste nicht, ob das Wasser plötzlich kochte oder ob ich es war, der so viel Hitze von sich gab, dass es sich so anfühlte, als stünde ich in Flammen.

Ich war mir bewusst, auf ihre Muschi zu starren, aber ich konnte nicht anders. Sie hatte die Schamhaare so weit entfernt, wie es für das Tragen eines Bikinis nötig war, war jedoch nicht vollkommen enthaart. Und das winzige Dreieck, das geblieben war, war so heiß wie die Hölle.

Brynn hatte offensichtlich keinerlei Probleme bezüglich ihres Körpers. Das hatte sie auch nicht nötig. Aber ich merkte deutlich, dass ihr Beruf als Model sie gelehrt hatte, ohne Scham in jeglicher Kleidung zu posieren – oder in diesem Fall nackt.

Ihre Selbstsicherheit wirkte verführerisch und ich wusste, ich würde unter der Tatsache leiden, dass andere Männer meine Frau wollüstig betrachteten. Ich hätte sie niemals gebeten, ihren Beruf aufzugeben, solange sie nicht bereit dazu war, aber es würde nicht leicht werden, mich nicht daran zu stören.

Gott sei Dank verlangte ihr wichtigster Auftrag lediglich von ihr, als Gesicht für eine Kosmetikfirma zu fungieren. Und ich würde es mir bewusst verbieten, mir ihre jüngsten Aufnahmen für Bikinis oder Unterwäsche anzusehen.

»Du hast recht«, sagte sie und streckte sich, als sie auf die oberste Treppenstufe trat, die ins heiße Becken führte. »Nackt zu sein ist definitiv besser.«

»Komm ins Wasser, Brynn«, forderte ich sie noch einmal auf, diesmal drängender.

Ich wollte sie in meinem Bett haben.

Ich wollte mir Zeit lassen.

Auf keinen Fall würde ich sie im Whirlpool ficken.

Kapitel 18

Brynn

Ich war mir nicht ganz sicher, ob ich die Strip-Show für mich selbst oder für Carter gemacht hatte.

Es hatte etwas Aufreizendes an sich, wenn er seinen Blick mit höchster Aufmerksamkeit auf mich richtete, wie ein Wolf, der eine Beute erspäht.

Er versuchte nicht zu verbergen, dass er mich begehrte, und mich hatte ein Mann nicht mehr auf diese Weise angesehen seit … eigentlich noch niemals.

Bei Carter fühlte ich mich mutiger und freier, als ich es tatsächlich war, weil mir bewusst war, dass die Anziehungskraft auf Gegenseitigkeit beruhte.

Ich ließ mich ins Wasser sinken und schnurrte beinahe vor Vergnügen, als ich die Düsen und die Wärme spürte. »Ich bin ein wenig wund«, gestand ich ihm.

»Wahrscheinlich weil ich dich so grob behandelt habe wie ein Bulle eine Kuh in der Paarungszeit«, sagte er trocken.

Ich schenkte ihm ein Lächeln. »Kann sein, dass mir Bullen gefallen«, neckte ich ihn. »Ich war schon eine ganze Weile mit keinem Mann mehr zusammen.«

Er streckte die Arme aus und umfasste meine Taille. Dann zog er mich an sich heran. »Wie lange?«

»Einige Jahre«, gab ich seufzend zu. Ich war zurückhaltender geworden, wenn es darum ging, mit einem Mann zu schlafen, nur um Sex zu haben. Mein Vibrator erledigte den Job ebenso gut – manchmal sogar besser. »Ich bin mir ziemlich sicher, dass ich überhaupt nicht wissen will, wie lange du mit keiner Frau geschlafen hast.«

Carter war bekannt für seine Frauenbekanntschaften. Ich war mir ziemlich sicher, dass er mit keiner mehr zusammen gewesen war, seitdem wir uns kennengelernt hatten, aber was davor geschehen war wollte ich nicht hören.

»Beinahe ein Jahr«, gestand er, während er mit meinen Haaren spielte. »Ungeachtet dessen, was die Leute denken, schlafe ich nicht wahllos mit Frauen, und ich habe lange keine Frau mehr getroffen, mit der ich zusammen sein wollte. Ich war einfach zu beschäftigt, um zu versuchen, an dem Leben von jemand anderem teilzuhaben.«

»Dann glaubst du also letzten Endes doch, dass du nicht für alles verantwortlich bist, was in deiner Welt geschieht?«, erkundigte ich mich behutsam.

»Ich gebe es nicht gern zu, aber ja, ich glaube, ich bin langsam soweit. Ich werde immer so viel wie möglich kontrollieren wollen, aber ich lerne, das loszulassen, was außerhalb meiner Kontrolle liegt«, polterte er. »Und du? Fühlst du dich besser?«

Ich nickte. »Ich hatte ein langes Gespräch mit meiner Mutter. Ich denke, sie hatte recht. Sie musste ihre Geschichte erzählen und ich respektiere das. Jetzt hat sie sich verlobt.«

»Du sagst das so, als ob du das nicht gut finden würdest«, beobachtete er.

»Das ist es nicht. Ich nehme an, ich habe Angst um sie. Aber bis jetzt habe ich ihren neuen Verlobten, Mick, noch nicht kennengelernt. Und sie sagt, er hätte seine eigene Zukunft abgesichert, und wahrscheinlich auch ihre. Aber es fällt mir schwer, keine Angst um sie zu haben nach allem, was geschehen ist. Ich möchte sie nie wieder so am Boden zerstört sehen wie damals, vor all diesen Jahren.« Meine Missbilligung gründete sich lediglich auf die Tatsache, dass er sich am Ende als jemand anderes herausstellen könnte als der, für den meine Mutter ihn hielt ... und ihr ein zweites Mal das Herz brechen könnte.

»Traust du ihr zu, sich richtig zu entscheiden?«

»Ja, das tue ich. Damals konnte sie unmöglich wissen, wer mein Vater war, und normalerweise besitzt sie ein ziemlich gutes Urteilsvermögen hinsichtlich des Charakters eines Menschen. Sie kennen sich bereits seit einiger Zeit. Und eigentlich ist jede Beziehung ein Glücksspiel.«

»Das ist nicht gerade schmeichelhaft«, erwiderte er trocken.

»Ich meine es nicht so, aber wie kannst du jemanden jemals von Grund auf kennen? Wir müssen unseren Instinkten vertrauen.«

Ich spürte, dass er mit den Schultern zuckte. »Ja, in gewisser Weise.«

Ich ließ meinen Kopf gegen seine Schulter sinken. »Schau dir die Sterne an! Seit meiner Kindheit habe ich sie nicht mehr so klar gesehen. Wir lebten in einer recht kleinen Stadt, weit weg von hellen Lichtern. Ich habe vergessen, wie klein ich mich unter einem solchen Himmel fühlen kann.«

Der Mond zeigte sich nur als der Hauch einer Sichel, doch die Sterne schienen so hell, dass unsere Umgebung nicht in völlige Dunkelheit getaucht war. Zusammen mit dem Feuer, das Carter entzündet hatte, war es hell genug, um sein Gesicht zu erkennen.

»Hast du immer noch vor, nächste Woche deine Mutter zu besuchen?«

»Ja, wenn ich deinen Jet benutzen darf«, neckte ich ihn.

»Er gehört dir, wann immer du ihn brauchst.«

»Ende nächsten Monats habe ich ein langes Shooting«, erzählte ich ihm. »Im Sommer habe ich es langsam angehen lassen, auch hinsichtlich meiner Entwürfe, aber jetzt habe ich wieder

Verpflichtungen. Ich werde wahrscheinlich viel unterwegs sein bis zu den Weihnachtsfeiertagen.«

»Hast du noch mehr Verträge außer dem mit Easily Beautiful?«

»Nichts Schriftliches, aber es gibt Firmen, die mich jedes Jahr engagieren.«

Ich wusste nicht recht, warum der Gedanke, wieder unterwegs zu sein, mich diesmal nicht so begeisterte wie sonst. Ich nahm an, weil ich mir nicht vorstellen konnte, Carter nicht mehr jeden Tag zu sehen. Andererseits hatte das ständige Reisen schon letztes Jahr begonnen, an mir zu zehren. Seitdem ich nach Seattle gezogen war, hatte ich das Gefühl, endlich eine Heimat gefunden zu haben.

»Was ist mit deinen Taschendesigns? Und dem Laden?«

»Ich bin soweit, einige Prototypen herstellen zu lassen«, erzählte ich ihm begeistert. »Und Laura hat für den Laden alle Hilfe, die sie braucht. Wir haben unseren Gesellschaftsvertrag geändert, sodass alles nun allein ihr gehört. Ich bin lediglich noch Investorin. Ihre Entwürfe sind brillant.«

»Bedauerst du es irgendwie?«

»Nein«, erklärte ich entschieden. »Ich werde einer der ersten Investoren einer Firma sein, die explodieren wird, und an meiner Reisetaschenkollektion habe ich noch zu arbeiten. Laura hat mich nie wirklich gebraucht. Sie hat bereits hervorragende Arbeit geleistet, bevor ich überhaupt aufgetaucht bin. Und wir arbeiten immer noch zusammen, was die sozialen Medien betrifft.«

»In einigen Wochen wird mein Bruder seine Verlobung feiern. Bist du vielleicht daran interessiert, mich dorthin zu begleiten?«, erkundigte er sich vorsichtig.

»Du tätest gut daran, mich als deine Begleiterin zu wählen«, warnte ich ihn. »Solange wir miteinander schlafen, würde ich es wirklich vorziehen, wenn du dich mit keiner anderen Frau treffen würdest.«

Ehrlich, ich konnte mir nicht vorstellen, ihn mit einer anderen zu sehen. Es würde mich vernichten.

»Es gibt keine andere Frau, Brynn«, versicherte er ernst. »Und es wird keine andere geben. Verdammt, ich verbringe viel zu viel Zeit damit, über dich zu fantasieren.«

Ich lächelte. »Das ist gut. Mach weiter so.«

»Ist dir bewusst, dass wir nicht einmal über Verhütung geredet haben?«, gab er zu bedenken.

An Verhütung hätte ich heute Mittag als Letztes gedacht. Ich war nicht einmal fähig gewesen, überhaupt etwas zu denken, sobald Carter mich berührt hatte. »Alles in Ordnung«, informierte ich ihn. »Vor drei Jahren habe ich mir eine Spirale einsetzen lassen, sodass ich für ein paar Jahre Ruhe habe. Und ich lasse mich regelmäßig testen, wenn ich sexuell aktiv bin. Ehrlich, ich lasse mich von keinem Mann ohne Kondom anrühren.«

»Ich bin ebenfalls gesund«, versicherte er mir. »Womit habe ich so viel Glück verdient?«

»Du machst mich so unglaublich verrückt, dass ich nicht mehr denken kann«, gab ich zu.

Er schlang seine Arme noch fester um meine Taille. »Bis jetzt hast du noch nicht erlebt, was Wahnsinn bedeutet. Aber das wirst du bald erfahren«, versprach er mit heiserer Stimme.

Ich drehte mich herum und spreizte meine Beine um ihn herum. »Ich kann nicht warten«, erklärte ich ein wenig zu enthusiastisch.

»Ich werde dich nicht in einem Whirlpool nehmen«, erwiderte er bestimmt.

Eigentlich schien mir der Whirlpool so gut wie jeder andere Ort zu sein. Ich wusste lediglich, dass ich diesen Mann nicht einmal für einen Moment loslassen wollte. Es spielte keine Rolle, in welcher Umgebung oder auf welcher Oberfläche wir uns befanden.

Ich strich ihm eine verirrte, nasse Locke aus der Stirn. »Dann bring mich dahin, wo auch immer du mich nehmen willst.«

»Das ist ja das Problem«, erwiderte er grimmig. »Ich will dich überall. Es spielt keine Rolle, wo wir gerade sind und was wir gerade tun.«

Ich küsste ihn sanft, bevor ich murmelte: »Ich empfinde das Gleiche. Immer schon. Selbst als du mich im Aufzug geküsst hast, hätte ich dir am liebsten die Kleider vom Leib gerissen und dich gezwungen, mich gleich dort im Fahrstuhl zu ficken.«

»Dazu hättest du mich nicht zu zwingen brauchen, Brynn. Ich habe dich geküsst, obwohl ich dich nicht einmal gekannt habe, was ich bis heute nicht verstehe«, sagte er unglücklich. »So etwas habe ich noch nie zuvor getan.«

Ich glaubte ihm.

Da war eine gewisse verrückte spontane Lust gewesen, die uns beim ersten Blick in Flammen gesetzt hatte. Niemals hätte ich für möglich gehalten, dass es so etwas überhaupt gab.

»Du und ich ähneln uns auf so viele grundlegende Arten«, bemerkte ich. »Vielleicht denkst du, das ist verrückt, aber –«

»Das denke ich keinesfalls«, unterbrach er mich. »Wir versuchen beide ständig, uns selbst zu übertreffen.«

Ich nickte. »Das habe ich in dir wiedererkannt, weil ich es in mir selbst sehe. Wir waren beide so verstrickt in unsere Schuldgefühle und Ängste aus der Vergangenheit, dass wir nicht wirklich im jeweiligen Augenblick lebten. Und ich habe es versucht. Wirklich versucht. Ich wollte fähig sein, in der Gegenwart zu leben, konnte aber nicht über das Trauma aus meiner Kindheit hinwegkommen. Doch ich glaube, inzwischen spielt es keine große Rolle mehr.«

Er umfasste meine Wangen und knurrte: »Die Vergangenheit ist auch mir vollkommen gleichgültig. Ich wünsche mir in diesem Moment nichts sehnlicher, als dich in meinem Bett zu haben.«

Mein Herz blieb beinahe stehen. »Dann bring mich dorthin, Carter!«

Ich stieß einen schrillen Schrei aus, als er genau das tat.

Kapitel 19

Brynn

Ich traf mit meinem nackten Hintern auf dem Bett auf, als Carter mich dort ablud. Dann legte er sich auf mich.

»Diesmal möchte ich langsam machen, Brynn. Ich habe das Gefühl, als wären wir heute Nachmittag zur Ziellinie gehastet, ohne das Rennen wirklich mitbekommen zu haben.«

Mir stockte der Atem, als ich die Leidenschaft in seinen Augen sah. »Ich bin mir nicht sicher, ob wir überhaupt wissen, wie wir es langsamer machen können«, erwiderte ich atemlos.

»Ich werde es auf jeden Fall versuchen«, versprach er. Dann senkte er seinen Kopf auf mich hinab, um mich zu küssen.

Mehr brauchte ich nicht, ich musste lediglich Carters Lippen auf meinen spüren und schon flutete eine Hitzewelle zwischen meine Schenkel.

Jetzt konnten wir uns nicht mehr bremsen. Ab jetzt hieß es nur noch: Volle Kraft voraus, wir können nicht genug bekommen.

Carter agierte bewusster, weniger außer Kontrolle, aber ebenso heiß wie am Nachmittag.

Ich versuchte, meine Arme um ihn zu schlingen, um ihn näher an mich heranzuziehen, doch er brach den Kuss ab und drückte meine Arme zu beiden Seiten meines Kopfes aufs Bett. »Nicht so hastig, Liebes.«

Ich seufzte, als er mich noch einmal küsste und sich dann der empfindlichen Haut an meinem Hals zuwandte. »Carter, ich bin nicht allzu geduldig«, keuchte ich.

»Das hier hat mir heute Nachmittag gefehlt«, sagte er gegen meine erhitzte Haut, während er meine Brüste umfasste.

Obwohl ich noch nie besonders auf ein langes Vorspiel gestanden hatte, brachte mich die Art, wie Carter auf meinem Körper spielte, dazu, die Augen zu schließen und jeder Empfindung nachzuspüren.

Die Berührung seiner Lippen auf meiner harten Brustwarze.

Seine Finger, die an der anderen zupften.

Mein Körper spannte sich an, als er plötzlich an der einen Brustwarze knabberte und sie danach mit seiner Zunge besänftigte.

Mein Unterleib zog sich heftig zusammen und eine Flut heißer Feuchtigkeit sammelte sich zwischen meinen Schenkeln.

Ich bog den Rücken durch, denn die Qual und das Vergnügen hatten kein Ende, bis Carter weiter nach unten rutschte und mit seiner Zunge eine Spur von meinen Brüsten bis zu meinem Unterleib zog.

»Bitte«, wimmerte ich. »Carter, fick mich!«

Ich fuhr mit den Fingern in sein dichtes Haar und klammerte mich daran fest. Aber als er sich zwischen meine Beine legte, ließ ich los und krallte mich in das Bettlaken unter mir, denn ich konnte mir denken, was jetzt geschehen würde.

Ich stieß ein animalisches Geräusch aus, als seine heiße Zunge mein zitterndes Fleisch berührte. »Oh Gott, Carter. Das halte ich nicht aus«, keuchte ich verzweifelt.

Pure Wollust raste durch meinen Körper, als er von oben bis unten über meine Muschi leckte. Es fühlte sich so gut an, dass ich mich an das Laken wie an eine Rettungsleine klammerte.

Er reizte mich.

Er wühlte mich auf.

Er leckte meine Säfte auf, als wären sie Nahrung, die er zum Überleben brauchte.

Ich zerbarst, als er sein Gesicht in meiner Muschi vergrub und begann, alles zu geben, um mir Lust zu bereiten.

Meine Beine bebten und ich stöhnte auf.

Vielleicht hatte ich deshalb nie viel Wert auf ein Vorspiel gelegt, weil ich keine Ahnung gehabt hatte, wie verdammt gut es sein konnte.

Ich wand mich unter seinem Mund hin und her und mein Rücken hob sich vom Bett, als er nun auch noch seine Finger ins Spiel brachte. Während er beständig Druck auf meine Klitoris ausübte, fickte er mich mit seinen Fingern und erkundete jeden Zentimeter meines Tunnels, bis er den Punkt gefunden hatte, der mich in den siebten Himmel schickte.

»Ja, ja, ja«, wiederholte ich, vollkommen verloren in der Sinneslust, die er mir schenkte. »Fester!«

Als er schließlich mit seinen Zähnen das kleine Nervenknötchen bearbeitete, das nach mehr Aufmerksamkeit schrie, und anschließend daran saugte, implodierte ich.

»Carter, oh mein Gott, ich komme«, schrie ich unzusammenhängend und warf meinen Kopf auf dem Kissen hin und her.

Immer härter und schneller stieß er mit seinen Fingern in mich hinein, während er gleichzeitig Druck auf meine Klitoris ausübte. Und plötzlich wurde ich von meinem Orgasmus überwältigt.

Als ich langsam von der Spitze des Höhepunktes herunterkam, löste er sich von mir und zog mich auf sich.

»Reite mich, Brynn!«, befahl er, umfasste meine Hüften und zog mich so auf sich hinunter, dass er tief in mich eindrang.

Sein Schwanz war riesig und ich hatte das Gefühl, in zwei Hälften gespalten zu werden, aber auf eine gute Art. Ich hielt einen Moment inne, um mich anzupassen, um mich an seine Größe und Dicke zu gewöhnen, bevor ich meinen Unterleib anhob und mich dann wieder auf ihn zurücksinken ließ.

Mit dieser Position hatte ich nicht viel Erfahrung, aber es gefiel mir, dass ich sein Gesicht sehen konnte und seine Augen, die Aufgewühltheit und Wollust widerspiegelten.

Carter Lawson war ein schöner Mann, besonders wenn er so erregt war wie jetzt. Und ich verschlang ihn mit meinen Blicken.

»Sag mir, was dir gefällt«, forderte ich ihn zögerlich auf.

Ich wollte Carter die gleiche leidenschaftliche Hitze schenken, die er in mir ausgelöst hatte. Ich wollte sehen, wie er sich seiner Lust hingab.

Seine Finger gruben sich in meine Hüften, um mich zu führen. »Genau das, Brynn. Ich brauche nur dich.«

Ich schmolz dahin, denn ich erkannte, dass ich Carter verwundbar machte, so wehrlos, wie ich es gerade war.

Er gab einen schnellen und wilden Rhythmus vor und ich passte mich dem Ritt an. Jedes Mal wenn ich auf ihn hinabsank und Carter vollkommen in mich aufnahm, verschlang er mich.

Es dauerte nicht lange und ich spürte, wie sich mein Orgasmus aufbaute. Diesmal begrüßte ich ihn freudig.

Ich war bereit, in tausend winzige Stücke zu zerspringen, denn ich wusste, Carter würde mich wieder zusammensetzen.

»Fuck! Brynn!«, stöhnte Carter, als er in mich hineinstieß.

»Carter, ich glaube, ich sterbe«, schrie ich, als mein Höhepunkt über mich hinweg rollte. Die Lust kam in Wogen, auf denen ich zusammen mit dem Mann ritt, den ich beobachtete, als er seine Erlösung fand.

Ich brach auf ihm zusammen und er hielt mich fest, unsere Körper schweißgebadet.

Carter hatte gerade meine Welt auf den Kopf gestellt und ich wusste instinktiv, dass nichts mehr so sein würde wie vorher.

Alle Gefühle brachen mit Gewalt an die Oberfläche und ich verspürte den lächerlichen Impuls zu weinen, obwohl ich unglaublich glücklich war.

»Ich sehe, du hast überlebt«, bemerkte Carter mit heiserer Stimme an meinem Ohr.

»So gerade eben«, erwiderte ich, unfähig, auch nur einen Muskel zu bewegen, mein Atem immer noch leicht abgehackt. »Ich kann mich noch nicht einmal mehr bewegen.«

Ich wusste, mein Körper würde am nächsten Morgen schreien, aber dieses Erlebnis war alle Schmerzen wert.

»Ich würde mich glücklich schätzen, versuchen zu dürfen, dich wiederzubeleben«, wandte er hoffnungsvoll ein.

Ich konnte spüren, dass sein Schwanz unter meinem Geschlecht schon wieder hart wurde. »Oh nein. Das werde ich heute Abend nicht noch einmal tun. Du hast ein Wrack aus mir gemacht.«

Er schmunzelte und strich mir die Haare aus den Augen.

Ich hatte keine Ahnung, wie Carter so schnell sein Verlangen und seine Kraft wiedererlangen konnte, mein Körper hatte sich jedenfalls vollkommen verausgabt.

»Ich bin mir ziemlich sicher, dass wir stinken«, fügte ich hinzu.

»Du riechst nach mir und nach Sex«, stellte er fest und schien vollkommen zufrieden mit dieser Duftnote.

Wimmernd rollte ich von ihm hinunter.

»Tut dir etwas weh?«

Ich drehte den Kopf und lächelte ihn schwach an. »Ja, aber auf gute Art.«

Er sprang mit einer Energie aus dem Bett, die ich nicht mehr aufgebracht hätte, und nahm mich auf seine Arme. »Eine warme Dusche sollte helfen.«

Nachdem er die Dusche, die mehr Düsen hatte, als ich zählen konnte, angestellt hatte, zog er mich hinein. Ich stöhnte vor Vergnügen.

»Das fühlt sich wunderbar an«, erklärte ich und merkte, wie ich begann, meine Energie zurückzuerlangen.

Die Düsen schienen jeden einzelnen Muskel gesunden zu lassen.

Carter nahm etwas Duschgel, schäumte meinen Körper ein und spülte den Schaum wieder ab, bevor er nach dem Shampoo griff.

Ehrlich, ich hatte nicht gewusst, wie angenehm es sein konnte, mir von einem Mann die Haare waschen zu lassen. Aber vielleicht war das auch nicht immer so. Ich war mir ziemlich sicher, dass es an der beruhigenden Art und Weise lag, mit der Carter meine Kopfhaut massierte, während er meine Haare wusch.

Ich fühlte mich wie neugeboren, als mein Haar gewaschen und ausgespült war.

Ich nahm das Duschgel, spritzte eine angemessene Menge in meine Hände und stellte die Flasche wieder ins Regal. »Ich bin an der Reihe. Ich fühle mich wieder recht munter.«

Ich hatte das Gefühl, ein Leben lang darauf gewartet zu haben, ihn auf diese Weise zu berühren, und ich wollte mir die Chance auf keinen Fall entgehen lassen.

Ich liebkoste seine Brust, ließ meine Finger über jeden einzelnen Muskel wandern und wandte mich dann seinen wohlgeformten Bauchmuskeln zu. Ich konnte der Verlockung nicht widerstehen, meine Hand um seinen erigierten Schwanz zu legen.

»Tu das nicht, Brynn«, warnte er mich.

»Ich will dich doch nur anfassen«, bettelte ich.

»Du bekommst vielleicht mehr, als du verkraften kannst«, antwortete er ärgerlich.

»Ich glaube, ich kann damit umgehen«, murmelte ich, während ich mit meinen Fingern an seinem stahlharten Schaft hinunterfuhr. »Dreh dich herum!«, befahl ich.

Ich seifte seinen Rücken ein und dann seinen steinharten Hintern.

»Ich denke, du hast das heißeste Hinterteil, das ich jemals gesehen habe«, bemerkte ich.

»Nein, das stimmt nicht«, schoss er zurück. »Diese Ehre gebührt eindeutig dir, Liebes.«

Er stellte sich unter den Hauptstrahl, um sich den Schaum abzuspülen.

»Dann bist du also ein Pobacken-Fetischist?«, erkundigte ich mich lachend.

»Ich stehe auf *jeden* Teil deines Körpers«, erwiderte er in dem total lasterhaften Tonfall, den ich so liebte.

Der Mann war charmant und ich war mir ziemlich sicher, dass ihm das angeboren war.

Schließlich stiegen wir aus der Dusche und Carter trocknete mich sorgfältig ab, bevor er sich selbst trocken rieb.

»Möchtest du mich nach Michigan begleiten?« Die Frage klang unbeholfener, als ich es beabsichtigt hatte.

Er warf das Handtuch in den Wäschekorb und drehe sich zu mir herum. »Das hatte ich bereits geplant. Ich dachte, wir könnten von hier aus starten. Außer du willst mich wirklich nicht dabeihaben.«

»Doch, ich hätte dich gern dabei. Ich war mir nur nicht sicher, ob du dich jetzt schon mit dieser ganzen Sache ›die Mutter kennenlernen‹ befassen willst. Wir wissen doch noch überhaupt nicht, wohin unsere Beziehung führen wird. Ich dachte, du würdest vielleicht noch etwas warten wollen –«

»Nein«, unterbrach er mich in bestimmtem Tonfall. »Brynn, ich möchte deine Mutter gern kennenlernen. Sie und deine Tante sind immerhin die einzige wirkliche Familie, die du hast.«

»Sie wird dir keine Ruhe lassen und ständig über Enkelkinder reden«, warnte ich ihn.

»Dann werde ich ihr erklären, dass wir noch nicht so weit sind.«

»Sie ist eigensinnig und ziemlich direkt«, fügte ich hinzu.

Er grinste. »Dann weiß ich wenigstens, von wem du diese Charakterzüge geerbt hast.«

»Klugscheißer«, schimpfte ich leichten Herzens.

Ich wollte, dass Carter mich begleitete, hatte jedoch befürchtet, es wäre viel zu früh für ihn, in meine Familie hineingezogen zu werden.

»Wenn du glaubst, ich sei schlimm, dann warte, bis du meine Brüder kennenlernst«, sagte er in betont genervtem Tonfall. »Du wirst meine Familie in Kürze treffen und das sind viel mehr Menschen als die, denen ich in Michigan begegnen werde.«

»Ich kann es kaum erwarten, sie alle kennenzulernen«, erklärte ich ernsthaft.

Es erschreckte mich etwas, dass es noch mehr Lawson-Brüder gab, zwei Schwestern und Harpers Kinder.

Und all seine Geschwister waren erfolgreich, was auch immer sie sich ausgesucht hatten, mit ihrem Leben anzufangen.

Seine Eltern mussten großartige Gene gehabt haben.

»Bettzeit«, stellte er mit rauer Stimme fest, nahm meine Hand und zog mich zum Bett zurück.

»Dort waren wir doch schon einmal.«

Er zog mich mit sich auf das zerknautschte Bettlaken hinunter. »Diesmal schlafen wir.«

Wir machten es uns bequem und ich zog die Bettdecke über uns zurecht. »Bist du sicher?«

Er langte über mich hinweg und schaltete das Licht aus. »Gewiss. So sehr es mir auch gefallen würde, dich meinen Namen schreien zu hören, wenn du kommst, möchte ich doch gern, dass du morgen fit genug bist, um herumzulaufen.«

Mein Geist schrie protestierend auf, doch ich wusste, er hatte recht. Ich wollte jeden Moment genießen, den Carter und ich zusammen verbrachten.

Er hatte vor, mich am nächsten Morgen in die nächstgelegene Stadt mitzunehmen, und es hätte mich geärgert, sie nicht mit ihm erkunden zu können.

Er schlang seine Arme um mich und zog mich an seine Seite.

Seufzend bettete ich meinen Kopf auf seine Brust.

Er stellte meine Bedürfnisse über seine eigenen und an diesem Punkt verliebte ich mich total, vollkommen und Hals über Kopf in Carter Lawson.

Das hätte mich wahrscheinlich ängstigen sollen, aber das war nicht der Fall. Vielleicht hatte ich mich daran gewöhnt, jemandem zu vertrauen, und meine Ängste verfolgten mich nicht mehr. Oder vielleicht hatte ich mich … verändert. Dass Carter mich so akzeptierte, wie ich war, hatte die schwarze Wolke vertrieben, die über meinem Kopf geschwebt hatte. Außerdem hatte er dabei geholfen, mich zu überzeugen, dass ich in Ordnung war, trotz meines mörderischen Vaters und allen anderen Schwächen.

»Danke«, murmelte ich an seiner nackten Schulter.

»Wofür?« Er klang verwirrt.

»Für diese Reise. Dafür, dass du meine Bedürfnisse über deine stellst. Dafür, dass du dir Sorgen um mich machst. Dafür, dass es dir wichtig ist, dass ich glücklich bin. Und dafür, dass du mich akzeptierst, wie ich bin, egal was ich tue. Soll ich weitermachen?«

»Du musst dich nicht bei mir dafür bedanken, dass du mir wichtig bist, Brynn«, erwiderte er.

»Vielleicht nicht, aber ich möchte, dass du weißt, wie viel mir das bedeutet. Und ich möchte, dass du weißt, dass ich das Gleiche für dich empfinde.«

Er küsste mich. Sein Kuss war voller Versprechen und gleichzeitig voller Zärtlichkeit.

Nur Augenblicke später war ich eingeschlafen.

Kapitel 20

Brynn

»Wie verläuft denn der Besuch bei deiner Mutter?«, erkundigte sich Laura. Wir befanden uns mitten in einem Video Chat.

Wir hatten ungefähr dreißig Minuten gebraucht, um ihre Kleiderkollektion und meine Entwürfe für die Taschen zu besprechen.

Und jetzt kamen wir endlich dazu, über persönliche Sachen zu reden.

Carter und ich waren beinahe eine Woche in den Bergen geblieben und hatten in fast jedem Raum der »Hütte« Sex gehabt. Jetzt waren wir in Michigan und besuchten meine Mutter.

»Gut. Aber sie hat bereits jede peinliche Frage gestellt, die ich mir vorstellen kann, und mehr.«

Carter hatte es bereits geschafft, die Gunst meiner Mutter zu erwerben, daher machte ich mir keine Gedanken darüber, dass die beiden zusammen ins Einkaufszentrum gefahren waren.

Ich war zu Hause geblieben, um mit Laura zu reden.

»Er ist jetzt dein fester Freund, oder? Du weißt doch, dass sie ihn ohne Ende nerven wird«, sagte Laura neckend. »Mag sie ihn?«

»Nur allzu sehr«, erwiderte ich seufzend.

Ehrlich, ich hatte erleichtert festgestellt, dass Carter meine Mutter mit seinem Charme bezaubern konnte. Allerdings wusste ich, dass sie im Kopf bereits ihre Enkelkinder plante und sich fragte, wie sie wohl aussehen würden.

Meine Tante Marlene, die mit ihnen gefahren war, schien Carter ebenso sehr anzubeten.

»Außerdem bin ich mir nicht sicher, ob er jetzt wirklich mein fester Freund ist«, fügte ich hinzu.

»Immerhin schlaft ihr zusammen«, gab sie zu bedenken.

Ich hatte ihr diese Tatsache nicht erst verraten müssen. Als ich mich mit Carter in der Berghütte verkrochen hatte, hatte sie ihre eigenen Schlussfolgerungen gezogen.

Ich nickte. »Aber du und ich, wir wissen beide, dass dieser Umstand aus einem Liebhaber noch keinen festen Freund macht.«

Ihre Augen weiteten sich. »Komm schon, Brynn. *Ich* bin es, mit der du redest. Mit keinem anderen Mann hast du dich je so aufgeführt. Ich merke doch, dass du verrückt nach ihm bist. Und ich weiß, dass er für dich das Gleiche empfindet. Ich denke, es war ihm lange vor dir bewusst. Das habe ich gemerkt, als ich ihm in deiner Wohnung begegnet bin.«

Ich zuckte mit den Schultern. »Wir haben nicht wirklich von einer gemeinsamen Zukunft gesprochen, Laura. Wir sind beide sehr beschäftigt.«

»Das kommt schon noch, wenn du bereit dazu bist. Weiß er über deinen Vater Bescheid?«, fragte sie leiser nach.

»Ja. Und er hat sich großartig verhalten. Es spielt für ihn keine Rolle, Laura.«

Sie verdrehte die Augen. »Puh. Natürlich nicht. Es hat mit dir nichts zu tun.«

»Ich denke, langsam beginne ich selbst, daran zu glauben«, gab ich zu.

»Es ist ganz in Ordnung, es langsam angehen zu lassen, wenn du es so willst, aber glaub nur nicht, dass er keine Zukunft mit dir haben will.«

»Ich liebe ihn«, platzte ich heraus, denn Laura war der einzige
Mensch, dem ich diese Information anvertrauen wollte.

Sie lächelte. »Ich weiß. Ich merke es. Es wird alles gut, Brynn. Ich
weiß, du wartest immer darauf, dass etwas schiefgeht, aber diesmal
wird nichts dergleichen geschehen. Ich kann es spüren.«

Ich erwiderte ihr Lächeln. »Ich weiß nicht, wie es passieren konnte.
Wir könnten wirklich nicht unterschiedlicher sein.«

»Nur oberflächlich gesehen«, stellte sie fest. »Und ganz ehrlich,
es ist nicht ganz so ungewöhnlich für ein Model mit deinem
Bekanntheitsgrad, mit einem reichen Mann verheiratet zu sein.«

»Das Komische ist, unser Geld war nie wirklich Gesprächsthema«,
sagte ich. »Ich liebe an Carter den Mann, der er ist, nicht den
Milliardär.«

Ich hörte, dass sich Stimmen näherten.

»Sie sind zurück«, warnte ich Laura.

»Dann machen wir Schluss«, bot sie an.

»Du solltest besser meiner Mutter noch Hallo sagen. Sie redet
ständig darüber, wie lange es her ist, dass sie dich gesehen hat.«

Laura war früher oft mit mir über die Feiertage nach Hause
gekommen. Daher kannte sie meine Mutter gut und sie hatte sie gern.

»Sprichst du immer noch mit Laura?«, erkundigte sich meine
Mutter, als sie durch die Vordertür hereinkam.

Ich saß auf der Couch und drehte jetzt den Bildschirm in Richtung
meiner Mutter.

»Oh, hallo Liebes«, rief meine Mutter begeistert und winkte
Laura zu. Dann kam sie näher. »Ich habe letztes Jahr die Fotos von
dir im Badeanzug in einer Frauenzeitschrift gesehen. Du sahst
wunderschön aus.«

Meine Mutter vertiefte sich in die Unterhaltung mit Laura,
während ich automatisch dem Mann entgegensah, der hinter meiner
Mutter auftauchte und dem ich meine ganze Aufmerksamkeit
schenkte.

Er kam an die Seite meiner Mutter und beugte sich zu mir
herunter, um mich zärtlich zu küssen. »Ich habe dich vermisst«,

flüsterte er heiser in mein Ohr, nachdem er sich von meinen Lippen gelöst hatte.

Mein Herz begann zu hüpfen. Ich hatte ihn auch vermisst.

»Laura, dies hier ist Carter. Hast du ihn bereits kennengelernt?«, fragte meine Mutter und zog meinen Mann neben sich.

»Ja. Nett, dich hier wiederzusehen, Carter«, sagte Laura mit freundlicher, lebhafter Stimme.

»Das Vergnügen ist ganz meinerseits, Laura«, sagte er galant. »Wie läuft das Geschäft?«

»Wirklich gut«, erzählte sie. »Danke, dass du dich mit meiner Marketingmanagerin getroffen und ihr geholfen hast, einen Plan zu entwerfen.«

Carter tat inzwischen so viel er konnte, um das Marketing für Lauras Kleiderkollektion ans Laufen zu bringen. Er versuchte ebenfalls, sie zu überreden, ihm zu gestatten, in ihr Geschäft zu investieren, denn er wollte das Unternehmen in einem Maße vergrößern, das Laura und ich uns nicht hätten leisten können.

»Mein Bruder Jett gibt in ein paar Wochen seine Verlobungsparty. Würdest du gern kommen?«, fragte er Laura.

»Ja gern«, erwiderte sie. »Brynn kann mich dann näher informieren.«

Schließlich drehte ich den Bildschirm wieder zu mir herum und Laura und ich beendeten unser Gespräch, nachdem wir uns versprochen hatten, uns zu treffen, sobald ich wieder zu Hause wäre.

Ich klappte den Deckel von meinem Laptop herunter, als Carter sich neben mich auf die Couch setzte und meine Mutter aufstand, um ihre Einkäufe wegzuräumen.

»Warum hast du Laura zu Jetts Verlobungsparty eingeladen?«, fragte ich neugierig. »Ich dachte, die Familie wäre unter sich.«

»Familie und eine Menge anderer Gäste«, erklärte er grinsend. »Die Gästeliste wird immer länger. Falls Jett nicht aufhört, immer mehr Leute einzuladen, wird er bald zu wenig Platz in seinem Penthouse haben.«

»Vielleicht wird er sauer sein, dass du jemanden eingeladen hast, den er nicht kennt«, wandte ich ein.

»Nein«, erwiderte er. »Und Laura gehört praktisch zu deiner Familie. Doch das ist nicht der einzige Grund, warum ich sie eingeladen habe. Ich mag sie und ich glaube, meinem älteren Bruder geht es genauso.«

»Mason?«, erkundigte ich mich überrascht. »Er kennt sie doch überhaupt nicht.«

»Er hat sie auf der Wohltätigkeitsveranstaltung gesehen«, informierte er mich grinsend. »Es ist das erste Mal, dass ich erlebt habe, dass Mason sich für etwas anderes als unser Geschäft interessiert, geschweige denn für eine Frau. Ich glaube langsam, dass er niemals Sex hat.«

Ich verschränkte die Arme und versuchte, ihm einen mahnenden Blick zuzuwerfen. »Willst du die beiden etwa verkuppeln?«

»Das ist normalerweise nicht mein Stil, aber ja, in diesem Fall will ich das.«

Ich lachte. »Dann muss ich dir wohl erzählen, dass Laura ihn auch heiß fand. Aber ich bin mir nicht sicher, ob Mason ihr Typ ist.«

Mit einem verschmitzten Ausdruck auf seinem Gesicht stellte er knapp fest: »Sie ist *sein* Typ.«

»Aber du hast behauptet, seine ganze Leidenschaft gehörte Lawson Technologies.«

Er warf mir einen hitzigen Blick zu. »Ich denke, wir wissen doch beide, dass man leicht von der Arbeit abgelenkt werden kann, wenn man dem richtigen Menschen begegnet. Mason ist ein guter Mann. Er war während unserer Kindheit tatsächlich der netteste von uns Geschwistern. Er hat keine Mühe gescheut, jemandem zu helfen, der in Not war. Ich weiß, dass dieser Junge noch irgendwo in ihm steckt.«

Ich schluckte heftig, denn Carters Tonfall verriet mir, dass er sich danach sehnte, seinen älteren Bruder wiederzufinden, der irgendwie verloren gegangen war und sich so sehr in seine Arbeit verstrickt hatte, dass er an nichts anderes mehr dachte.

»Wir unterstellen bereits, dass es zwischen den beiden funken wird«, stellte ich fest.

»Ich weiß, dass das geschehen wird«, erwiderte er selbstsicher.

»Dann bin ich froh, dass du sie eingeladen hast.«

Ich hätte auf keinen Fall verraten, dass Laura sich gerade informierte, wie man an eine Samenspende kam. Das war zu persönlich. Meine beste Freundin verdiente alles.

Einen liebenden Ehemann.

Ihr florierendes Geschäft.

Und das Kind, das sie sich so verzweifelt wünschte.

Ich traute ihr zwar ohne Weiteres zu, ihren Weg allein zu gehen, denn ich hielt sie für vollkommen fähig, ein Kind allein großzuziehen, aber ich wünschte ihr … mehr.

Ich ergriff einen Zipfel von Carters Polohemd und zog ihn zu mir heran. »Du bist ein guter Mann, Carter Lawson.«

Welcher Milliardär würde schon den Kuppler spielen, nur aufgrund der Möglichkeit, seinen älteren Bruder vielleicht glücklich machen zu können?

Er schlang seine Arme um mich. »Das findest du also immer noch«, erwiderte er heiser, sein Atem warm auf meinen Lippen.

»Glaub es mir«, murmelte ich und zog seinen Mund auf meinen.

Carter war zwar nicht perfekt, aber er verkörperte alles, was ich mir jemals gewünscht hatte. Ich hatte es nur nicht sofort erkannt.

Er machte mich glücklicher, als ich es mir jemals erträumt hatte.

Warum also gab es in meiner Seele immer noch eine winzige Stelle, die sich davor ängstigte?

Kapitel 21

Brynn

»Ich werde von dir vollkommen verwöhnt«, sagte ich zu Carter, als sein Privatflugzeug vom Boden abhob, um uns nach Seattle zurückzubringen. »Es ist so angenehm, auf diese Art zu reisen.«

Ich liebte meine Mutter und hatte es genossen, Zeit mit ihr und meiner Tante Marlene zu verbringen, aber jetzt war ich begierig darauf, Carter wieder für mich allein zu haben.

Da meine Mutter bei unserer Ankunft nicht genau gewusst hatte, welche Art Beziehung zwischen Carter und mir bestand, hatte sie uns getrennte Schlafzimmer gegeben, und der Gedanke, sie wissen zu lassen, dass Carter und ich Sex hatten, hatte mich so verunsichert, dass wir es einfach dabei belassen und leidend ausgehalten hatten.

»Ich nehme an, dann ist es verdammt gut, dass dir der Mann gehört, dem der Jet gehört«, neckte er mich mit heiserer Stimme. »Ich sehe es wirklich viel lieber, wenn du auf diese Art reist. Das ist viel sicherer, als dauernd irgendwo umzusteigen.«

Was sagte er da? »Carter, ich werde nicht jedes Mal dein Flugzeug benutzen, wenn ich irgendwohin reisen muss.«

»Doch, das wirst du«, gab er selbstsicher zurück. »Ich muss dich nur noch davon überzeugen.«

Ich lächelte. »Du bist dir aber bewusst, dass ich über zehn Jahre lang allein quer durch die Weltgeschichte gereist bin, und bis jetzt ist mir noch niemals etwas zugestoßen.«

Ich war sehr gut im Reisen geworden, denn ich hatte stets alles gut organisiert, um mir die Kurztrips so angenehm wie möglich zu gestalten.

»Dann hast du Glück gehabt«, knurrte er. »Aber immerhin bist du Dieben zum Opfer gefallen.«

»Was sich bei jemandem, der so viel reist wie ich, nicht vermeiden lässt.« Während des Aufbaus meiner Karriere hatte ich jeden Job angenommen, den ich hatte ergattern können, und war über die Jahre mehr unterwegs als zu Hause gewesen.

»Das wird sich jetzt ändern«, sagte er bestimmt.

Ich öffnete den Mund, um etwas zu erwidern, doch als er unsere Finger auf der Armlehne miteinander verschlang, schloss ich ihn wieder.

Über sichereres Reisen konnten wir sprechen, wenn wir tatsächlich entscheiden würden, was wir einander bedeuteten und ob wir auf lange Sicht zusammenbleiben würden.

Man konnte es nicht gerade als Kompromiss bezeichnen, in einem Privatflugzeug zu reisen.

Ich seufzte und lehnte meinen Kopf an die gepolsterte, butterweiche Kopfstütze meines Sitzes.

»Eigentlich mag ich Mick«, gab ich zu. »Und du?«

»Ja, ich mag ihn auch. Er scheint ein ziemlich guter Kerl zu sein und die Überprüfung seines Hintergrundes hat absolut nichts ergeben.«

Ich wandte ihm entgeistert den Kopf zu. »Du hast ihn tatsächlich überprüft?«

»Natürlich. Du würdest dich doch nicht entspannen, bis du weißt, dass er keinerlei schändliche Absichten hegt. Aber ich habe ihn darüber informiert.«

Mein Mund klappte auf. »Was hat er dazu gesagt?«

»Er ist eigentlich recht locker damit umgegangen. Er hat verstanden, dass es für dich schwierig ist, und hat genügend Mut, sich dem zu stellen. Der Mann hat nichts zu verbergen, Brynn. Er hat sich schon in jungen Jahren ein eigenes Geschäft aufgebaut und er war erfolgreich. Finanziell gesehen ist er mehr als abgesichert und ich glaube, dass er deine Mutter wirklich liebt.«

»Was hast du noch herausgefunden?«, fragte ich atemlos.

Es mag vielleicht anmaßend gewesen sein, dass Carter Micks Hintergrund überprüft hatte, aber ich musste zugeben, dass alle Zweifel, die ich noch bezüglich einer Hochzeit zwischen ihm und meiner Mutter gehegt hatte, sich jetzt zerstreuten.

»Über die Jahre hat er eine Menge Geld für wohltätige Zwecke gespendet. Er hat für die Benachteiligten, die kein eigenes Einkommen haben, Unterkünfte gebaut und kann deiner Mutter ein großartiges Leben bieten. Obwohl du ihr das bis jetzt ja auch ermöglicht hast.«

»Gott sei Dank.« Ich seufzte erleichtert. »Er schien wirklich nett zu sein und meine Mutter zu lieben, aber manchmal –«

»Es ist vorbei, Brynn«, unterbrach er mich. »Die Vergangenheit liegt hinter dir und deine Mutter hat sie definitiv bewältigt. Mick wird ihr nicht wehtun. Er will sich zur Ruhe setzen und mit ihr reisen. Er will sie einfach nur glücklich machen.«

Ich hatte nicht gewusst, wie viele Zweifel ich immer noch in mir barg, obwohl Mick wirklich nett gewesen war. »Ich bin froh, dass er nicht böse geworden ist. Ich bin mir nicht sicher, wie ich mich fühlen würde, wenn jemand zuerst meinen Hintergrund überprüfen müsste, um mir seine Sympathie zu gewähren.«

»Der Mann hat nichts zu verbergen. Deshalb hat es ihm nichts ausgemacht. Ich denke, er wollte einfach nur, dass du ihrer Beziehung positiv gegenüberstehst.«

»Das tue ich«, versicherte ich mit bebender Stimme. »Ich hatte lediglich Angst. Es hatte nichts mit ihm persönlich zu tun.«

»Das weiß er«, beruhigte mich Carter. »Und er konnte sich denken, dass du nicht loslassen kannst, bis du alles über ihn weißt.«

»Warum weißt du immer genau, was ich brauche, bevor ich es selbst weiß?« Nicht in einer Million Jahren wäre mir eingefallen, den Hintergrund des Verlobten meiner Mutter zu überprüfen. Aber jetzt, da Carter dies getan hatte, war ich erleichtert.

»Vielleicht weil es jetzt mein oberstes Ziel in meinem Leben ist, dich glücklich zu machen«, sagte er leichthin.

Ich schaute in seine Augen und konnte nichts als Wahrheit darin erkennen, obwohl seine Stimme leicht neckend klang. »Du machst mich glücklich«, flüsterte ich, denn es fiel mir schwer, die Worte auszusprechen.

Und ich wollte ihn auch glücklich machen. Es gab nichts, das ich mehr liebte, als Carter in Ekstase zu erleben.

Ich löste meinen Sicherheitsgurt, da wir uns mittlerweile auf Flughöhe befanden, und stand auf. Dann löste ich auch seinen Gurt, wobei ich absichtlich mehrmals über seinen Schwanz strich.

»Kommst du mit mir ins Schlafzimmer?«, lockte ich ihn.

Carter sprang so schnell von seinem Sitz, dass sein muskulöser Körper beinahe nur noch als verschwommener Fleck erkennbar war. Er übernahm die Führung und zog mich hinter sich her zum Schlafzimmer im Heck des Flugzeugs.

Die Tür schloss sich geräuschvoll hinter uns, als er ihr einen Stoß gab.

»Mein Gott, Brynn! Du hast mir so sehr gefehlt in meinem Bett«, knurrte er, während er mich grob in die Arme schloss und mich küsste.

Wir tauschten einen leidenschaftlichen Kuss aus, als ob wir für Jahre und nicht nur für eine Woche getrennt gewesen wären.

Ich sehnte mich nach ihm, aber ich würde meinem Verlangen jetzt noch nicht nachgeben. Ich wollte sehen, wie Carter die Beherrschung verlor, und würde nicht zufriedengestellt sein, bevor ich das nicht geschafft hätte.

Als wir uns schließlich voneinander lösten, erklärte ich ihm bestimmt: »Diesmal übernehme ich die Kontrolle.«

Er warf mir einen hungrigen Blick zu, widersprach aber nicht.

Ich zog ihm das Polohemd über den Kopf und warf es beiseite. Dann wendete ich mich seiner Jeans zu.

»Du hast also vor, dich mit mir zu vergnügen?«, fragte er mich in neckendem, aber unwirschem Tonfall.

»Ja, das habe ich vor. Hast du ein Problem damit?«, erkundigte ich mich.

Langsam schüttelte er den Kopf. »Ich gehöre ganz dir, mein Schatz.«

Mein Herz hüpfte. Ich wollte, dass Carter mir gehörte. Es erfüllte mich immer noch mit Ehrfurcht, dass dieser energiegeladene, starke, hinreißende Mann mit mir zusammen war und mich gernhatte.

Und ohne Skrupel freien Zugang zu ihm zu haben war wahnsinnig berauschend.

Ich ließ mich auf die Knie nieder und zog Jeans und Boxershorts an seinen Beinen hinunter. Er streifte sie von seinen Füßen und dann landeten wir taumelnd auf dem großen Doppelbett.

Ich hielt Carter fest, der auf dem Rücken lag, und befahl ihm: »Beweg dich nicht!«

»Glaubst du wirklich, ich würde jetzt irgendwo anders sein wollen als genau an dieser Stelle?«, fragte er barsch.

Carter war ein Alpha-Mann und hatte gern die Kontrolle. Aber jetzt sollte er einmal seine Grenzen austesten.

Ich starrte auf seinen heißen, nackten, ganz und gar männlichen Körper hinunter und schmolz dahin. »Du bist der heißeste Mann, den ich je gesehen habe«, stieß ich ehrfurchtsvoll hervor. Dann legte ich meine Lippen auf seine Brust.

Ich hatte schon lange auf die Möglichkeit gewartet, Carter auf die gleiche Art zu erkunden, wie er es mit mir getan hatte, aber immer, wenn wir zusammenkamen, geriet ich viel zu schnell in Erregung, um noch auf diese Art aktiv werden zu können.

Ich spürte, wie sich sein Körper anspannte. »Entspanne dich«, sagte ich beruhigend.

»Ich kann nicht«, gab er zurück. »Du bringst mich um, Brynn.«

Ich schlang meine Hand um seinen steinharten Schwanz. »Vielleicht wird das helfen.«

Ich verlor mich vollkommen darin, die seidige Haut zu berühren, die seinen Schaft bedeckte, und fing den Sehnsuchtstropfen auf, der feucht an der Spitze des samtigen Kopfes glitzerte.

Dann öffnete ich die Augen und blickte ihn an. »Ich will mehr.«

»Fuck! Brynn. Ich halte es nicht mehr aus«, explodierte er.

»Diesmal hältst du mich nicht auf«, wandte ich ein und rutschte an ihm hinunter, damit ich ihn schmecken konnte.

Carter hatte mich stets davon abgehalten, ihn zu befriedigen. Ich wusste, der Grund war, er wollte nicht, dass ich unbefriedigt blieb. Er verstand allerdings nicht, dass es mich vollkommen befriedigte, wenn er nur zulassen würde, sich von mir zum Höhepunkt bringen zu lassen.

Schon die erste Kostprobe schickte mich in den siebten Himmel, als ich so viel wie möglich von seinem Schaft in meinen Mund aufnahm. Ich stöhnte, so gut schmeckte er.

Er ächzte unzusammenhängende Worte und ich wandte mich ernsthaft meiner Aufgabe zu, ihm so viel Lust wie möglich zu bereiten.

Bei jedem gequälten Stöhnen, das er von sich gab, wurde meine Muschi mit Feuchtigkeit überflutet. Die Geräusche, die er ausstieß, klangen wie Musik in meinen Ohren, als ich immer fester saugte und mich immer und immer wieder mit meinem Mund auf ihn hinabsenkte.

»Genug!«, forderte er.

Ich löste mich gerade so lange von ihm, um ihm widersprechen zu können: »Keine Chance, du großer Junge.«

Ich schrie schrill auf, als er sich so weit aufrichtete, dass er mich hochheben und herumdrehen und meinen Unterleib in die Nähe seines Mundes ziehen konnte.

Ich erbebte, als ich seinen heißen Atem auf meinem zitternden, glitschigen Fleisch spürte, und stöhnte auf, als er meinen Hintern umfasste und mein Geschlecht auf sein Gesicht hinunterzog.

Die Lust war so intensiv und Carters Mund so hungrig, dass ich meinen Kopf senkte und ihn mit der gleichen gierigen Ekstase bearbeitete.

Die Position war mir nicht vertraut, aber ich war so in Sinneseindrücken verloren, dass das keine Rolle spielte.

Die Spirale in meinem Bauch entfaltete sich, als mich der Orgasmus traf, und mein Körper bebte, denn Carter gab mir endlich, endlich die Möglichkeit, wirklich zu erfahren, wie es schmeckte, wenn ich ihn zum Kommen brachte.

Ich schluckte jeden einzelnen Tropfen und bebte am ganzen Körper, als ich versuchte, ihn mit meiner Zunge sauber zu lecken.

Doch bevor ich fertig war, hob er mich hoch und zog mich neben sich. Sofort stieß er auf mich hinab, um mich zu küssen, und ich hatte das Gefühl, beinahe in dem Aroma unserer miteinander vermischten Säfte zu ertrinken, denn der leidenschaftliche Kuss nahm kein Ende.

Als er schließlich meine Lippen freigab, keuchte ich heftig und vergrub mein Gesicht an seinem Hals.

Mein Körper summte, während ich Atem schöpfte.

Carter liebkoste mein Gesicht. »Du kannst dich jederzeit mit mir vergnügen, wann immer du willst.«

Mein Herz fühlte sich so leicht an, dass ich hell auflachte. Dann knabberte ich spielerisch an seinem Hals.

Gott, ich liebte diesen Mann so sehr, dass ich das Gefühl hatte, mein Herz würde gleich explodieren.

Mein ganzes Sein fühlte sich lebendig an, ein Gefühl, das ich vor Carter so noch nicht erlebt hatte.

Ich hatte existiert.

Ich hatte mich selbst so glücklich wie möglich gemacht.

Ich war zufrieden gewesen.

Doch er hatte einen Teil von mir zum Leben erweckt, von dessen Vorhandensein ich noch nicht einmal gewusst hatte.

Und mir war bewusst, dass ich diesen Teil von mir niemals mehr im Verborgenen schlummern lassen wollte.

Kapitel 22

Brynn

» D anke, dass ich mir das ansehen durfte. Ich habe den Rummel in den sozialen Medien mitbekommen und ich wusste sofort, dass wir uns treffen mussten.«

Ich blickte die ältere Frau an, die mir gegenübersaß, und blinzelte. Nicht in meinen wildesten Träumen hätte ich mir vorstellen können, dass die Prototypen meiner Taschen einen solchen Wirbel hervorrufen würden.

Nachdem Carter und ich von dem Besuch bei meiner Mutter zurückgekehrt waren, hatte ich meine Energie darangesetzt, von den Taschen, die ich entworfen hatte, Muster produzieren zu lassen, sodass ich sie ausprobieren konnte, wenn ich zu meinen nächsten Auftragsterminen reisen musste.

Ich hatte nicht damit gerechnet, dass mir die Marke mit dem größten Namen im Bereich Designertaschen anbieten würde, sie mir abzukaufen.

Schließlich hatte ich mich mit einer Vertreterin der Firma in einem Café in der Nähe meiner Wohnung zu einem Treffen verabredet. Sie war extra zu mir gekommen, um mit mir zu reden.

»Ich bin mir nicht sicher, ob ich verkaufen möchte, Miss Waverly«, sagte ich wahrheitsgemäß. »Diese Kollektion bedeutet mir viel. Es war mir wichtig, dass alle Taschen gleichzeitig sowohl stilvoll als auch praktisch sind.«

»Gewiss«, bestätigte sie und nickte. »Und bitte, nennen Sie mich doch Alicia.«

»Bis jetzt sind es nur Muster, Alicia.«

»Ich möchte diese Kollektion unbedingt haben, Brynn. Als ich sie sah, verstand ich plötzlich, warum jeder eine haben will. Ich bin auch viel unterwegs«, erklärte sie lächelnd. »Ich war ebenso frustriert wie Sie über die erhältlichen Reisetaschen. Wir könnten einen Weg finden, der Kollektion Ihren Namen zu geben. Und wir könnten festlegen, dass Sie bei jeder neuen Produktion Ihre Zustimmung geben müssen.«

Falls ich jemals eine neue Handtaschenkollektion entwerfen würde, hätte ich gern die Unterstützung von genau dieser Firma gehabt.

Das Unternehmen besaß einen äußerst beliebten Luxusmarkennamen, war jedoch nicht zu teuer, um die Zielgruppe einzugrenzen. Fast jede Frau, die eine kaufen wollte, konnte es sich leisten.

»Ich würde gern darüber nachdenken«, erklärte ich ernst. »Wenn ich einen Partner haben möchte, dann wäre es Ihr Unternehmen. Sie haben großartige Kollektionen, ohne dass zu viele Frauen wegen des Preises als Käuferinnen ausgeschlossen werden. Das habe ich stets zu schätzen gewusst.«

»Ich werde schon einmal den Vertrag aufsetzen ... nur für den Fall«, erklärte sie mit entschlossenem Gesichtsausdruck. »Falls Sie sich dazu entschließen, mit uns zusammenzuarbeiten, dessen ich sicher bin, können wir gleich mit den Verhandlungen beginnen.«

Sie war hartnäckig. Das musste ich ihr zugestehen. Aber der Handel mit Frauenmode war auch ein hartes Geschäft. Zumindest war sie offensiv, ohne vollkommen unausstehlich zu sein.

»Danke, dass Sie hergekommen sind«, sagte ich, während ich die Taschen wieder in der großen Tragetasche verstaute, in der ich sie transportiert hatte. »Ich werde mich bald bei Ihnen melden.«

Sie erhob sich und strich imaginäre Falten aus ihrem professionellen Rock und ihrer eleganten Jacke. »Falls Sie sich zu viel Zeit lassen, werde ich Sie anrufen. Übrigens, ich kenne auch eine Firma, die wirklich gern mit Laura wegen ihrer Kleiderkollektion in Kontakt kommen würde.«

Lächelnd stand ich auf. »Ich bezweifle stark, dass sie interessiert ist. Sie vertreibt diese Kollektion definitiv selbst. Ich fungiere bereits als Investorin und außerdem haben noch weitere Investoren Interesse geäußert, die wirklich tief in die Tasche greifen wollen.«

»Also gut, falls sie ihre Meinung ändert, schicken Sie sie zu mir.«

Laura hatte bereits einige Angebote erhalten und ich wusste, sie hatte kein Interesse, ihre Kollektion in ein anderes Unternehmen einzubringen. »Aber sicher«, versprach ich, nur um nicht unhöflich zu erscheinen.

Vor dem Café trennten sich unsere Wege und ich beschloss, nach Hause zu laufen, da meine Wohnung nur ungefähr eineinhalb Kilometer entfernt war.

Ich kann es kaum erwarten, Carter davon zu erzählen.

Seltsam, Carter war stets die erste Person, an die ich dachte, gleichgültig ob meine Neuigkeiten guter … oder nicht so guter Art waren.

Unser Leben hatte sich mittlerweile so vermischt, dass ich kaum einen Gedanken fassen konnte, den ich nicht mit ihm teilen wollte.

Ich beschleunigte meinen Schritt ein wenig, denn abends würde Jetts Verlobungsparty stattfinden und ich wollte vorher genügend Zeit haben, mich zu entspannen und mich herzurichten.

Wenn wir zu Hause waren, hielt sich Carter meist bei mir in meiner Wohnung auf. Auch verbrachten wir fast jede Nacht zusammen.

Ich suchte mir gerade meinen Weg zwischen all den Leuten hindurch, die den Bürgersteig entlang eilten, als ein dunkler Kopf in einem Laden meine Aufmerksamkeit erregte.

Carter?

Ich blieb mitten auf dem Bürgersteig stehen und hörte, wie die Leute verärgert vor sich hin murmelten, weil sie um mich herumgehen mussten.

Was tat er hier?

Es handelte sich um einen eleganten Juwelierladen, einen der teuersten der Stadt.

Er hatte mir den Rücken zugewandt und mein Herz rutschte mir in die Hose, als er seinen Kopf drehte und sich mir im Profil zeigte. Er sprach mit einer Frau neben ihm.

Nein! Er ist nicht mit ihr dort hineingegangen. Er hat sie dort im Laden getroffen. Da bin ich mir sicher.

Ich wollte wissen, was da vor sich ging, und beobachtete sie, obwohl ich wusste, dass ich das wahrscheinlich nicht tun sollte.

Carter hatte mir gesagt, er hätte heute Nachmittag eine Besprechung, sodass wir uns nicht sehen würden, bevor er mich zu Jetts Verlobungsparty abholen würde.

Ich hatte mich beinahe davon überzeugt, dass die Begegnung unschuldiger Art war, als ich sah, wie er einen Arm um die Frau legte und sie auf die gleiche Art auf den Kopf küsste, wie er es immer bei mir tat.

Mein Herz zog sich so krampfhaft zusammen, dass es mir körperlichen Schmerz verursachte, und ich zwang mich zum Weitergehen.

Jetzt gab es wirklich keine Entschuldigung mehr. Er hatte mit der Frau geschmust und ihr die gleichen gefühlvollen Küsschen auf den Scheitel gegeben, die er sonst mir zudachte.

Entspann dich! Vielleicht gibt es trotz allem eine Erklärung.

Allerdings konnte ich mir nicht vorstellen, warum er sich in einem Juwelierladen aufhielt und offensichtlich etwas für die Frau in seiner Begleitung aussuchte.

Ich empfand plötzlichen Ekel, denn ich hatte selbst ein paar dieser Schmuckschachteln erhalten, die Carter scheinbar ständig verschenkte.

Ein wunderschönes Rubinarmband.

Dann eine dazu passende Halskette.

Und vor ein paar Tagen erst hatte ich die dazugehörigen Ohrringe bekommen.

Ich holte mein Handy hervor und tippte auf Lauras Nummer.

Ich war mir nicht sicher, ob sie mein Gestammel verstand, aber immerhin erfasste sie das Wesentliche.

»Brynn. Zieh keine voreiligen Schlüsse! Ich weiß, das ist leicht unter den gegebenen Umständen, aber es könnte eine Erklärung geben. Ich glaube nicht, dass er mit einer anderen Frau zusammen sein könnte«, sagte sie auf eindringliche Weise.

»Die Dinge sind nicht immer so, wie sie zu sein scheinen«, bemerkte ich unter Tränen.

Ich kannte diese Art von Enttäuschung und den Unglauben nur zu gut, die mich erfassten, wenn sich jemand als ein vollkommen anderer Mensch herausstellte als der, den ich kannte.

»Quäle dich nicht so, Brynn. Rede zuerst mit ihm! Ja, es ist möglich, dass er wirklich ein Schwein ist, aber ich glaube das nicht. Er scheint keine andere Frau wahrzunehmen außer dir«, beruhigte mich Laura. »Schließe zuerst ein Missverständnis aus.«

»Ich werde ihn erst sehen, wenn er mich zu Jetts Verlobungsparty abholt.«

»Dann rede nach der Feier mit ihm. Ihr werdet ja nicht getrennter Wege gehen, immerhin lebt ihr im selben Gebäude.«

Ich strich mir eine verirrte Träne von der Wange, sauer auf mich selbst, weil ich weinte. »Ich hätte es besser wissen müssen und keinem Mann erlauben sollen, mein ganzes Leben zu beherrschen, Laura. Ich wollte niemals der Typ Frau sein, der zusammenbricht, wenn es vorbei ist.«

»Es ist nicht vorbei«, sagte sie bestimmt.

Carter würde eine verdammt gute Erklärung haben müssen, damit es *nicht* vorbei wäre.

Und in diesem Moment fiel mir keine einzige ein.

Nicht wenn er sie so in den Armen hielt, wie er mich gehalten hatte.

Nicht wenn er sie mit offensichtlicher Zuneigung küsste.

»Ich werde mit ihm reden«, erwiderte ich. »Aber ich weiß wirklich nicht, was er sagen könnte, um sinnvoll zu erklären, was ich gesehen habe.«

»Falls er dich betrügt, werde ich dich eigenhändig rächen und ihm die Eier abschneiden«, ereiferte sie sich. »Aber gib ihm zuerst eine Chance, dir alles zu erklären. Normalerweise wäre ich die Erste, die dir raten würde wegzulaufen, aber nicht, wenn es sich um Carter handelt. Ich weiß, dass du ihm wichtig bist.«

»Das ist manchmal nicht genug«, erwiderte ich, denn ich wusste, wenn Carter mit einer anderen Frau geliebäugelt hatte, würde ich ihm niemals mehr eine zweite Chance einräumen. »Ich muss wissen, dass ich ihm vertrauen kann. Es wird ständig Frauen geben, die um ihn herumscharwenzeln und mit ihm zusammen sein wollen.«

»Und es gibt keine Männer, die alles geben würden, um mit dir zusammen zu sein?«, erkundigte sie sich.

»Diese Männer sind mir vollkommen gleichgültig«, erklärte ich mit zitternder Stimme. »Ich schlafe nicht mit ihnen. Sie bedeuten mir nichts.«

»Was spielt es dann für eine Rolle, ob irgendwelche Leute mit einem von euch zusammen sein wollen?«

Das Problem bestand darin, dass ich nicht wusste, ob Carter dasselbe empfand wie ich, denn dem äußeren Anschein nach nahm Carter unsere Beziehung weit weniger ernst als ich.

Nachdem ich Laura versprochen hatte, Carter nicht zu verurteilen, bevor er nicht die Chance hatte, sich zu verteidigen, beendeten wir das Gespräch.

Ich betrat mein Wohngebäude, doch bevor ich zum Aufzug gelangen konnte, winkte mich die Frau an der Rezeption zu sich.

»Es ist etwas für Sie abgegeben worden, Miss Davis«, sagte sie mit viel zu zuckersüßer Stimme. »Blumen.«

Der Strauß war wunderschön und ich nahm die schwere Vase mit meiner freien Hand entgegen. Ich lächelte ihr zu, bevor ich mich herumdrehte, war aber nicht fähig zu sprechen.

Ich nahm den Aufzug und wartete, bis ich in meiner Wohnung war, um die Karte zu lesen.

Nicht dass ich nicht gewusst hätte, wer mir die Blumen geschickt hatte.

Jeder Augenblick, in dem wir nicht zusammen sind, ist nur mittelmäßig. Jeder Augenblick, in dem du bei mir bist, ist erinnerungswürdig. Ich kann es kaum erwarten, dich heute Abend zu sehen. C.

Mein Herz hüpfte nicht vor Freude, wie es das für gewöhnlich getan hätte.

Und ich war auch nicht atemlos vor Aufregung.

Ich fühlte eigentlich recht wenig, als ich die Taschen verstaute, die ich Alicia gezeigt hatte, und dann ins Badezimmer ging, um ein Bad zu nehmen.

Leider konnte auch das heiße Wasser, in das ich eintauchte, das Frösteln nicht vertreiben, das mich erfasst hatte, weil ich wusste, ich würde Carter verlieren.

Ich bezweifelte, jemals wieder warm zu werden.

Kapitel 23

Brynn

»Ich habe gehört, du reist nach Hollywood, Brynn. Wie ist es dort so?«

Ich lächelte Ruby zu, Jetts Verlobter, während die Party um uns herum in vollem Gange war. »Wir drehen lediglich eine Werbesendung. Jetzt, da es in Kalifornien etwas kühler wird, ist es recht schön in Los Angeles. Ich weiß nicht genau, wie ich Hollywood beschreiben soll, aber du wärst wahrscheinlich enttäuscht. Es ist nicht alles eitel Sonnenschein, wenn man sich ein bisschen dort umsieht. Überall gibt es Obdachlose, was recht seltsam anmutet bei all dem Reichtum. Es ist irgendwie … traurig.«

Ich hatte Ruby vom ersten Moment an gemocht. Sie war jung, nur dreiundzwanzig Jahre alt, aber ich konnte eine alte Seele in ihr spüren.

Wir hatten uns an einen kleinen Tisch in einer Ecke von Jetts eindrucksvollem Penthouse zurückgezogen, sodass wir in Ruhe reden konnten, und ich war dankbar gewesen, aus dem Zentrum der Festivität zu gelangen. Ich hatte versucht, mich so zu verhalten, als wäre nichts geschehen, aber ich fühlte mich am Boden zerstört.

Ich war zwar gut darin, meine Emotionen zu verbergen, aber auch nur für einen gewissen Zeitraum.

Carter trug einen Smoking, als er mich abholte, und ich hatte mein schwarzes Lieblingskleid angezogen. Aber nichts hatte sich so angefühlt wie vorher.

»Ich war auch einmal obdachlos«, teilte sie mir mit. »Sehr lange. Jett hilft mir dabei, hier in Seattle das Leben der Obdachlosen zu verbessern.«

Ich wusste, dass Ruby einige Traumata erlitten hatte, aber die Tatsache, dass sie obdachlos gewesen war, überraschte mich. »Ich muss gestehen, dass ich in meinen frühen Jahren diesem Zustand auch einmal recht nahe war. Aber du bist noch so jung, Ruby.«

»Ich bin als Teenager von Daheim fortgelaufen. Ich wusste nicht, wohin ich gehen sollte. Doch dann traf ich Jett. Bevor ich ihn kennenlernte, hatte ich niemandem vertraut.« Sie war offen und brutal ehrlich, was mir Respekt einflößte.

»Ich habe auch mit Vertrauensproblemen zu kämpfen«, verriet ich ihr. Dann trank ich einen großen Schluck von meinem Champagner.

Diese Frau hatte etwas an sich, wegen dem ich mich ihr verbunden fühlte. Vielleicht war es die Tatsache, dass wir beide um unsere Kindheit und Teenagerzeit betrogen worden waren.

Ehrlich, ich konnte mir nicht vorstellen, wie es gewesen wäre, so jung auf mich allein gestellt zu sein. Ich hatte doch letzten Endes immer noch meine Mutter gehabt.

»Wie habt ihr euch kennengelernt?«, fragte ich neugierig.

»Er hat mich gerettet«, erklärte sie mit einem traurigen Seufzer. »Ich wurde von Menschenhändlern gefangen gehalten. Ich weiß nicht, wo ich gelandet wäre, wenn er nicht da gewesen wäre. Jetzt habe ich mir mein eigenes Geschäft aufgebaut, sodass ich weiß, dass ich immer in der Lage sein werde, für mich selbst zu sorgen. Trotzdem kann ich mir nicht mehr vorstellen, ohne ihn zu leben. Er ist mein bester Freund.«

Das Gespräch mit Ruby machte mir deutlich, wie beschützt ich in mancher Hinsicht gewesen war. Sicher, ich hatte gehungert in jenen mageren Jahren in New York und es hatte Monate gegeben, in denen ich nicht gewusst hatte, wie ich meine Miete bezahlen sollte. Aber niemals hatte ich etwas Ähnliches durchgemacht wie Ruby. »Ich weiß nicht, ob ich das überlebt hätte.«

Sie zuckte mit den Schultern. »Es ist seltsam, was wir alles tun, wenn wir gezwungen sind zu überleben. Ich glaube, man kann viel mehr verkraften, als man denkt. Du warst lediglich noch nicht in der Lage, für dein Leben kämpfen zu müssen.«

Ich schüttelte den Kopf. »Nein, noch nie.«

»Ich habe mit der Zeit dazu gelernt. Ich habe den Ort gewechselt, um von einem wärmeren Klima profitieren zu können, weil es sonst draußen zu kalt gewesen wäre. Ich habe Plätze ausfindig gemacht, an denen ich Lebensmittel auftreiben konnte. Und ich habe gelernt, mich aus Schwierigkeiten herauszuhalten. Also gut, größtenteils jedenfalls. Mit Menschenhändlern hatte ich natürlich nicht gerechnet, doch damals hatte ich verzweifelt einen Job gesucht. Irgendeinen Job.«

»Und sie haben dich glauben lassen, sie hätten einen für dich?«

Sie nickte.

»Hurensöhne«, stieß ich wütend hervor. »Ich hasse Männer, die sich verwundbare Frauen als Opfer aussuchen.«

Offensichtlich traf mich das persönlich, denn das war genau das, was mein Vater getan hatte.

Ruby lächelte. »Ich verabscheue es. Ich arbeite daran, in meinem kleinen Teil der Welt so viel wie möglich zu ändern.«

»Ich würde mich gern daran beteiligen. Darf ich das?«, erkundigte ich mich.

»Wir sind gerade dabei, eine Stiftung zu gründen«, informierte sie mich. »Ich bin sicher, wir bleiben in Kontakt, da du doch Carters feste Freundin bist.«

Ich musste mich beherrschen, nicht sichtbar mein Gesicht zu verziehen. »Ich bin bereit, alles zu tun, was helfen könnte. Selbst wenn das bedeutet, in Obdachlosenheimen die Betten zu machen oder andere körperliche Arbeiten zu verrichten, die getan werden müssen«, erklärte ich ihr. »Ich bin auch eine ziemlich gute Köchin.«

»Engagierst du dich nicht bereits für einige Wohltätigkeitsorganisationen?«, erkundigte sie sich. »Carter hat mir erzählt, er hätte dich anlässlich einer Spendenveranstaltung für häuslich missbrauchte Frauen kennengelernt.«

»Ja, so ist es. Aber dort stelle ich lediglich einen Scheck aus. Ich hatte niemals genügend Zeit, um mich persönlich zu engagieren, weil ich so viel unterwegs sein musste. Und übrigens kann man eigentlich nicht behaupten, Carter und ich hätten uns an jenem Abend kennengelernt. Dort haben wir uns allerdings zum ersten Mal gesehen.« Ich hätte wirklich gern über ein anderes Thema gesprochen als über ihren zukünftigen Schwager.

»Ich weiß. Du hast ihm eine heftige Abfuhr erteilt«, bemerkte sie lachend. »Und ich bin mir sicher, er hatte sie verdient.«

»Das hat er dir erzählt?« Ich war wirklich überrascht, dass Carter ihr verraten hatte, dass ich ihm die kalte Schulter gezeigt hatte.

»Er fühlte sich total elend, Brynn. Ich bin froh, dass du ihm eine zweite Chance gegeben hast. Carter scheint flüchtig betrachtet oberflächlich und kalt zu sein. Aber in Wirklichkeit ist er das nicht.«

»Wie schätzt du ihn ein?« Ich hätte wirklich gern gewusst, wie Ruby ihn sah.

»Einsam, bis er dich kennengelernt hat. Und ich glaube, er fühlt sich für jedes Problem der Menschen, die ihm nahestehen, verantwortlich. Ich kann einfach nicht verstehen, dass er sich tatsächlich an dem Tod seiner Eltern die Schuld gibt, weil sie das Haus verlassen haben, um etwas für ihn zu besorgen. Aber so ist Carter nun einmal. Er trägt seine Gefühle nicht offen zur Schau, aber die Gefühle gehen tief bei ihm.«

Plötzlich hätte ich weinen mögen. Sie hatte Carters Persönlichkeit kurz und bündig zusammengefasst. Vielleicht gab es da viel mehr, was sie niemals sehen würde, aber sie traf die Sache ziemlich auf den Punkt genau. »Er hat dir von seinen Eltern erzählt?« Davon hatte er mir nichts gesagt.

»Nachdem er es dir erzählt hatte, hat er mit Jett geredet. Und dann hat er sich all seinen Geschwistern anvertraut. Alle haben ihm versichert, er sei verrückt, sich schuldig zu fühlen. Ich glaube, er fühlt sich viel besser, seitdem er mit seiner Familie gesprochen hat.«

Ruby leerte ihr Glas Champagner und bestellte per Handzeichen ein neues.

Ich kippte selbst auch ein Glas hinunter, obwohl ich wahrscheinlich an diesem Abend nicht mehr hätte trinken sollen.

»Ich bin so froh, dass er dich getroffen hat, Brynn«, stellte Ruby fest, nachdem sie einen kleinen Schluck von ihrem vollen Glas getrunken hatte. »Er wirkt so glücklich.« Sie nickte in Richtung der Geschwister, die redend und lachend in der Mitte des Raumes beieinanderstanden.

Ich beobachtete Carter, der mit lebhaftem Gesichtsausdruck etwas zu seinen Schwestern und Brüdern sagte. Er sah wirklich glücklich aus.

Es war wie ein Déjà-vu. So wie jetzt hatte ich ihn auf jener Party auf der gegenüberliegenden Seite des Raumes stehen sehen, elegant und kultiviert wirkend, in einem Smoking. Damals hatte ich ihn für jemanden gehalten, der sich hinter einer Maske versteckte, so wie ich selbst.

Jetzt schien er sich ziemlich wohl in seiner Haut zu fühlen und sein Blick war alles andere als kalt. Und er genoss es ehrlich, Zeit mit seiner Familie zu verbringen.

»Falls ich nicht mehr mit Carter zusammen sein sollte, bleiben wir trotzdem in Kontakt?«, fragte ich.

Offensichtlich begann der Champagner seine Wirkung zu zeigen. Ich fühlte mich melancholisch, obwohl ich normalerweise eigentlich kaum einmal trübsinnig war.

»Natürlich«, erwiderte sie, ohne zu zögern. »Aber du wirst mit Carter zusammenbleiben, oder? Ich meine, ihr beide passt perfekt zueinander und ich weiß, dass er dich anbetet.«

Ich lächelte schwach. »Ich hoffe, wir werden zusammenbleiben. Wir haben noch nicht wirklich herausgefunden, was aus uns werden soll.«

»Bevor du gehst, tauschen wir unsere Telefonnummern aus«, erklärte Ruby. »Aber ich glaube nicht, dass du irgendwohin gehst, außer vielleicht nach Hollywood. Stehen noch mehr Reisen an?«

»Ich bin viel unterwegs«, vertraute ich ihr an. »Doch ich habe gerade erst ein Angebot von einer großartigen Firma erhalten, die meine Reisetaschenkollektion produzieren möchte. Falls das klappt, werde ich wahrscheinlich nicht mehr so viel herumreisen.«

»Das klingt fantastisch, Brynn. Geht es um die Taschen, die du in den sozialen Medien vorgestellt hast? Ich verfolge deinen Blog und finde die Taschen hervorragend. Ich möchte gern eine haben, aber Jett meint, sie wären noch nicht auf dem Markt.«

»Ich werde dir eine zuschicken, sobald sie in Produktion gegangen sind. Was du gesehen hast, waren nur die Prototypen.«

Ruby wendete ihren Blick von meinem Gesicht ab, denn von Zeit zu Zeit äugte sie zu ihrem Verlobten hinüber, wie ich bemerkte. Die Liebe, die sie für ihn empfand, war offensichtlich.

Oberflächlich gesehen schien die wunderschöne Frau in dem atemberaubenden roten Kleid, die mir gegenübersaß, nicht zu Jett Lawson zu passen. So wie auch Carter und ich wie ein komisches Paar erschienen. Aber Jett und Ruby liebten einander offensichtlich und sie waren unglaublich glücklich.

»Das wäre schön«, erwiderte sie, als sie mich wieder anblickte. »Jetzt erzähl mir etwas über deinen Beruf. Ich bin nur eine Konditorin.«

Zum ersten Mal an diesem Abend musste ich lachen. »Ich bin mir wirklich nicht sicher, ob ich mit jemandem befreundet sein kann, der Süßwaren herstellt. Du bist eine Gefahr für mich. Ich liebe Süßigkeiten, aber meinem Hintern tun sie nicht gut.«

»Ich muss auch darauf achten«, sagte sie mitfühlend. »Ich probiere gern meine eigenen Sachen. Ich habe die Torte gemacht.«

»Ich habe sie gesehen. Sie ist spektakulär«, lobte ich sie. »Und ich werde mir ein Stück davon gönnen, ob sie nun gesund ist oder nicht.«

»Da kommt Carter«, stellte sie begeistert fest. »Ich denke, er vermisst dich. Er hat ungefähr hundertmal hier herübergeschaut. Komm mich besuchen, bevor du auf Reisen gehst. Wir können uns unterhalten, wenn du Zeit hast. Und ich kann dich auch in die Arbeit mit mir in den Obdachlosenheimen einweisen, wenn du helfen möchtest. Außerdem hätte ich gern eine von diesen Taschen.«

Ich nickte automatisch, dann drehte ich mich herum, um zu sehen, dass Carter schon hinter mir stand.

»Ist alles in Ordnung?«, fragte er.

»Es geht mir gut. Ruby und ich haben uns unterhalten.«

Er verschränkte die Arme. »Was hast du ihr alles erzählt, Ruby?«

»Nur das Gute«, gab sie zurück.

»Ich muss unbedingt die Torte probieren. Da hast du großartige Arbeit geleistet«, sagte Carter zu Ruby.

»Danke. Lasst mich wissen, wie sie geschmeckt hat«, bat die junge Frau und lächelte, als ihr Verlobter zu ihr trat.

»Du hast noch niemals etwas gebacken, dem ich hätte widerstehen können«, lobte Carter sie, während er meine Hand nahm und mich vom Stuhl zog.

Er ließ meine Hand nicht los, sondern führte mich zu dem Tisch mit dem Gebäck. Ruby hatte nicht nur die Torte gebacken, sondern auch alles andere, was das große Buffet an Süßigkeiten zu bieten hatte.

»Was schlägst du vor?«, fragte ich Carter höflich.

»Da ich weiß, dass du nur ein Stück essen wirst, würde ich die Torte wählen.« Er schnitt ein Stück ab, legte es auf einen Teller und reichte ihn mir.

Ich kippte den Rest des Champagners hinunter, den ich in der Hand hielt, und gab das leere Glas einem vorbeigehenden Kellner.

»Lass uns nach draußen gehen«, sagte er an meinem Ohr. »Dort sollte es ruhiger sein.«

Er nahm meine Hand und zog mich hinter sich her.

Kapitel 24

Carter

Mit Brynn stimmte etwas nicht, aber bei meinem Leben, ich konnte nicht herausfinden, was sie bekümmerte.

Seit dem Moment, in dem ich sie zu Hause abgeholt hatte, war sie zurückhaltend und freundlich gewesen.

Nicht die Frau, die ich kannte, die Witze riss, und nicht das weibliche Wesen, das beinahe in jeder Situation noch etwas Amüsantes finden konnte.

Auf dem Weg hierher hatte sie kaum etwas gesagt und während der gesamten Autofahrt hatte sie mir nur einsilbige Antworten gegeben.

Vielleicht lag es an ihrem geschäftlichen Treffen. Vielleicht war es nicht so gut gelaufen. Andererseits schien ihr frostiges Verhalten direkt mit mir in Zusammenhang zu stehen.

»Was ist los?«, fragte ich sie, als wir auf die große Terrasse von Jetts Penthouse hinaustraten.

Ich suchte uns eine verschwiegene Ecke. Es hielten sich nur wenige andere Leute im Freien auf, denn es war für die Jahreszeit ungewöhnlich kühl.

F. A. Scott

»Nichts«, wehrte sie ab. »Mir geht es gut.«

Ich sah, dass sie nur ein paar Bissen ihrer Torte probierte und dann den Teller auf dem Tisch neben uns abstellte.

»Schwachsinn! Du bist den ganzen Abend recht still gewesen und das ist nicht gerade typisch für dich. Außerdem hast du viel mehr Alkohol getrunken als gewöhnlich. Irgendetwas stimmt nicht und ich wüsste gern, warum du so traurig bist. Mir gefällt das nicht. Ist das Treffen nicht gut gelaufen?«

»Ganz im Gegenteil«, sagte sie. »Es lief sehr gut. Sie wollen die komplette Kollektion kaufen und sie bieten mir an, mir die kreative Kontrolle zu überlassen. Ohne meine Zustimmung würde nichts auf den Markt gelangen.«

»Hast du zugestimmt?«

Sie schüttelte den Kopf. »Noch nicht.«

»Möchtest du darüber reden?«

»Eigentlich nicht«, erwiderte sie kühl.

Ich hatte mein eigenes Stück Torte bereits hinuntergeschlungen und stellte meinen leeren Teller neben ihrem ab. »Dann lass uns darüber reden, warum du dich nicht mehr wie du selbst verhältst.«

»Okay«, stimmte sie zu. »Ich denke, wir sollten unsere Beziehung ein wenig zurückschrauben. Es ist zu viel für mich, es geht zu schnell, Carter. Ich finde, wir sollten eine Pause einlegen.«

Ich starrte sie vollkommen perplex an. »Was? Meinst du das ernst?«

Mein Gott! Für mich war es unmöglich, in der Beziehung zu ihr einen Schritt zurückzugehen. Es ging nur volle Kraft voraus unter vollem Einsatz aller Motoren und das war immer noch nicht schnell genug, um mich zufriedenzustellen.

Ich dachte ungefähr fünfzig Mal am Tag an sie und wenn ich nicht an sie dachte, war ich bei ihr.

Sie legte mir leicht die Hand auf den Oberarm. »Ich finde, es ist alles viel zu schnell gegangen. Du hast deinen Beruf und ich werde mich in ein paar Tagen zu meinem Shooting und dem Werbefilmdreh nach Kalifornien auf den Weg machen. Vielleicht gibt uns das die Möglichkeit, etwas Abstand zu gewinnen und neu zu bewerten, welche Art von Beziehung wir haben. Wenn schon nichts anderes, können wir vielleicht zumindest Freunde sein.«

Ich sah rot, ein Rot, das auch nicht freundlicher oder schöner wurde, je länger ich über ihre Worte nachdachte. »Was zum Teufel soll das, Brynn? Was ist zwischen gestern Abend, als ich dich gesehen habe, und heute Abend geschehen? Gestern hast du gewiss nicht so empfunden, das weiß ich genau.«

Sie sah zur Seite. »Ich habe nachgedacht.«

Mein. Diese Frau gehörte verdammt noch mal mir und ich würde sie auf keinen Fall einfach so aus meinem Leben gehen lassen.

Das Problem war jedoch, dass ich andererseits aber auch wollte, dass sie glücklich war, auch wenn es mich umbringen würde, sie gehen zu lassen.

»Du kannst mir nicht erzählen, dass du mich nicht willst, Brynn. Das glaube ich dir einfach nicht.« Ich ergriff ihre Schultern und schüttelte sie leicht – als könnte das plötzlich die Brynn zurückbringen, die ich kannte.

»Lust kann zwei Menschen nicht zusammenhalten, Carter«, stellte sie in einem so vernunftbetonten Tonfall fest, dass ich am liebsten meine Faust gegen die Wand gedonnert hätte.

»Das war nicht nur Lust und das weißt du. Du kannst gehen, wenn du willst, aber du wirst mir das Herz brechen. Ich liebe dich, Brynn. Ich glaube, ich liebe dich bereits seit dem Moment, in dem du mir nach dem Vorfall im Aufzug die Meinung gesagt hast. Ich war ein Arschloch, aber du hast mich verändert. Du hast mich geheilt. In meinem Leben war alles nur schwarz und weiß, bevor du gekommen bist und mir gezeigt hast, dass in allem Farbe zu finden ist. Du hast mich gelehrt, das Leben so zu sehen, wie es wirklich ist. Und nichts wird mehr so sein wie vorher, wenn du gehst«, knurrte ich. »*Du* wirst *mich* verlassen müssen, nicht andersherum. Ich dachte, wir vertrauen einander. Ich kann nicht nur dein Freund sein, Brynn. Das ist unmöglich.«

Ich würde mich eher von ihr abweisen lassen als auch nur zu versuchen, so zu tun, als würde ich sie nicht so sehr brauchen, dass mir selbst das Atmen schwerfiel.

Ich brach beinahe zusammen, als ich sah, dass eine Träne an ihrer Wange herunterlief.

»Wir haben einander vertraut«, erklärte sie bekümmert. »Aber mittlerweile bin ich mir nicht mehr so sicher über alles.«

»Bist du betrunken?«, fragte ich barsch, denn ich versuchte verzweifelt, irgendeine Entschuldigung zu finden, warum sie sich plötzlich so verändert hatte.

»Nein«, erwiderte sie knapp, aber immer mehr Tränen stürzten aus ihren Augen. »Es tut mir leid. Ich muss gehen. Ich werde ein Taxi nehmen.«

»Nimm den Wagen«, bot ich ihr mit blecherner Stimme an.

Verdammt, selbst wenn sie mir den Laufpass gab, wollte ich, dass sie sicher nach Hause kam.

Ich folgte ihr in die Wohnung und sah zu, wie sie sich einen Weg durch die Menge zur Tür bahnte.

Stets der höfliche Gast, blieb sie kurz bei Jett und Ruby stehen, um sich zu verabschieden, bevor sie durch die Tür verschwand.

Ich verdrückte mich wieder nach draußen. Ich war nicht in der Stimmung, mich auf der Party sehen zu lassen, die ohnehin dem Ende zuging. In einer ruhigen Ecke fand ich einen Sessel, in den ich mich setzte, immer noch zu verblüfft, um klar denken zu können.

Ich wusste nicht, wie lange ich dort gesessen hatte, bevor ich bemerkte, dass es sich bei einem der Paare auf der Terrasse um Mason und Laura handelte. Ich wandte ihnen den Rücken zu und starrte auf die Space Needle, die jetzt direkt in meinem Blickfeld lag.

»Ich denke, das kannst du gebrauchen«, sagte Jett, der zu mir gekommen war und sich neben mich fallen ließ.

Ich nahm das großzügig bemessene Glas mit Whisky, das er mir reichte, und leerte es in einem Zug zur Hälfte.

»Was ist geschehen? Ruby meinte, Brynn hätte geweint«, erkundigte sich Jett.

»Ich habe nicht die geringste Ahnung«, erklärte ich ehrlich. »Gestern war noch alles gut. Und heute will sie einen Schritt zurückgehen und unsere Beziehung überdenken, was doch so viel bedeutet wie, es ist vorbei. Sie sagte, wir könnten ›Freunde‹ sein, um Gottes willen! Ich kann nicht ihr verdammter *Freund* sein. Ich kann meine Hände nicht von ihr lassen und will es auch gar nicht. Sie. Gehört. Zu. Mir.«

»Hast du irgendeine Idee, was der Auslöser gewesen sein könnte?«, wollte Jett wissen.

»Da war nichts. Keinerlei Unstimmigkeiten. Kein Streit. Nur der Abschied.« Ich kippte den Rest Whisky in einem Zug hinunter und hoffte, irgendetwas würde meinen Schmerz lindern.

»Das wars dann?«, fragte Jett in düsterem Tonfall.

»Verdammt, nein, natürlich nicht. Würdest du Ruby so einfach gehen lassen?«, polterte ich. »Ich werde ihr heute Abend etwas Luft geben, aber ich werde sie nicht im Stich lassen. Das habe ich ihr versprochen und das werde ich auch halten. Es muss etwas geschehen sein, Jett. Und ich werde herausfinden was. Brynn ist die Frau für mich, Mann. Für mich wird es keine andere geben. Ich liebe sie.«

»Ich würde Ruby durch die Hölle folgen, wenn sie dorthin gehen müsste«, stieß Jett grimmig und ernst hervor. »Ich wusste doch, dass du sie nicht einfach abschreiben würdest.«

»Das werde ich nicht tun, obwohl ich zugeben muss, dass ich nicht weiß, was ich tun soll.«

»Ich denke, du hast recht. Gib ihr ein wenig Zeit, aber nicht zu viel.«

»Ich werde ihr die heutige Nacht lassen. Aber morgen werde ich wieder vor ihrer Tür stehen. In ein paar Tagen verlässt sie aus beruflichen Gründen die Stadt. Bevor sie abreist, müssen wir diese Sache bereinigt haben. Falls nicht, werde ich den Verstand verlieren.«

»Fahr nach Hause und schlaf ein wenig. Die Party ist zu Ende«, riet mir Jett.

»Ich wollte dir auf deinem Fest eigentlich nicht die Stimmung verderben«, entschuldigte ich mich.

»Du bist mein Bruder, Carter. Wenn du mich brauchst, bin ich für dich da. Gleichgültig unter welchen Umständen.«

Ich gab ihm einen Klaps auf den Rücken, als wir uns erhoben. »Ich bin froh, dass du die Schwierigkeiten mit den Frauen hinter dir hast.«

Jett schüttelte den Kopf und warf mir ein verschmitztes Lächeln zu. »Ich hasse es, dir das sagen zu müssen, aber Frauen sind … kompliziert. Streit lässt sich nicht vermeiden. Aber der Versöhnungssex danach ist den Ärger wert.«

»Ich würde mir den Streit lieber ersparen und ganz normalen Sex haben«, knurrte ich, als ich ihm ins Haus folgte.

Ich würde mein schlecht gelauntes Selbst nach Hause bewegen, aber ich wusste bereits jetzt, dass ich in dieser Nacht keine Ruhe finden würde.

Kapitel 25

Laura

Mir war bewusst, dass ich viel zu viel Champagner getrunken und zu viel Torte gegessen hatte, aber ich war mir nicht ganz sicher, in welcher Reihenfolge.

Mein Magen war leicht verärgert und ich trat nach draußen, um frische Luft zu schnappen, und nahm so wenig Notiz von meiner Umgebung, dass ich mir keiner anderen Person auf der Terrasse bewusst war.

Einatmen.

Ausatmen.

Einatmen.

Ausatmen.

»Was zum Teufel tun Sie da?«, erkundigte sich eine tiefe Stimme aus einer Ecke.

»Atmen«, antwortete ich, als ein Mann sich näherte und neben mir stehen blieb, während ich auf die Lichter der Stadt starrte.

Ich wandte mich *der Stimme* zu, denn all diese verschwommenen Lichter machten mich langsam schwindlig.

Ich bemerkte verblüfft, dass es sich bei dem Mann neben mir um Mason Lawson handelte, den Mann, dem mein Begehren galt, seitdem ich ihn auf der Wohltätigkeitsveranstaltung entdeckt hatte, auf der Brynn zum ersten Mal Carter gesehen hatte.

Genau wie an jenem Abend sah er zum Anbeißen aus.

»Wir atmen doch ständig«, knurrte er. »Ich glaube nicht, dass man das wirklich üben muss. Und Sie haben ziemlich laut geatmet.«

»Habe ich Sie gestört?«

»Nein.«

»Und störe ich Sie jetzt?«

»Nein.«

»Warum wollen Sie dann, dass ich damit aufhöre?« Ich wusste, ich klang wie eine totale Idiotin, aber mit meinem vom Alkohol vernebelten Verstand war mir das gleichgültig.

»Ich habe doch nur gefragt, warum Sie so heftig geatmet haben.«

»Ich habe zu viel Torte gegessen und zu viel Champagner getrunken. So etwas passiert mir äußerst selten.«

»Warum ist es dann heute Abend passiert?«, fragte er und klang, als hätte ich sein Missfallen erregt.

Oder vielleicht war Mason *stets* missmutig. Ich kannte ja sein normales Verhalten nicht.

Eine gute Frage. Warum *hatte* ich zu viel getrunken und Torte in mich hineingestopft? Jetzt, da ich darüber nachdachte, war ich mir ziemlich sicher, dass ich auch noch anderes Gebäck verschlungen hatte.

»Ich denke, ich habe versucht, meinen Gedanken zu entkommen«, gab ich zu, denn in dem Augenblick war es mir vollkommen gleichgültig, was ich zu wem sagte.

»Woran mussten Sie denn denken?«, wollte er wissen, als befragte er einen Zeugen zu einem Verbrechen.

»Ich möchte ein Baby haben«, gestand ich dümmlich. »Ich werde langsam alt und niemand will mich *und* ein Baby. Also gut, gewiss würde mich *irgendjemand* heiraten, denn schließlich bin ich ein Supermodel. Okay, ein Model für Übergrößen, aber ich habe Geld. Manchmal, wenn man viel Geld verdient, kann man nicht sicher sein, warum ein Kerl mit einem zusammen sein will. Wissen Sie, was ich meine? Und außerdem wollte niemals der Richtige mit mir zusammen sein.« Ja, ich schwafelte, aber ich schien nicht aufhören zu können.

Er stieß ein bellendes Gelächter aus, das ziemlich rostig klang, als würde er es nicht oft einsetzen.

»Wie alt sind Sie?«, erkundigte er sich.

»Dreiunddreißig. Meine biologische Uhr tickt und ich möchte noch jung sein, wenn ich mit meinen Kindern spiele. Falls ich *Kinder* haben werde. Mehrzahl. Auch wenn ich schon glücklich wäre, eins zu haben. Aber ein Einzelkind fühlt sich einsam.« Niemand wusste das besser als ich.

»Aber wie wollen Sie ein Kind bekommen, wenn es keinen Mann in Ihrem Leben gibt?«, fragte er etwas verwirrt.

Ich tätschelte seinen Arm. »Wir Frauen brauchen die Männer nicht mehr, Dummerchen. Also gut, der Mann muss nicht mehr *persönlich* anwesend sein. Stattdessen erfüllt eine Samenspende den Zweck. Letztendlich brauchen wir die Männer also irgendwie doch noch. Aber ich muss mich nicht dauernd mit einem Mann auseinandersetzen. Ich brauche nur seine Spermien.«

»Versuchen Sie mir gerade zu erklären, dass Sie ein Baby aus dem Reagenzglas haben wollen?«, fragte er unwirsch.

Ich nickte so heftig, dass mir schwindelig wurde. »Genau. Mein Ei, seine Spermien, und den Kerl muss ich niemals persönlich treffen. Ich denke, auf diese Art ist es viel besser.«

»Ist Ihnen jemals in den Sinn gekommen, dass das Kind eines Tages nach seinem Vater fragen wird?« Masons Gesichtsausdruck wirkte grimmig.

»Ich werde ihn oder sie genügend lieben, um wiedergutzumachen, dass das Kind nur einen Elternteil hat«, argumentierte ich.

Aber ja, darüber hatte ich auch schon nachgedacht, und *das* war wahrscheinlich auch der Grund, weshalb ich mich auf dieser Party gehen ließ und versuchte, alles zu vergessen.

»Sie haben noch Zeit. Sie sind hübsch und erfolgreich. Sie werden jemanden finden, mit dem sie auf normalem Weg ein Baby zeugen können«, stellte er mit eisiger Stimme fest.

»Sind Sie immer so mürrisch?«, fragte ich.

»Sind Sie immer so geschwätzig?«, schoss er zurück.

»Eigentlich nicht. Ich glaube, ich bin einfach nur betrunken. Ich denke, ich gehe besser nach Hause.«

»Wissen Sie noch, wo Ihr Zuhause ist?«, erkundigte er sich trocken.

»Natürlich. Und Sie müssen nicht so gemein zu mir sein, nur weil ich ein Kind haben möchte. Jeden Tag bekommen Frauen Kinder.«

»Ich dachte, ich wäre nett gewesen«, erwiderte er zögernd. »Ich unterhalte mich doch mit Ihnen.«

Wenn er sich im Augenblick für nett hält, möchte ich nicht erleben, wie er sich verhält, wenn er schlecht drauf ist.

»Also dann, vielen Dank für die Unterhaltung«, verabschiedete ich mich und wandte mich von ihm ab, um mir den Weg ins Haus zu suchen.

»Warten Sie«, befahl er und hielt mich am Arm fest. »Ich wollte wirklich nicht gemein sein.«

Ich drehte mich wieder zu ihm herum. »Ist schon in Ordnung. Sie kennen mich schließlich nicht und ich höre mich wahrscheinlich an wie eine verrückte, betrunkene alte Jungfer.«

»Versuchen Sie wirklich, ein Kind zu bekommen?« Schon wieder nahm er mich so hart in die Zange, wie er es zuvor getan hatte.

»Ja. Ich wollte schon immer eine Familie haben.« Ich spürte, wie mir die Tränen in die Augen stiegen, und weil ich betrunken war, versuchte ich nicht einmal, sie zu unterdrücken.

Er legte mir seine riesigen Hände auf die Schultern. »Sie werden jemanden finden. Sie können sich noch etwas mehr Zeit lassen. Verdammt, ich bin vierunddreißig und habe noch nicht einmal daran gedacht, Kinder zu haben. Oder eine Frau, da wir gerade darüber reden.«

»Sie sind ein Mann. Sie können bis zu ihrem Tod Kinder zeugen. Aber meine Uhr tickt.«

»Sie tickt aber noch nicht sehr laut«, gab er zurück.

Langsam begann ich zu glauben, dass Mason Lawson keine Ahnung hatte, wie man sich nett verhielt. Aber immerhin hörte er mir zu.

Mein Gott, was für ein gutaussehender Teufel er doch war! Er hatte dunkles Haar, aber seine Augen schimmerten in einem schwelenden Grauton, den ich verdammt sexy fand.

»Sie tickt laut.« Ich lallte furchtbar. »So laut, dass ich mir überlege, zu einer Samenbank zu gehen. In ein paar Monaten werde ich vierunddreißig Jahre alt.«

»Haben Sie jemals in Betracht gezogen, jemanden als Vater zu benutzen, den Sie kennen? Jemand, dessen gesundheitlichen und sozialen Hintergrund Sie kennen? Ein Mann, den das Kind besuchen kann, wenn es das entsprechende Alter erreicht hat?« Seine Stimme klang noch immer kühl und er blickte mir direkt ins Gesicht.

»Oh Gott, nein. Ich kenne keinen Mann, der bereit wäre, das zu tun.«

»Ich wüsste vielleicht einen«, ächzte er.

»Wer?«

Ich wollte unbedingt seine Antwort hören und war mir ziemlich sicher, dass er tatsächlich »*Ich*« gemurmelt hatte, bevor ich zusammenbrach und in seinen Armen ohnmächtig wurde, denn er fing mich auf, bevor ich den Boden berührte.

Kapitel 26

Brynn

In meiner Gefühlswelt herrschte das totale Chaos, als ich wieder in meiner Wohnung war. Ich wünschte mir, der Zustand der Benommenheit hätte weiter anhalten können. Das hätte mir eine gewisse Sicherheit vermittelt. Aber jedes Wort, das Carter gesagt hatte, zerrte an meinem Herzen.

Gestern noch hätte ich vor Freude geweint, wenn er gesagt hätte, er liebt mich. Heute weinte ich mir die Augen aus, weil er die Worte ausgesprochen hatte, ich aber überhaupt nicht begeistert darüber sein konnte.

Ich entledigte mich meines schwarzen Abendkleids, schlüpfte in Männershorts und ein kurzes T-Shirt, das ich zum Schlafen benutzte, und machte mir einen Kaffee.

Carter hatte in einer Hinsicht recht ... ich hatte viel mehr Alkohol getrunken, als ich es für gewöhnlich tun würde. Und ich wusste auch warum. Ich versuchte zu flüchten.

Ich hasste mich dafür.

Ich hatte vorgehabt, die Party zu überstehen und ihm dann eine Chance zu geben, sich zu erklären. Nicht dass es tatsächlich eine

Erklärung hätte geben können, warum er einer anderen Frau so nahe gekommen war, aber ich schuldete es ihm, ihm zumindest die Möglichkeit zu geben, *etwas* dazu zu sagen.

Stattdessen hatte ich ihn einfach von mir gestoßen, weil es viel einfacher war, als mich ihm zu öffnen und einen Schlag verpasst zu bekommen.

Ich setzte mich an meinen kleinen Küchentisch, nippte an meinem Kaffee und rief mir in Erinnerung, wie oft er mir beteuert hatte, mich bei ihm sicher fühlen zu können, nur um mich am Ende zu betrügen.

Vielleicht hatte er bis jetzt noch nicht mit der Frau geschlafen, aber das spielte keine Rolle. Auf emotionaler Ebene zu betrügen war ebenso schlimm, wie eine andere Frau zu ficken. Vielleicht sogar noch schlimmer.

Jetzt, da ich meinen Koffeinpegel auffüllte und mein letzter Drink eine Weile zurücklag, setzte mein Verstand wieder ein.

Ich war zwar nicht wirklich betrunken gewesen, hatte aber genügend Alkohol genossen, um vor allem Unangenehmen zurückzuschrecken. Er hatte den Emotionen Tür und Tor geöffnet und ich hegte nur noch den einen Wunsch, die verdammten Pforten wieder zu schließen.

Ich hätte gern meine Mutter angerufen, nur um zu hören, wie es ihr ging, aber es war bereits nach Mitternacht, drei Uhr morgens nach ihrer Zeit, also musste ich bis zum nächsten Morgen warten.

Nachdem ich erfahren hatte, welche Hölle Ruby durchgemacht hatte, glaubte ich, meiner Mutter danken zu müssen, dass sie immer für mich dagewesen war und mich so sehr geliebt hatte.

Wir hatten zwar nie viel Geld zur Verfügung gehabt, aber immerhin hatte sie es geschafft, uns stets ein Dach über dem Kopf zu erhalten, nachdem mein Vater ins Gefängnis gekommen war. Und was ich heute war hatte ich ihr zu verdanken. Also gut, nicht die Frau, die an einem gebrochenen Herzen litt, aber die unabhängige, karrierebewusste, wohlhabende Frau, die ich normalerweise war.

Jetzt verflüchtigte sich der letzte Rest Nebel aus meinem Kopf und ich spürte nur noch den Schmerz.

Ich hätte ihm die Möglichkeit geben solln, alles zu sagen, was er hatte sagen wollen.

Ich hätte ihm die Chance geben sollen, eine Erklärung abzugeben.

Und ich hätte ihm zuhören sollen.

Wenn ich auf all die Dinge zurückblickte, die wir gesagt und getan hatten, hätte ich ihm die Chance einräumen müssen.

Immerhin hatte Carter eine Wunde größtenteils geheilt, die jahrelang in mir geschwärt hatte. Und obwohl er mich höchstwahrscheinlich betrogen hatte, wusste ich zumindest, dass ich fähig war, jemandem zu vertrauen. Selbst wenn diese Person in Zukunft nicht mehr er sein würde.

Tu es, Brynn. Mach es einfach. Reiß das verdammte Pflaster ab und finde die Wahrheit heraus!

Schließlich kannte ich mich und wusste, ich würde nicht in der Lage sein weiterzumachen, bevor ich nicht die Wahrheit aus seinem Mund gehört hatte.

Bevor ich es mir anders überlegen konnte, schnappte ich mir meine Handtasche und kramte darin herum, bis ich die Schlüsselkarte zu seinem Penthouse fand. Ich hatte sie niemals benutzt, aber jetzt war ich froh, sie zu haben.

Ich nahm meinen eigenen Schlüssel vom Tisch und machte mich auf den Weg nach oben.

Ich muss die Wahrheit wissen. Ich muss die Wahrheit wissen.

Als ich schließlich vor seiner Wohnungstür stand, zögerte ich für einen kurzen Augenblick, doch dann raffte ich all meinen Mut zusammen und klingelte.

Er machte beinahe sofort die Tür auf und mir sank das Herz in die Hose, als ich bemerkte, wie deprimiert sein Gesichtsausdruck war.

Seine Krawatte hing ihm lose um den Hals und sein Smoking wirkte, als hätte er darin geschlafen.

Ich schluckte heftig. »Du hast gesagt, wenn ich dich brauchen würde, könnte ich einfach hochkommen. Darf ich hereinkommen?«

Sein Blick war kühl, aber er stieß die Tür auf und ich trat ein.

»Ich muss dir eine Frage stellen und ich hoffe wirklich, dass du ehrlich zu mir sein kannst«, begann ich.

Sein Blick wanderte über meine Kleidung. Ich hatte vergessen, dass ich mich bereits fürs Bett umgezogen hatte. Ich hatte mich zu sehr darauf konzentriert, Antworten auf meine Fragen zu erhalten.

»Ich bin immer ehrlich zu dir gewesen, Brynn«, antwortete er in ungerührtem Tonfall.

»Du hattest mir gesagt, du hättest ein geschäftliches Treffen, aber als ich gestern nach meiner Besprechung das Café verlassen habe, habe ich dich gesehen. Ich habe dich mit einer anderen Frau im Juwelierladen gesehen, Carter. Ich habe gesehen, wie du sie in den Arm genommen hast. Und ich habe gesehen, wie du sie geküsst hast. Du warst bei keiner Besprechung. Du warst mit einer anderen Frau zusammen.«

Für eine Sekunde sah er verwirrt aus, doch dann wirkte er vollkommen erschüttert.

Ohne ein Wort drehte er sich herum und ging in sein Schlafzimmer. Innerhalb einer Minute war er zurück.

»Du hast recht«, sagte er distanziert, als führte er eine gewöhnliche Unterhaltung. »Ich war bei keiner Besprechung. Das war meine einzige kleine Notlüge und die war gerechtfertigt, denn ich wollte mir von Harper helfen lassen, dies auszusuchen.«

Ich schnappte hörbar nach Luft, als er eine Schmuckschatulle von jenem Laden aus der Tasche zog und den Deckel aufschnappen ließ. Dort lag, gebettet in roten Samt, der köstlichste Diamant, den ich je gesehen hatte.

Er war in Platin oder Weißgold gefasst und der große Stein in der Mitte funkelte und blitzte, selbst in dem nur spärlich beleuchteten Raum. Der große Diamant war flankiert von zwei kleineren, die dezent im Hintergrund platziert waren, um nicht von dem hinreißenden Stein in der Mitte abzulenken.

»Oh mein Gott«, stieß ich entsetzt hervor. »Das war Harper mit dir in dem Laden.«

»Gewiss«, erwiderte er lässig. »Und wenn ich sie geküsst haben sollte, dann war das brüderlich gemeint und sicherlich nicht romantisch. Ich habe sie eine Weile nicht gesehen und ich war froh darüber, sie bei mir zu haben. Ich habe ihr das Versprechen abgenommen, nichts zu verraten, bis ich den richtigen Zeitpunkt gefunden hätte, um dir einen Antrag zu machen. Ich wollte dich heiraten, Brynn. Ich habe dich geliebt.«

Die Tatsache, dass er in der Vergangenheitsform sprach, jagte mir Angst ein.

Mist! Was zum Teufel hatte ich getan? »Ich konnte sie nicht wirklich erkennen. Ich habe lediglich gesehen, dass du einen Arm um sie legtest und sie auf den Scheitel küsstest, wie du es immer bei mir tust. Es tut mir so leid, Carter.« Mein Herz zersprang in eine Million kleine Stücke.

Ich hatte ihn verletzt. Ich konnte die Verzweiflung in seinen Gesichtszügen erkennen.

»Ist dir niemals in den Sinn gekommen, dass es eine logische Erklärung geben könnte?«, fragte er in schneidendem Tonfall. »Zugegeben, ich hätte bezüglich der Besprechung nicht lügen sollen, aber ich wollte dich überraschen. Doch du hast unsere Beziehung wegen einer verdammten Bagatelle weggeworfen.« Er schloss die Schatulle und schob sie in seine Tasche zurück.

»Ich liebe dich auch, Carter. Ehrlich. Ich habe lediglich Angst bekommen. Es war, als wären meine schlimmsten Befürchtungen wahr geworden.«

Es herrschte Stille, während er seinen frostigen Blick in mich hineinbohrte.

Schließlich fragte ich zögernd: »Jetzt willst du mir den Ring nicht mehr geben?«

Ein heftiger Schmerz schnitt in meine Seele, als ich seinen zweifelnden Gesichtsausdruck sah.

Er wollte mich nicht mehr heiraten.

Ich hatte die zerbrechliche Liebe getötet, die zwischen uns beiden gewachsen war.

Er raufte sich mit einer Hand die Haare. »Mein Gott! Ich weiß nicht mehr, was ich will. Früher am Abend habe ich geschworen, dir Zeit zu lassen und für dich da zu sein, sobald du bereit wärst. Ich hatte sogar daran gedacht, dich zu verfolgen, bis du mir gesagt hättest, was geschehen war. Aber jetzt, da ich weiß, dass dich eine solch lächerliche Geschichte vertrieben hat, ohne dass du mit mir geredet hättest oder einfach in den Laden gekommen wärst, als du mich gesehen hast, frage ich mich, ob du immer wieder davonlaufen wirst. Oder ob du nur nach Entschuldigungen suchst davonzulaufen, weil es das ist, was du eigentlich willst. Ich glaube nicht, dass ich damit umgehen kann, Brynn. Du hast mir nicht einmal eine Chance gegeben, dir die Situation zu erklären.«

Ich versuchte, die Tränen zurück zu blinzeln, die meine Augen füllten, aber das war ein erfolgloser Kampf.

Er hatte recht und jeglichen Grund, mir böse zu sein.

»Ich wollte nach der Party mit dir reden. Aber du hattest recht, ich hatte zu viel getrunken und wusste nicht, wie ich es hätte angehen sollen.«

Er schwieg, in seinem Gesicht tobte immer noch ein Sturm.

»Ich kann es dir nicht verdenken, dass du zögerst«, sagte ich mit zitternder Stimme. »Ich war dumm. Ich hatte eine Kurzschlussreaktion und habe zugelassen, dass es meine Gedanken vollkommen beherrschte.«

Carter hatte mich heiraten wollen.

So sehr hatte er mich geliebt.

Und ich hatte es weggeworfen. Hatte *ihn* weggeworfen.

»Ich weiß wirklich nicht, was ich jetzt machen soll, Brynn.«

Ich wischte an den Tränenströmen herum, die über mein Gesicht flossen. »Ich verstehe«, würgte ich hervor. »Aber ich möchte, dass du weißt, dass ich dich liebe. Ich glaube, ich liebe dich, seitdem du mich in jenem Aufzug geküsst hast. Du hast so viel für mich getan und ich hasse mich dafür, dass ich an dir auch nur eine Sekunde gezweifelt habe.«

»Du hast mein Leben auch verändert«, stellte er mit etwas mehr Wärme in der Stimme fest. »Aber ich brauche mehr. Mir ist bewusst, dass Paare sich streiten, und ich würde mich mit dir an jedem Tag der Woche zanken. Aber ich könnte nicht damit leben, dass du vielleicht bei den geringsten Anzeichen von Schwierigkeiten davonlaufen würdest.«

Mein Herz schmerzte und ich hätte mich am liebsten in seine Arme geworfen und ihn solange um Verzeihung gebeten, bis er sie mir gewährt hätte.

Aber jetzt war er vorsichtig geworden und würde mir keine zweite Chance mehr geben.

»Ich weiß«, stimmte ich unter Tränen zu. »Ich habe das Band des Vertrauens gebrochen, das uns verbunden hat. Es ist meine Schuld.«

Ich hatte das Beste verloren, was mir in meinem Leben jemals begegnet war, und alles nur, weil ich mich von meinen Ängsten hatte beherrschen lassen.

»Vielleicht sollten wir noch einmal darüber reden, wenn wir beide Zeit zum Nachdenken gehabt haben«, schlug er ungerührt vor.

Ich wusste, was das bedeutete. Er würde nicht fähig sein zu vergessen, dass er mir alles gegeben hatte, was er geben konnte, und ich ihn unwiderruflich verletzt hatte.

»In Ordnung«, erwiderte ich bekümmert. »Ich werde gehen.«

Er protestierte nicht, als ich die Tür öffnete und sie hinter mir ins Schloss fallen ließ.

Nicht dass ich damit gerechnet hätte.

Ich betrat den Aufzug und fuhr mit ihm in mein Stockwerk hinunter und dachte darüber nach, dass ich Carter nicht verlieren würde, weil er mich betrogen hatte, sondern weil ich meine Unsicherheiten noch nicht vollständig hatte abschütteln können.

Ich konnte zwar die Zeit nicht zurückdrehen und ändern, was ich getan hatte, aber ich würde mich um Carter bemühen. Ich würde nicht aufgeben, bis ich überzeugt wäre, dass es für uns überhaupt keine Chance mehr gab.

Vielleicht verdiente ich keine zweite Chance. Aber ich würde Carter nicht kampflos aufgeben.

Brynn

»Wie kommt es, dass du schlechter aussiehst als ich, obwohl ich letzte Nacht nicht geschlafen habe?«, fragte ich Laura früh am nächsten Morgen, als ich mich ihr gegenüber auf einen Stuhl setzte. Wir befanden uns in einem Restaurant, in dem wir uns verabredet hatten.

Ich hatte eine E-Mail von meiner Managerin bekommen, in der sie mich gebeten hatte, heute Morgen nach Kalifornien zu fliegen. Mein Kunde wollte mit dem Shooting und dem Werbespot früher als geplant beginnen, daher hatte ich letzte Nacht noch einen Flug gebucht.

Dann hatte mich Laura heute Morgen recht früh angerufen und wir hatten beschlossen, uns zu einem Kaffee zu treffen, bevor ich zum Flughafen fahren musste.

Meine Tasche lag fertig gepackt in meinem Wagen und ich hatte noch ungefähr eine Stunde Zeit.

Ich musterte Lauras Gesicht und was ich sah, gefiel mir nicht. Sie hatte dunkle Ringe unter den Augen, als hätte sie nicht viel geschlafen. Und ihre Miene spiegelte Stress wider. Sie hielt die Kaffeetasse umklammert, als wäre sie ihr Rettungsanker.

»Was ist los?«, wollte ich wissen. »Ist alles in Ordnung?«

Sie vergrub ihr Gesicht in den Händen. »Nein. Oh mein Gott, Brynn, ich habe gestern Abend viel zu viel getrunken.«

»Als hätten wir das nicht früher auch schon getan«, erinnerte ich sie.

»Aber ich kannte niemanden auf der Party. Ich fühle mich wie eine Idiotin«, stöhnte sie. »Genau an meinem Tiefpunkt habe ich mit Mason Lawson geredet. Ehrlich, ich erinnere mich nicht, was ich alles gesagt habe, aber ich weiß noch, dass ich ihm erzählt habe, dass ich ein Baby haben will.«

Ich wusste, Laura behielt ihr Privatleben normalerweise für sich, aber … »Und warum ist das so schlimm? Es entspricht doch der Wahrheit.«

»Ich glaube, er hat sich als Vater für das Kind angeboten. Alles ist so ungewiss. Vielleicht täusche ich mich, aber ich könnte schwören, dass er sagte, er wäre bereit dazu.«

Ich stieß einen Pfiff aus. »Ich kann mir schlechtere Samenspender vorstellen.«

»Es ist mir peinlich, Süße. Soweit ich mich erinnere, habe ich mich wie ein Schwachkopf benommen. Er muss mich für eine Idiotin halten. Nicht dass es eine Rolle spielen würde, denn ich werde ihm wahrscheinlich nicht noch einmal über den Weg laufen. Wenn ich also aufhören könnte, darüber nachzudenken, was er denkt, wäre eigentlich alles gut.«

»Er ist nur irgendein Mann, Laura. Wirklich, wen kümmert es, was er denkt?«

Sie setzte sich wieder gerade hin, aber ihr Gesichtsausdruck war immer noch verstört. »Du hast ja recht. Es scheint mir nur ein wenig beschämend zu sein, dass ich plötzlich bei einem der reichsten Männer der Welt so geschwätzig geworden bin.«

»Worüber habt ihr noch geredet?«, fragte ich neugierig.

»Nichts, an das ich mich erinnern könnte, Gott sei Dank. Es war eine kurze Unterhaltung. Danke, dass du mich nach Hause gebracht hast.«

»Laura, ich habe dich nicht nach Hause gebracht.« Sie muss wirklich vollkommen daneben gewesen sein.

Sie sah mich entsetzt an. »Aber ich bin heute Morgen zu Hause in meinem Bett aufgewacht. Wie zum Teufel bin ich dorthin gekommen? Mein Auto stand noch vor Jetts Wohngebäude. Ich musste es heute Morgen dort abholen. Verdammt, ich habe noch niemals vergessen, wie ich nach Hause gekommen bin.«

»Laura, was ist denn nur los? Ich habe dich noch nie so durchgeknallt gesehen.« Obwohl ich froh war, dass sie gut nach Hause gekommen war, machte ich mir Sorgen, aus welchem Grund sie sich so betrunken hatte.

Sie zuckte mit den Schultern. »Ich habe begonnen, nach einem möglichen Samenspender zu suchen. Es erscheint mir alles so … kalt. Weißt du, dass man eine Samenspende tatsächlich einkauft? Sie akzeptieren MasterCard, Visa, Discover und American Express. Immerhin bestelle ich doch nicht eine Pizza oder etwas Ähnliches. Es geht um ein Baby, um Gottes willen! Ich habe begonnen, darüber nachzudenken, wie ich meinem Kind eines Tages erzählen würde, dass ich ihn oder sie bestellt habe, als kaufte ich einen neuen Computer. Und ich habe keine Ahnung, welche Charaktereigenschaften ich bevorzuge. Bildungsgrad, medizinischer Hintergrund, Ethnizität, physische Charakteristika, persönliche Züge – bla, bla, bla. Und was, wenn es am Schluss sogar biologische Geschwister gibt? Will ich, dass der Spender bereit ist, mein Baby eines Tages kennenzulernen?«

»Ich wusste nicht, dass du schon so weit in das Thema eingedrungen bist«, stellte ich fest, ein wenig verletzt, dass Laura sich mir nicht schon früher anvertraut hatte.

»Bin ich eigentlich auch nicht. Ich habe mich lediglich beraten lassen. Aber ich wurde gebeten, damit zu beginnen, nach einem Spender zu suchen, falls ich interessiert wäre.«

»Es ist also komplizierter, als du gedacht hast?«, erkundigte ich mich.

»Tatsächlich halte ich es für viel zu einfach. Ich suche mir einen Mann aus, der all die Charakterzüge aufweist, die ich suche, bezahle und das wars. Der Vorgang ist überhaupt nicht kompliziert. Aber ich kann nur noch daran denken, wie sich dann all dies auf die Zukunft auswirken wird. Ich glaube, deshalb wollte ich gestern Abend einfach mal eine Weile abschalten. Aber ich bin zu weit gegangen«, stellte sie mit einem überdrüssigen Seufzer fest.

»Lass dich davon bitte nicht stressen«, sagte ich sanft. »Du musst das nicht durchziehen und du hast Zeit, darüber nachzudenken. Es sei denn, du hast dich zum Kauf verpflichtet. Und selbst dann zwingt dich niemand dazu.«

Sie schüttelte den Kopf. »Ich werde mich nicht stressen lassen. Ich glaube, ich wollte erst einmal wissen, wie der Vorgang abläuft. Schwanger zu werden ist nicht das Problem. Es sind all die anderen Dinge, die eine Samenspende mit sich bringt, über die ich mir Sorgen mache.«

Ich konnte ihre missliche Lage durchaus verstehen.

»Nimm dir Zeit«, riet ich. »Und mach dir keine Gedanken über das, was du zu Mason gesagt hast. Nach dem zu urteilen, was Carter mir erzählt hat, ist Mason in erster Linie ein Workaholik. Es ist gut möglich, dass er euer Gespräch vergisst.«

So viel zu der möglichen Verkupplung von Laura und Mason. Ich hatte gehofft, sie würden zusammenfinden.

»Ich hoffe es«, murmelte sie. »Aber wie ist denn die Party für euch beide gewesen? Als ich dich gesehen habe, wirktest du nicht besonders glücklich.«

Laura und ich waren auf der Party zusammengeblieben, bis Ruby mich beiseitegenommen hatte und jemand anderes sich gern mit meiner besten Freundin hatte unterhalten wollen.

»Ich habe alles vermasselt. Ich habe versucht, mit Carter Schluss zu machen, anstatt ihn mit der Tatsache zu konfrontieren, dass ich ihn mit der Frau im Juwelierladen gesehen hatte. Es hat sich herausgestellt, dass es sich dabei um seine Schwester Harper gehandelt hat und er *mir* einen Verlobungsring gekauft hat – mit ihrer Hilfe. Jetzt sind wir für immer auseinander, weil ich ihn zurückgestoßen habe«, erzählte ich und mein Herz begann, wieder furchtbar zu schmerzen.

»Oh Brynn. Das tut mir so leid. Ich wünschte, du hättest ihn einfach gefragt.«

Ich bestellte einen Kaffee, dann erzählte ich Laura, was in der Nacht zuvor geschehen war.

»Hat er gesagt, dass er dich nicht wiedersehen will?«, fragte sie.

»Nein. Aber ich würde sagen, er war sich ziemlich sicher. Ich bin nur froh, dass ich gleich von hier wegfliege. Vielleicht hilft es mir, wenn ich mich ein paar Wochen woanders aufhalte.« Alles in Seattle würde mich an Carter erinnern und die Regionalzeitungen berichteten gern über alles, was die Lawsons betraf.

»Er liebt dich immer noch, Brynn. Und du liebst ihn, richtig?«, erkundigte sich Laura freundlich.

Ich nickte, denn ich traute mir nicht zu, darüber zu sprechen, ohne mitten im Restaurant zu flennen.

»Vielleicht könnt ihr das gerade biegen, wenn du wieder zurück bist. Carter ist jetzt vielleicht wütend, aber er ist doch ein logisch denkender Mann. Er kennt deine Vergangenheit.«

»Ja. Aber es gibt einen Punkt, an dem ich das hinter mir lassen muss. Er hat mir niemals einen Grund gegeben, ihm nicht zu vertrauen. Im Gegenteil. Ich habe kopflos reagiert, eine Unsicherheit aus meiner Vergangenheit. Mein Gott, er hat mich so sehr geliebt, dass er mich bitten wollte, ihn zu heiraten«, sagte ich ein wenig lauter als beabsichtigt.

»Glaub mir, er wird dich nicht aufgeben. Gib ihm Zeit«, wiederholte sie.

»Ich werde ihm nicht allzu viel Zeit lassen. Ich liebe Carter. Ich *will* ihn heiraten. Ich kann mir nicht vorstellen, mit irgendjemand anderem zusammen zu sein«, erklärte ich ihr. »Ich glaube, ich muss nur beweisen, dass ich wirklich nicht bereit bin, ihn gehen zu lassen. Dass ich nicht davonlaufe aus einem Grund, der sich noch nicht einmal als wahr erwiesen hat.«

»Das ist die Frau, die ich kenne und liebe«, stellte Laura lächelnd fest. »Du hast noch niemals klein beigegeben. Fang jetzt nicht damit an.«

»Das habe ich nicht vor.« Ich lächelte ihr schwach zu, dann warf ich einen Blick auf die Uhr. »Oh Gott, ich muss gehen. Ich muss das Flugzeug erwischen.«

Ich stand auf und griff nach meiner Handtasche.

»Ich werde den Kaffee bezahlen.« Laura machte eine winkende Handbewegung. »Geh einfach!«

»Triff keine Entscheidung ohne mich«, bat ich sie. »Ich möchte bei dir sein, falls du dich entscheidest, die Sache mit der künstlichen Befruchtung durchzuziehen.«

»Nein, so schnell werde ich mich nicht entscheiden. Ich muss wirklich erst darüber nachdenken«, versicherte sie mir.

Sie erhob sich und ich umarmte sie hastig, bevor ich aus dem Restaurant eilte.

Als ich an meinem Auto ankam, zog ich mein Handy hervor, um schnell noch eine SMS abzuschicken. Eine von vielen, die ich während der nächsten Wochen absenden würde. Und wenn Carter wollte, dass ich damit aufhörte, müsste er mir das schon ins Gesicht sagen.

Falls er das nicht tat, würde er jeden Tag eine Nachricht von mir bekommen.

Brynn

Tag Eins:
Brynn: *Ich liebe dich. Es tut mir leid.*
Tag Zwei:
Brynn: *Ich vermisse dich. Es tut mir leid.*
Tag Drei:
Brynn: *Ich liebe dich. Und ich vermisse dich. Es tut mir leid.*
Tag Vier:
Brynn: *Ich werde nicht davonlaufen. Es tut mir leid.*

Ich scrollte durch die Liste der SMS, die ich Carter während der letzten zwei Wochen geschickt hatte, fast immer das Gleiche mit leichten Abwandlungen.

Meine Abreise aus Kalifornien stand bevor, doch mein Herz war schwer.

Meine Koffer waren gepackt und ich wartete in meinem Hotelzimmer auf mein Taxi zum Flughafen, aber ich hatte noch Zeit, daher ließ ich mich mit meinem Hintern aufs Bett fallen.

Er hatte mir nicht einmal geantwortet.

B. A. Scott

Du hast gewusst, dass es nicht leicht werden wird.

Ich *hatte* es gewusst und ich war bereit, nach Seattle zurückzukehren und unseren Streit wieder aufzunehmen, um Carter dazu zu bewegen, mit mir zu reden.

Es war mir nicht leichtgefallen, mich auf meine Arbeit zu konzentrieren. Es war schwer gewesen zu versuchen, eine strahlende Erscheinung abzugeben, wenn man sich beschissen fühlte.

Und nichts von Carter zu hören hat mich von Tag zu Tag etwas mehr niedergedrückt.

Las er meine Nachrichten überhaupt noch?

Kümmerte es ihn?

Oder war die Sache für ihn einfach … erledigt?

Ich erschrak, als mein Handy vibrierte.

Meine Hand begann zu zittern, als ich sah, wer mir eine Nachricht geschickt hatte.

Carter: Du müsstest jetzt eigentlich deine Arbeit dort beendet haben.

Ich begann zu hyperventilieren.

Brynn: Woher weißt du, dass ich fertig bin?

Carter: Der Geschäftsführer der Firma ist ein Bekannter von mir.

Ich lächelte. Gewiss, er konnte einfach das Telefon zur Hand nehmen und irgendeinen leitenden Angestellten anrufen. Schließlich war er Carter Lawson. Aber warum sollte er das tun?

Ich bemühte mich, meine Hoffnungen nicht zu hoch anzusetzen. Immerhin hatte ich ihm zwei Wochen lang Nachrichten geschickt, ohne eine Antwort zu erhalten.

Carter: Unten wartet ein Wagen auf dich, um dich abzuholen. Und mein Jet befindet sich am Flughafen.

Brynn: Jetzt?

Carter: Genau in diesem Moment. Beweg dich endlich!

Es fiel mir nicht ein, seine herrische Art zu kritisieren. In weniger als einer Minute war ich auf dem Weg in die Eingangshalle, mit meinem Koffer und meinem Handgepäck im Schlepptau.

Er ist bereit, mit mir zu reden.

Er schickt sein Flugzeug und seinen Wagen.

Bedeutet das, dass er mich wieder in Seattle haben will, damit wir vernünftig über den Vorfall *sprechen* können?

Ich blieb wie angewurzelt stehen, als ich durch die Schiebetüren der Empfangshalle nach draußen trat und wie hypnotisiert auf das Bild starrte, das sich mir direkt vor mir auf dem Bürgersteig bot.

Der elegante Wagen war mir vollkommen gleichgültig.

Doch *Carter*, der sich lässig gegen das Fahrzeug lehnte und einen Strauß roter Rosen in der Hand hielt, war schon etwas ganz anderes.

Ich ließ mein Gepäck los, das der Chauffeur mir abnahm und im Kofferraum verstaute, und ging auf Carter zu.

Mein Gott, wie atemberaubend er aussah.

Er trug einen grauen, maßgeschneiderten Anzug und eine blaue Krawatte, die zu den wunderschönen blauen Augen passte, deren Ausdruck ich im Moment nicht interpretieren konnte.

»Du bist hier«, sagte ich schlicht und schnappte nach Luft.

»So ist es«, erwiderte er und hielt mir die Blumen entgegen.

»Sie sind wunderschön«, bemerkte ich, als ich sie entgegennahm.

»*Du* bist wunderschön«, verbesserte er mich. »Ich hätte schwören können, dich gebeten zu haben, nicht mit normalen Flugzeugen zu fliegen.«

»Wir waren doch getrennt«, stammelte ich.

»Ich habe mich niemals von dir getrennt. Ich habe nur nicht schnell genug nachgedacht. Komm her!« Er öffnete seine Arme.

Ohne einen weiteren Gedanken warf ich mich ihm entgegen und mein Herz hämmerte wild, als er mich fest umarmte.

Ich atmete seinen Duft ein, denselben männlichen Geruch, der mich immer halb verrückt machte. »Ich liebe dich, Carter. Ich liebe dich so sehr. Es tut mir leid. Ich war dumm.«

»Stopp!«, knurrte er. »Hör auf damit! Ich weiß bereits, dass es dir leidtut. Du hast mir vierzehn Nachrichten dieses Inhalts geschickt. Das ist vorbei. Das ist mir mittlerweile egal. Es war ein einziger Fehler. Ich wünsche mir nur noch, dich in den Armen zu halten. Mein Gott, Brynn. Ich habe dich so sehr vermisst.«

Ich begann zu weinen und verteilte meine Tränen über seinen teuren Anzug, bis er schließlich die Wagentür öffnete und mir half einzusteigen, dann ging er auf die andere Seite hinüber, setzte sich neben mich und zog mich wieder in seine Arme.

Doch ich hörte nicht auf zu weinen. Es waren Tränen der Erleichterung. Tränen der Freude. Tränen des Glücks, dass Carter mir meinen Fehler nicht bis in alle Ewigkeit vorhielt. »Als du meine Nachrichten nicht beantwortet hast, wusste ich nicht, ob du jemals wieder mit mir reden würdest«, würgte ich hervor.

Er wischte mir zärtlich die Tropfen von der Wange. »Weine nicht. Ich habe nicht geantwortet, denn das wollte ich nur persönlich tun. Und ich wusste doch, dass du einen Job zu erledigen hattest. Aber es hat mich beinahe umgebracht, so lange zu schweigen. Doch jetzt werde ich dir antworten. Ich liebe dich auch, Brynn Davis. Ich werde dich immer lieben. Gleichgültig, wie viele Fehler du machen wirst oder wie viele ich machen werde, wir bleiben zusammen. Ich habe keine Zweifel, dass ich in Zukunft auch etwas Dummes anstellen werde, aber eines werde ich niemals tun, nämlich mit einer anderen Frau als dir zusammen zu sein.«

»Ich hätte dir das nie unterstellen dürfen«, erklärte ich leise. »Die Geister meiner Vergangenheit hatten sich erhoben, um mich zu beißen. Es ging nicht um dich. Es ging um mich. Ich hätte damals in den Juwelierladen gehen sollen, voller Zuversicht, dass du an der Frau kein romantisches Interesse hattest. Aber ich hatte Angst. Die Zeit mit dir war so gut gewesen und alles ist so schnell geschehen. Ich glaube, ich habe nur darauf gewartet, dass etwas Schlimmes passieren würde, obwohl das vollkommen unsinnig war.«

Er legte zwei Finger auf meine Lippen. »Nicht, Brynn. Ich kenne deine Vergangenheit und ich hätte mehr Mitgefühl aufbringen müssen. Aber ich wusste doch nicht, dass du am nächsten Morgen den Flug nehmen würdest. Nicht lange nach deiner Abreise habe ich vor deiner Tür gestanden, aber du warst bereits weg. Als ich schließlich daran gedacht habe, Laura anzurufen, war dein Flugzeug bereits gestartet. Ich wusste, ich würde warten müssen. Aber Geduld hat noch niemals zu meinen Tugenden gehört«, erklärte er grinsend.

Ich spürte, dass sich der Wagen in Bewegung setzte, und lehnte mich seufzend gegen Carter, dankbar, dass er genügend Geduld aufgebracht hatte, auch wenn es ihm schwergefallen war.

In seinen Armen zu liegen fühlte sich für mich so an, als wäre ich zu Hause angekommen, und ich wollte niemals mehr von dort weg.

»Danke, dass du mich abgeholt hast«, murmelte ich.

»Hast du daran gezweifelt?«, fragte er unwirsch. »Verdammt, ich habe dich jede Minute vermisst, in der du nicht da warst. Ich wäre am liebsten noch im selben Moment zu dir geflogen, in dem ich herausgefunden habe, wo du warst. Aber niemals wäre ich ohne dich wieder abgereist.«

Ich lächelte. »Ich wünschte, du hättest mir wenigstens ein Mal geantwortet. Ich habe mich irgendwie dumm gefühlt, nur für mich zu schreiben.«

»Du hast nicht nur für dich geschrieben. Ich habe jeden Tag auf deine verdammte Nachricht gewartet. Ich denke, das war das Einzige, was mir geholfen hat, immer noch einen weiteren Tag zu warten.«

»Ich werde versuchen, ausgeglichener zu sein. Du hast mir niemals einen Grund gegeben, deinen Worten nicht zu trauen«, erklärte ich.

»Ich werde dafür sorgen, dass du nicht den geringsten Zweifel hast, was uns anbelangt«, sagte er mit heiserer Stimme.

Ich drehte mich in seinen Armen herum, denn ich wollte seine Augen sehen. Doch ich kam lange nicht dazu, denn Carter nahm mein Gesicht zwischen seine Hände und küsste mich.

Und ich ließ mich in seinen Kuss sinken und mir wurde endlich bewusst, dass Carter mich niemals verlassen würde, egal was auch geschah.

Epilog

Brynn

Einen Monat später ...

Mein Leben war beinahe perfekt, seitdem Carter und ich wieder zusammen waren.

Er behauptete immer noch, wir wären niemals wirklich getrennt gewesen und dass er niemals mit mir Schluss gemacht hätte, und ich stritt nicht mit ihm darüber.

Aber die Zeit unserer Trennung hatte mir gezeigt, wie das Leben ohne ihn für mich wäre, und diese Angst wollte ich niemals wieder erleben.

Nicht dass Carter und ich uns nicht mehr gestritten hätten. Wenn zwei unabhängige, dickköpfige Menschen zusammenkommen, passiert das zwangsläufig. Aber unsere Diskussionen liefen uns nicht mehr aus dem Ruder.

Wir redeten miteinander.

Wir hörten einander zu.

Und wir lösten unsere Probleme.

Und dann hatten wir Versöhnungssex.

Das war der Teil unserer Auseinandersetzungen, den wir beide genossen.

»Hallo, meine Schöne. Was machst du hier draußen?«

Ich blickte von dem Entwurf auf, an dem ich gerade arbeitete, um den gutaussehenden Mann anzuschauen, der zu der Stimme gehörte.

Carter.

Es war seltsam, aber ich bekam immer noch jedes Mal einen trockenen Mund, wenn ich ihn ansah. Würde es jemals einen Tag geben, an dem mein Herz nicht zu hüpfen begann, wenn ich seine Stimme hörte?

Mein Gott, ich hoffe nicht.

»Ich habe dich nicht so früh erwartet.« Er war viel früher als gewöhnlich von der Arbeit nach Hause zurückgekehrt.

Ich arbeitete in seinem Penthouse und benutzte meine Wohnung inzwischen für kaum einen anderen Zweck als ein Lager.

Es gab keine Nacht, in der wir nicht zusammen sein wollten, und mir gefiel es, dass er eine wunderbare Terrasse hatte. Mittlerweile wurde es abends schon ein wenig kühler, aber tagsüber war es noch so warm, dass ich draußen arbeiten konnte.

»Ich habe dich vermisst«, erwiderte er einfach.

Ich erhob mich aus dem Sessel, in dem ich gesessen hatte, und ging zu ihm, um ihm meine Arme um den Hals zu schlingen.

Immer wenn er mich in seiner warmen Umarmung barg, vermittelte er mir das Gefühl, seine ganze Welt zu sein.

»Ich habe dich auch vermisst«, murmelte ich und sog seinen Duft tief in mich ein, während er mich immer noch festhielt.

»Sollen wir ausgehen und die Vereinbarung feiern, die du für deine neue Kollektion abgeschlossen hast?«, schlug er mit heiserer Stimme vor.

Erst gestern hatte ich den Vertrag mit Alicia unterzeichnet und ich konnte immer noch kaum fassen, welch große Geldsumme mir geboten worden war. Aber das Beste daran war nicht das Geld, sondern die Freiheit, die mir eingeräumt wurde, jede neue Tasche, die auf den Markt kam, zu entwerfen und zu genehmigen.

Ich war begeistert, aber das war wirklich nur das Tüpfelchen auf dem i.

Ich lehnte mich zurück, sodass ich sein Gesicht sehen konnte. »Ich werde kochen. Und außerdem habe ich ein paar von Rubys Backwaren mitgebracht, denn ich habe mich heute mit ihr und Lia im Café getroffen. Mein Gott, sie sehen wunderbar aus.«

Ich hatte begonnen, mich öfter mit Ruby und ihrer besten Freundin Lia in dem Café zu treffen, das Lia gehörte. Ruby belieferte Lia mit gebackenen Köstlichkeiten und es fiel mir nie leicht, eine von ihren verlockenden Süßwaren abzulehnen, die mir automatisch zu meinem Kaffee angeboten wurden.

»Wirst du tatsächlich ein Stück Gebäck essen?«, fragte er grinsend.

»Heute Morgen habe ich schon eins gegessen und werde noch ein zweites mit dir verspeisen, wenn du mir später dabei hilfst, die Kalorien abzuarbeiten«, neckte ich ihn.

»Abgemacht«, erwiderte er so schnell, dass mir schwindelig wurde. »Aber ich bin aus gutem Grund früher nach Hause gekommen, also lenk mich nicht ab mit Fantasien über später.«

Ich blickte ihn an und versuchte, aus seiner Miene zu lesen, ob etwas nicht stimmte. »Ist alles in Ordnung?«

»Ich habe nicht gesagt, ich hätte schlechte Neuigkeiten«, bemerkte er.

»Sind sie denn schlecht?«

Er schüttelte den Kopf. »Nein. Ich hoffe, du wirst sie gut finden.«

Ich seufzte. »Entschuldige. Ich muss immer noch an mir arbeiten. Ich glaube, ich warte immer noch, dass etwas Schlimmes passiert.«

Ich neigte immer noch dazu, ständig anzunehmen, es wäre etwas nicht in Ordnung, weil meine Beziehung mit Carter nur allzu gut lief, aber ich arbeitete daran.

»Komm nach drinnen«, drängte er mich und nahm mich bei der Hand, um mich durch die Schiebetür zu ziehen, die er hinter uns schloss.

Er griff in seine Hosentasche und zog eine kleine Schatulle hervor, die verdächtig aussah wie …

Oh Gott.

Wenn ich mein Leben als *beinahe perfekt* beschrieben habe, so deshalb, weil ich den Ring, den Carter für mich gekauft hatte, niemals wieder zu Gesicht bekommen hatte, noch hatte er mir einen Heiratsantrag gemacht.

Ich hatte versucht, mich davon nicht stören zu lassen, doch es spukte mir beinahe ständig im Hinterkopf herum.

»Ich konnte dir nicht denselben Ring geben und ich konnte ihn nicht in demselben Juweliergeschäft kaufen«, stellte er heiser fest. »An beides waren zu viele schlechte Erinnerungen geknüpft, daher bin ich in einen anderen Laden gegangen und habe einen anderen Ring erstanden, der ebenfalls maßgearbeitet wurde. Es dauerte eine Weile, bis er an die richtige Größe angepasst war. Aber heute wurde er endlich fertig. Also muss ich dir jetzt die Frage stellen, die mir seit beinahe zwei Monaten auf dem Herzen liegt.«

Er ließ den Deckel aufschnappen und ich stieß den Atem aus, den ich angehalten hatte, während er sprach.

Die Schachtel hatte eine andere Farbe, doch auch dieser hinreißende Ring lag in der Mitte des mit rotem Samt verkleideten Inneren der Schachtel.

Er war atemberaubend.

Mein Blick wanderte von dem Diamanten zu Carters Gesicht.

Mein Herz begann zu galoppieren, als ich den ernsten Ausdruck in seinen umwerfenden Augen sah.

»Heirate mich, Brynn! Erlöse mich von meinem Elend. Ich liebe dich. Ich werde dich immer brauchen. Du hast mich zu einem viel besseren Mann gemacht.«

Schließlich musste ich blinzeln und eine Flut von Tränen des Glücks, die ich nicht zurückhalten konnte, ergoss sich aus meinen Augen.

»Oh Carter«, erwiderte ich atemlos. »Ja. Du weißt doch, dass ich Ja sage. Ich liebe dich auch.«

Es rührte an meine Seele, dass er mich nicht an meine Fehler erinnern wollte und die Mühe auf sich genommen hatte, mir einen anderen Ring aus einem anderen Geschäft zu besorgen. Und ich war froh, dass ich meine Ängste nicht hatte ausufern lassen, weil er mir den Ring nicht wieder angeboten hatte.

Ich hatte gewartet.

Und für alles hatte sich eine Erklärung gefunden.

Meine Hand zitterte ein wenig, als er mir den Ring an den Finger steckte.

»Er ist hinreißend«, stellte ich ehrfürchtig fest.

»Ich bin verdammt froh, meinen Ring an deinem Finger zu sehen«, sagte er. »Am besten setzt du ziemlich schnell einen Termin fest oder wir reisen nach Vegas.«

Ich umarmte ihn und er hob mich hoch und wirbelte mich herum.

Ich lachte, obwohl mir immer noch Tränen über die Wange liefen.

»Ich hätte nichts gegen eine solch ruhige Hochzeit einzuwenden.«

»Deine Mutter würde nicht glücklich darüber sein«, warnte er mich.

»Wahrscheinlich nicht«, stimmte ich zu. »Ich bin ihr einziges Kind.«

»Ich kann warten«, versicherte er mir in einem Tonfall, der nicht so klang, als könnte er auch nur eine Sekunde Geduld aufbringen. »Aber lass uns schnell heiraten. Ich habe lange genug auf dich gewartet.«

Ich blickte ihn an und wusste, meine Gefühle waren deutlich in meinen Augen zu erkennen, aber ich war nicht im Geringsten besorgt darüber, denn Carter sah mich mit der gleichen Offenheit an.

Er hob seine Hand und wischte mir zärtlich die Tränen vom Gesicht. »Weine nicht! Ich sagte dir doch, ich hätte gute Neuigkeiten.«

»Küss mich!«, befahl ich, unfähig, noch länger darauf zu warten, auf irgendeine Art mit ihm vereinigt zu sein.

Er beugte den Kopf und bedeckte meinen Mund mit seinem, und dieser Kuss war ein Versprechen auf alles, was unsere gemeinsame Zukunft für uns bereithielt.

Er hatte unrecht zu sagen, unsere Verlobung sei *etwas Gutes*.

Sie war mehr als *gut*.

Carter gehörte mir und ich ihm.

Jetzt war mein Leben *absolut perfekt*.

~*Ende*~

Biografie

J.S. Scott ist eine Bestsellerautorin pikanter Liebesromane. Sie ist eine begeisterte Leserin von Büchern und Literatur jeglicher Art. J.S. Scott schreibt, was sie selbst gern liest, und das sind zeitgenössische sowie paranormale erotische Liebesgeschichten. Sie handeln meistens von einem Alphamännchen und haben ein Happyend, denn so schreibt sie sie einfach am liebsten!

Besuchen Sie mich auf:
http://www.authorjsscott.com
https://www.facebook.com/J.S.ScottGermany/

Oder senden Sie eine E-Mail an:
JSScott_author@hotmail.com

Sie finden mich ebenfalls auf Twitter:
@AuthorJSScott

J. A. Scott

Oder folgen Sie mir auf Goodreads:
https://www.goodreads.com/author/show/2777016.J_S_Scott

Bitte tragen Sie sich auf meiner E-Mail-Liste ein, um über Neuigkeiten, neue Veröffentlichungen und exklusive Textauszüge informiert zu werden: http://eepurl.com/b2DuYn

Milliardenschwer und ungestüm:
Ein Milliardär voller Leidenschaft ~ Carter (Buch 13)
Bräutigam auf Zeit (Zeke und Lia) **(ab Mitte März 2019 erhältlich)**

Die Sinclairs – Die Serie:

Kein gewöhnlicher Milliardär ~ Dante (Die Sinclairs, Buch 1)
Der verbotene Milliardär ~ Jared (Die Sinclairs, Buch 2)
Weihnachten mit dem Milliardär ~ Grady (Eine Sinclair-Novelle)
Der Milliardär mit dem gewissen Etwas ~ Evan (Buch 3)
Die Stimme des Milliardärs ~ Micah (Buch 4)
Der Milliardär geht aufs Ganze ~ Julian (Buch 5)
Die Geheimnisse des Milliardärs ~ Xander (Buch 6)
Nichts weiter als ein Millionär ~ Liam (Buch 7)

Unerwartet Milliardär – Die Serie:

Erfolgreich umworben (Buch 1) **(ab Ende Januar 2019 erhältlich)**

Die Walker-Brüder – Die Serie:

Lass los!: Eine Geschichte der Walker-Brüder
(Die Walker-Brüder, Buch 1)

Vertrau mir!: Eine Geschichte der Walker-Brüder
(Die Walker-Brüder, Buch 2)

Rette mich!: Eine Geschichte der Walker-Brüder
(Die Walker-Brüder, Buch 3)

Obwohl die Serie »Die Walker-Brüder« zwanglos mit der Reihe »Ein Milliardär voller Leidenschaft« verbunden ist, stellt sie eine eigenständige Serie dar, die auch gelesen werden kann, ohne die Bücher von »Ein Milliardär voller Leidenschaft« zu kennen. Es handelt sich ebenfalls um eine heiße Liebesromanreihe mit Alpha-Milliardären.

Der Billionär und seine Braut – Die Serie:

Prinz Bryan ~ Der Billionär und seine Braut
(demnächst erhältlich)

Eine Jungfrau für den Prinzen
(ab Mitte Dezember 2018 erhältlich)

Von J.S. Scott & Ruth Cardello:

Gut Gespielt – Liebeszauber auf dem Footballfeld

Und auch die folgenden Bücher von J.S. Scott werden in Kürze auf Deutsch erhältlich sein:

Aus der Reihe »Unerwartet Milliardär«:

Entangled (Buch 2)

Aus der Reihe »Ein Milliardär voller Leidenschaft«:

Billionaire Unattainable ~ Mason (Buch 14)

www.ingramcontent.com/pod-product-compliance
Lightning Source LLC
Chambersburg PA
CBHW032117170626
46808CB00006B/1977